AF627987

Nachtstille

Ines Buck

Nachtstille

KRIMINALROMAN

Ein Fall für
Karla Sommerfeld

SAGA Egmont

Originalausgabe

im Vertrieb bei Egmont Verlagsgesellschaften mbH

Covergestaltung: Stephanie Weischer
Coverabbildungen: Shutterstock
Satz aus der Minion Pro: Karol Kinal
Druck und Bindung Mazowieckie Centrum Poligrafii, Marki

ISBN 978-3-98750-036-7

SAGA Egmont www.saga-books.com

Dieser Titel erscheint auch als E-Book und Hörbuch.

Warum die Hölle im Jenseits suchen? Sie ist schon im Diesseits vorhanden, im Herzen der Bösen.

Jean-Jacques Rousseau

PROLOG

Sophia schreckte auf, als ihr Handy klingelte. Es glitt ihr aus den Fingern und fiel zu Boden, ehe sie den Anruf entgegennehmen konnte.

„Alles okay?", fragte Mark, der neben ihr am Steuer des Multivans saß. Sein dunkles Haar war kurz geschnitten, er war erst gestern beim Friseur gewesen. Seine Arme waren gebräunt, obwohl er mehr Zeit des Sommers am Schreibtisch als im Freien verbracht hatte.

„Alles okay, ich bin wohl eingenickt."

Sie schob ihre Sonnenbrille zurück und angelte mit den Händen im Fußraum des Wagens nach ihrem Handy. Das Display zeigte einen Anruf in Abwesenheit. Miriam. Sophia stellte das Radio leiser und klickte auf die Telefonnummer.

„Sorry, das Handy ist mir heruntergefallen", sagte sie statt einer Begrüßung.

„Du musst dich nicht entschuldigen."

Sophia wandte sich um. Ben und Miriam fuhren direkt hinter ihnen in einem in die Jahre gekommenen Wohnmobil der Firma Pössl. Sophia ahnte, dass Miriam sie um den brandneuen Multivan beneidete – auch wenn sie nie darüber gesprochen hatten. Sie hatten ihn im vergangenen Monat gekauft, Mark hatte die Farbkombination ausgewählt. Grün-Weiß. Ihr hätte Rot-Weiß besser gefallen, aber sie wollte deshalb keine Auseinandersetzung provozieren.

„In ein paar Kilometern kommt die Abfahrt zu dem Campingplatz, auf dem Ben übernachten will", sagte Miriam.

Sophia war dagegen gewesen, hier eine Pause einzulegen. Sie war froh rauszukommen und wäre am liebsten bis nach Italien durchgefahren. Aber Ben bestand darauf. Angeblich hatte er hier in der Kindheit seine Ferien verbracht und wollte die Gelegenheit nutzen, alte Erinnerungen aufleben zu lassen. Immerhin lag der Campingplatz fast auf der Strecke.

Ein paar Kilometer weiter setzte Mark den Blinker und bog scharf nach rechts ab. Die Straße war holprig und voller Schlaglöcher. Sie führte durch eine verschlafene Ortschaft namens Birkenweiler, vorbei an Wiesen und Feldern, über einen kleinen Bach und endete schließlich am Eingang des Campingplatzes. Von dort ging lediglich ein Schotterweg weiter in Richtung Wald.

Waldesruh stand an dem großen Bogen aus Metall, der das Eingangstor zum Campingplatz überspannte. Die Buchstaben waren verschnörkelt, auf beiden Seiten des

Schriftzugs war der Bogen kunstvoll verziert. Weit und breit war niemand zu sehen. Mark parkte den Multivan auf dem Parkplatz vor dem Tor und stieg aus. Ben stellte das Wohnmobil daneben ab und kurbelte die Scheibe hinunter. Mark ging ein paar Meter auf ihn zu.

„Ich schau mal, ob ich jemanden finde, der hier zuständig ist."

Ben nahm einen tiefen Schluck aus seiner Wasserflasche.

„Ich komme mit."

Er öffnete die Fahrertür und sprang hinaus.

Sophia beobachtete, wie die beiden Männer durch das Tor gingen und auf dem Gelände des Campingplatzes verschwanden. Miriam saß mit geschlossenen Augen auf dem Beifahrersitz des Wohnmobils und machte keine Anstalten auszusteigen.

Sophia seufzte. Sie hatte keine Lust, noch länger im Auto zu sitzen, trat auf den Parkplatz hinaus und streckte sich. Die Luft war warm, obwohl es schon früher Abend war. Es roch nach warmer Erde und Sommerflieder. Bienen summten und das wenige Wasser des kleinen Baches plätscherte leise vor sich hin.

Seit ein paar Tagen war das Sommersemester zu Ende und Sophia wäre lieber mit Mark alleine weggefahren. Sie hatten erst vor wenigen Wochen geheiratet und es wäre so etwas wie eine Hochzeitsreise gewesen. Die standesamtliche Hochzeit hatten sie im kleinsten Rahmen vollzogen, nur Ben und Miriam waren als Trauzeugen dabei. Für das nächste Frühjahr planten sie die kirchliche Trauung mit einem großen Fest, an dem alle Freunde und Verwandten teilnehmen sollten. Sophia hatte das Motiv für die Einladungskarten schon ausgesucht, zögerte aber noch, es Mark zu zeigen. Sie wollte eine große Hochzeit, konnte sich aber das Fest ohne ihre Eltern nicht vorstellen. Sie vermisste sie so sehr. Die schrecklichen Ereignisse des letzten Jahres holten sie immer wieder ein und raubten ihr die Luft zum Atmen. Ohne jede Vorwarnung hatte sie beide Eltern verloren. Immer wieder hörte sie das Blaulicht der Sirenen in jener Nacht, obwohl sie nicht am Unfallort gewesen war. Schlimmer jedoch als die Albträume und die Panikattacken, die sie seit diesem Tag verfolgten, war die eisige Einsamkeit, in die sie versunken war. Der einzige Strohhalm in dieser Einsamkeit war Mark.

Sie konnte sich nicht daran erinnern, wie er sie davon überzeugt hatte, dass eine Reise zu viert eine gute Idee war. Vielleicht hatte er sie gar nicht überzeugt, vermutlich hatte sie einfach nicht die Kraft dazu aufgebracht, ihm zu widersprechen. Seit dem letzten Herbst lebte sie in einer Art Dämmerzustand. Mark wich seit dem Tag des Unfalls nicht mehr von ihrer Seite, ohne ihn hätte sie die letzten Monate nicht überstanden. Das war wohl auch der Grund, warum sie *Ja* gesagt hatte, als er um ihre Hand anhielt. Es hatte sich nicht richtig angefühlt, irgendwie zu früh. Aber das Gefühl, Mark auch noch zu verlieren, war unerträglich.

Sie legte die Hand über die Augen, um in dem grellen Sonnenlicht besser sehen zu können, und ging ein paar Schritte in den Campingplatz hinein. Mark und Ben standen an dem kleinen, dunkel gestrichenen Jägerzaun, der die erste Parzelle umgab, und sprachen mit einem braun gebrannten Mann, von dem sie vermutete, dass er der Platzwart sei. Er trug eine abgeschnittene Jeans und ein schwarzes Muskelshirt. Soweit Sophia das von hier aus erkennen konnte, war er so gut wie überall tätowiert. Eine Schlange wand sich seinen Hals entlang, beinahe bis auf seine rechte Wange.

Jetzt deutete er auf die gegenüberliegende Wiese, woraufhin Mark nickte und die drei Männer auf den Parkplatz zusteuerten.

„Das ist Alex", sagte Mark.

Alex verlagerte sein Gewicht von einem Bein auf das andere und bleckte die Zähne. Sophia vermutete, dass es so etwas wie ein Lächeln sein sollte.

„Alex ist hier der Platzwart. Wir können dort drüben übernachten."

Wie Alex eben deutete jetzt Mark auf die Wiese links neben dem Eingangstor. Umgeben von Buchen und Haselsträuchern erstreckte sie sich weitläufig neben dem geschotterten Hauptweg. Sie bot Platz für mindestens fünfzehn Zelte, war aber vollkommen verwaist. Ganz hinten entdeckte Sophia zwei alte, hochgewachsene Eichen. Weiter vorne lag eine Feuerstelle, die von vier Baumstämmen eingerahmt wurde.

Die Freunde stellten ihre Vans auf der großen Campingwiese ab, legten sich eine Stunde aufs Ohr und machten anschließend Feuer auf der Grillstelle am Ende der Wiese. Ein idyllischer Abend. Trotzdem gelang es Sophia nicht, sich zu entspannen. Die Geister der letzten Monate verfolgten sie, und sie fragte sich, ob sie jemals wieder zur Ruhe finden würde.

Sie hätte sich auf diese Reise zu viert nicht einlassen sollen. Was sie brauchte, war Ruhe, um den Tod ihrer Eltern zu verarbeiten und wieder zu Kräften zu kommen. Sie fragte sich, ob Mark das nicht erkannte oder ob es ihm schlicht egal war. Selbst jetzt, nach ihrer Hochzeit, wurde sie das Gefühl nicht los, hinter Ben und Miriam an zweiter Stelle zu stehen.

Sie hatte Mark vor zwei Jahren kennengelernt. Damals hatten er, Ben und Miriam in einer WG gewohnt. Sie waren eine eingeschworene Gemeinschaft, zu der sie nie wirklich Zugang gefunden hatte. Bis heute. Nach dem Tod ihrer Eltern war Mark zu ihr in ihr Elternhaus an den Stadtrand von Würzburg gezogen. Sie hatte das als großes Zugeständnis empfunden und er tat nichts, ihr dieses Gefühl zu nehmen.

Sophia erhob sich.

„Ich gehe ein Stück spazieren."

Mark unterbrach das Gespräch mit Ben.

„Soll ich mitkommen?“, fragte er.

„Nein, nicht nötig. Ich möchte lieber eine Weile alleine sein.“

Er ging nicht weiter darauf ein und wandte sich wieder Ben zu. In den letzten Monaten ging sie oft allein spazieren. Sie brauchte die Zeit, um nachzudenken, zu sich zu finden und das Geschehene zu verarbeiten.

Sophia ging über die Wiese hinaus auf den ausgetretenen Weg, der durch die Anlage führte.

Es war schon spät, dennoch kühlte es kaum ab. Sie legte den Kopf in den Nacken und sah hinauf in den klaren Sternenhimmel. Der Blick nach oben machte sie wehmütig. Das Bewusstsein darüber, wie sehr sich ihr Leben in den letzten Monaten verändert hatte, traf sie wieder einmal wie ein Schock und trieb ihr die Tränen in die Augen. Sie ging an den Sanitäranlagen vorbei zu der kleinen Treppe, die über die Terrassen nach oben führte. Ein Spaziergang war in jedem Fall besser, als sich von Ängsten geplagt hin und her zu wälzen.

Auf dem Campingplatz herrschte Dunkelheit. Eine Beleuchtung gab es nicht. Lediglich von den wenigen bewohnten Parzellen fiel ab und an ein fahles Licht auf den Weg.

Zu spät, um einfach umzudrehen, ohne dass es unhöflich gewirkt hätte, bemerkte sie die Glut einer Zigarette, die rot aufleuchtete, als sie sich der Treppe näherte.

„Hallo Sophia." Obwohl es dunkel war, erkannte sie ihn sofort.

Es war Alex.

Wie angewurzelt blieb sie stehen.

„Hallo."

Das Lächeln, das sich in der Dunkelheit auf seinem Gesicht abzeichnete, ließ ihn freundlicher wirken als bei ihrer Begegnung am Nachmittag. Geradezu sympathisch.

Sie zögerte. Vielleicht war es die laue Sommernacht, vielleicht war es aber auch einfach das Bedürfnis, noch etwas draußen zu bleiben, bevor sie sich wieder schlaflos von einer Seite auf die andere drehte, während Mark neben ihr schnarchte.

„Was machst du hier?"

„Ich kann nicht schlafen."

„Ich auch nicht."

Sophia setzte sich neben Alex auf die Stufen und betrachtete ihn verstohlen in dem wenigen Licht, das der helle Mond über den nächtlichen Campingplatz warf. Es war ihr nicht entgangen, wie Alex sie heute Nachmittag angesehen hatte, als sie aus dem Multivan auf die Campingwiese hinausgetreten war. Eine Mischung aus Bewunderung und …? So hatte Mark sie noch nie angeschaut.

„Was machst du auf dem Campingplatz *Waldesruh*?", fragte Sophia.

Es war echtes Interesse, aus dem sie die Frage stellte. Sie fand es merkwürdig, dass ein junger Mann sein Leben an einem Platz verbrachte, der so verlassen und verwahrlost wirkte. Am Waldesrand, in der Nähe nur ein kleines Dorf, weiter nichts.

„Ich suche nach Ruhe", antwortete Alex.

Sie warf ihm einen fragenden Blick zu, aber er starrte nur auf den Boden zu seinen Füßen. Er kam ihr merkwürdig vertraut vor. Sie überlegte, an wen er sie erinnerte, kam aber nicht darauf. Es waren seine Augen, die Art, wie ernsthaft er wirkte, als er nach der richtigen Antwort suchte. Irgendetwas daran berührte eine Saite in ihrem Innersten, die sie schon lange nicht mehr gespürt hatte.

„Hier gibt es niemanden, der mir auf die Nerven geht, und es gibt eine Menge zu tun. Da drüben …", Alex deutete in Richtung des Dickichts, „… ist alles verwildert. Das sah hier beinahe überall so aus. War eine Menge Arbeit, den Campingplatz wieder so weit herzurichten." Ein zufriedenes Lächeln glitt über sein Gesicht. „Und es liegt noch eine Menge Arbeit vor uns. In der Wildnis dahinten liegt sogar ein altes Schwimmbecken. Vollkommen verwuchert, ist inzwischen das reinste Biotop. Willst du mal sehen?"

Warum nicht? Sie hatte ohnehin vorgehabt, noch ein Stück zu gehen. Alex erschien ihr nicht bedrohlich. Ganz im Gegenteil. Sie fühlte sich sicherer mit dem Platzwart gemeinsam noch ein paar Schritte über den Campingplatz zu laufen als alleine. Bei ihrem ersten kurzen Spaziergang nach ihrer Ankunft hatte sie sich plötzlich vor dem Wohnwagen eines Typen wiedergefunden, der alles andere als vertrauenerweckend gewirkt hatte.

„Ja, gerne", sagte sie deshalb und folgte Alex die Stufen hinauf bis zur ersten Terrassenebene. Er bog nach links ab und ging zielstrebig in Richtung des Dickichts am Ende des Campingplatzes. Sie durchquerten die Hecken, die an manchen Stellen licht genug waren, um problemlos hindurchzugleiten. Vorbei an alten Wohnwagen, aus deren Fenstern fahles Licht fiel, und verlassenen Parzellen, für die sich schon lange niemand mehr interessierte. In dieser Ecke des Campingplatzes standen keine hübschen Tiny Houses wie unten in der Nähe der Sanitäranlagen. Die Tiny-House-Besitzer hatten sich für ihre kleinen Eigenheime die schönsten Parzellen am Fluss oder auf der obersten Terrasse mit Blick über das Tal ausgesucht. Hier hatte niemand Blumen gepflanzt oder Wäsche aufgehängt. Hier gab es nur reinen Verfall. Während Sophia versuchte, Schritt zu halten, um Alex in der Dunkelheit nicht zu verlieren, fiel ihr auf, wie durchtrainiert er war. Er bewegte sich schnell und behände wie eine Katze. Als sich die letzten Parzellen im Dickicht auflösten, hielt er inne und streckte ihr die Hand entgegen. „Komm."

Sie zögerte kurz, dann ergriff sie seine Hand und folgte ihm in die Dunkelheit. Dichtes Gebüsch am Boden machte jedes Vorankommen schwierig, Dornen zerrten an ihren Beinen. Alex trat das Dickicht vor ihr zu Boden, um ihr den Weg zu erleichtern. An der Art, wie er sich bewegte, erkannte sie, dass er schon unzählige Male hier gewesen sein musste. Seine Hand war warm und sein fester Griff gab ihr Sicherheit. Ab und zu hielt er an und deutete auf alte Wohnwagen, zerfallen und kaum sichtbar unter Efeu und Gestrüpp.

„Die meisten Wohnwagen wurden irgendwann weggebracht, aber manche wurden einfach stehen gelassen." Er sprach so leise, dass er die Stille kaum störte, und dennoch verstand sie jedes Wort. Dann lichtete sich das Dickicht. Alte Spielgeräte aus Metall schimmerten im Mondlicht, am Rande der Lichtung glänzte Wasser.

„Schau dir das an." Seine Stimme klang beinahe andächtig.

Der Blick auf die Relikte einer längst vergangenen Zeit verschlug Sophia die Sprache. Hier hatten Kinder gelacht und getobt, Familien hatten hier die schönste Zeit des Jahres verbracht. Neben dem Spielplatz stand eine kleine Ruine. Ein verrostetes Schild mit der Aufschrift *Eis* deutete auf ihre einstige Bestimmung hin. In dem alten Pool am Ende der Lichtung schwammen Seerosen, Frösche quakten und das Licht des Mondes spiegelte sich im Wasser.

Das Quaken der Frösche drang durch die nächtliche Stille und vermischte sich mit dem Zirpen der Grillen, das von den Wiesen unten im Tal zu ihnen hinauf drang.

Zweige knackten, vermutlich ein Tier, das durchs Gebüsch streunte. Eine Katze vielleicht? Wieder ein Knacken und Rascheln, dieses Mal näher. Sophia ignorierte das Geräusch, Alex schien es nicht einmal bemerkt zu haben. Plötzlich hörten die Frösche auf zu quaken, als hätte sie etwas erschreckt. Sogar das Zirpen der Grillen schien leiser geworden zu sein. Sophia hielt einen Moment die Luft an, dann setzten das Quaken der Frösche wieder ein. Das Knacken und Rascheln entfernte sich rasch und mit einem Mal wurde Sophia klar, dass es sich dabei nicht um ein Tier handelte. Jemand schlich da draußen durchs Gebüsch.

Es war leichtsinnig gewesen, einem Fremden mitten in der Nacht auf dunklen Pfaden über diesen unheimlichen, halb verfallenen Campingplatz zu folgen. Langsam kroch eine Gänsehaut Sophias Arme hinauf und breitete sich über ihren ganzen Körper aus. Ein Windstoß fuhr durch die Zweige, sie begann zu zittern. Im fahlen Mondlicht wirkte die schwarze Schlange, die sich an Alex Hals hinaufwand, unheimlich. Sophia trat einen Schritt zurück.

KAPITEL 1

„Gibt es irgendetwas, was ich wissen muss?" Karla Sommerfeld ließ sich auf den Drehstuhl vor ihrem Computer fallen. Sie drückte den Startknopf und nahm einen Bissen von dem halb aufgegessenen Frikadellenbrötchen mit zwei großen Blättern Salat, ein paar Zwiebelscheiben und viel Ketchup. Seit die Metzgerei in Birkenweiler vor ein paar Jahren schließen musste, so wie die meisten Geschäfte in dem kleinen Ort, hatte die Bäckerei Albrecht die Frikadellenbrötchen in ihr Sortiment aufgenommen. Sie schmeckten noch ganz genauso gut wie früher.

Henning Meyer räusperte sich. Karla warf ihm einen ungeduldigen Blick zu. Sie wusste, dass er in den zwei Jahren, die er noch bis zur Rente auf dem Polizeirevier verbringen würde, nicht vorhatte, sich zu verausgaben. Ständig klagte er über seinen schmerzenden Rücken. Trotzdem wäre ein Mindestmaß an Zusammenarbeit wünschenswert, dachte sie, während sie einen weiteren Bissen von ihrem Brötchen nahm und kaute. Sie hatte keine Ahnung, wie es hier weitergehen sollte, wenn er in den Ruhestand ging. Es würde schwer werden, einen Nachfolger für ihn zu finden. Wer wollte schon in so einem gottverlassenen Nest wie Birkenweiler arbeiten? Sie wäre auch lieber in München geblieben. Nun ja, manchmal waren die Dinge eben, wie sie waren. Aber es war ja noch Zeit, bis sie einen Nachfolger für Meyer brauchen würde, und notfalls würde sie auch ein paar Monate alleine über die Runden kommen.

Zu ihrem Erstaunen gab Meyer auf ihre Frage hin ein Geräusch von sich, dass sich wie *Hmhm* anhörte. Sie deutet das als *Ja* und war augenblicklich hellwach.

Schwungvoll stieß sie sich vom Boden ab, machte mit dem Schreibtischstuhl eine halbe Drehung und rollte auf ihn zu.

„Was denn?“, fragte sie neugierig.

Sie konnte sich nicht daran erinnern, dass hier überhaupt einmal etwas passiert war, seit sie aus München in die kleine Polizeidienststelle in Birkenweiler gewechselt hatte. Das einzige Mal, dass in diesem Ort etwas geschehen war, das war … Sie zwang sich, nicht darüber nachzudenken. Sie war hier aufgewachsen und froh gewesen, endlich von hier wegzukommen. Ihre Vergangenheit hatte sie nie losgelassen, aber weit weg, in München, war ihr alles erträglicher erschienen. Doch dann war ihre Mutter krank geworden. Zuerst hatte sie es gar nicht wirklich bemerkt. Wie auch, ihre Mutter selbst hatte die

Symptome immer abgetan. Jeder vergaß einmal etwas, wenn er schlecht geschlafen hatte, und mit dem Alter lässt die Gedächtnisleistung ohnehin nach, oder nicht? Erst als schwerwiegendere Gedächtnislücken aufgetaucht waren, hatte Karla darauf bestanden, dass sich ihre Mutter untersuchen ließ. Die Diagnose war ein Schock: Demenz. Sie beschloss, nach Birkenweiler zurückzukehren, um sich um ihre Mutter zu kümmern. Zumindest, solange das möglich war. In der letzten Zeit wurde es immer schwieriger, und sie würde sich in absehbarer Zeit doch nach einem Platz in einem Pflegeheim umsehen müssen. Vielleicht in München. Dann hätte sie eine Chance, wieder in ihr altes Leben zurückzukehren.

Bis dahin bewohnte sie in der Lilienstraße eine Dreizimmerwohnung, die für sie alleine eigentlich viel zu groß war. Die Wohnung lag nur ein paar Straßen von ihrem Elternhaus entfernt. Es war wirklich ein glücklicher Zufall, dass sie gerade in der Zeit frei wurde, als Karla beschloss, nach Birkenweiler zurückzukehren. Natürlich hatte sie die Enttäuschung ihrer Mutter bemerkt, als sie ihr vorsichtig erklärte, dass sie in eine eigene Wohnung ziehen würde und nicht in ihr altes Kinderzimmer. Ihre Mutter hatte versucht, ihre Enttäuschung zu verbergen, aber die verräterischen Tränen, die in ihren Augenwinkeln schimmerten, und auch das leichte Zucken um ihre Mundwinkel hatte sie nicht aufhalten können. Karla war froh, dass sie sich trotzdem für die Wohnung entschieden hatte. Auch wenn es ihr schwergefallen war, ihre Mutter zu enttäuschen. Sie wusste, dass sie es unter einem Dach mit ihrer Mutter in ihrem Elternhaus nicht so lange ausgehalten hätte. Sie brauchte ihren Rückzugsraum und eine Möglichkeit, den Erinnerungen zu entfliehen, die in ihrem Elternhaus in jedem Raum, an jeder Wand und an jedem Möbelstück klebten.

In den letzten Jahrzehnten hatte sich hier kaum etwas verändert. Ihr ehemaliges Kinderzimmer war noch beinahe vollständig eingerichtet. Über der Tapete mit dem rosafarbenen Blumenmuster hingen Poster aus der Bravo, der Teppichboden war durch den Lichteinfall des Fensters an einigen Stellen völlig ausgeblichen. Nur im Erdgeschoss, wo sich Küche und Wohnzimmer befanden, hatte ihre Mutter vor wenigen Jahren den alten Bodenbelag durch ein hochwertiges Parkett austauschen und die Wände neu streichen lassen.

Meyer suchte umständlich und unerträglich langsam einen handgeschriebenen Zettel aus dem Papierstapel auf seinem Schreibtisch hervor.

„Ein Herr Bergmann hat angerufen und seine Frau als vermisst gemeldet", verkündete er.

„Wann war das?" Karla legte ihr Brötchen beiseite und sah ihn aufmerksam an.

„Gegen Mittag." Meyer studierte eingehend seine handschriftlichen Notizen. „Um zehn Uhr fünfundfünfzig, um genau zu sein."

Sie ignorierte den missfallenden Blick, den er auf das angegessene Brötchen warf, das sie auf seinem Schreibtisch abgelegt hatte. Ohne Serviette oder Teller. Sie wusste, dass er, gleich nachdem sie sich umgedreht hatte, mit einem Taschentuch über den beinahe unsichtbaren Fleck wischen würde, den ihr Brötchen auf seinem Schreibtisch hinterließ.

„Und wie lange war sie da schon verschwunden?", fragte sie.

„Kurz nach elf Uhr abends hat er sie zum letzten Mal gesehen." Er kratzte sich hinter dem Ohr und konsultierte abermals seine Notizen. „Herr und Frau Bergmann haben die Nacht auf dem Campingplatz *Waldesruh* verbracht. Sie sind mit einem befreundeten Paar auf dem Weg nach Italien. Dort wollen sie gemeinsam Urlaub machen. Bis spät in die Nacht saßen sie gemeinsam an der Grillstelle auf dem Campingplatz. Frau Bergmann ist dann in Richtung der Sanitäranlagen aufgebrochen und nicht wieder zurückgekommen. Herr Bergmann dachte, sie mache einen Spaziergang. Er hat sich ins Bett gelegt und ist eingeschlafen. Als er am nächsten Morgen aufwachte, war sie immer noch nicht da."

Karla Sommerfeld legte die Stirn in Falten.

„Er dachte, sie macht einen Spaziergang? Mitten in der Nacht?"

„Nach Aussage von Herrn Bergmann ist das schon öfter vorgekommen."

„Kennen Sie viele Leute, die mitten in der Nacht spazieren gehen?“

„Natürlich nicht. Aber die Leute machen alle möglichen seltsamen Dinge.“

Das war ein Punkt. Karla dachte darüber nach.

„Jedenfalls ist Frau Bergmann nicht von ihrem Spaziergang zurückgekehrt“, resümierte sie.

„Kommen Sie schon, Frau Hauptkommissarin, was soll ihr denn passiert sein? Hier bei uns … Hier ist noch nie irgendetwas passiert.“

„Nennen Sie mich doch nicht immer Frau Hauptkommissarin, mein Name ist Karla.“

Meyer hob die Schultern. Sie wusste, dass es sinnlos war. Er würde sie nie mit ihrem Vornamen ansprechen. Inzwischen kannte sie ihn gut genug, um zu wissen, dass es nichts mit ihr zu tun hatte. Dienst war Dienst, und da wurden Kollegen mit ihrem Titel angesprochen. Zumindest in Meyers Welt. Aus Respekt siezte sie ihn auch. Allerdings wäre ihr ein freundschaftlicher Ton, wie sie ihn mit den Kollegen in München gepflegt hatte, lieber gewesen.

Sie sah auf ihre Armbanduhr. Eine Smartwatch für Läufer. Sie hatte sie erst vor ein paar Wochen erstanden, weil ihre bisherige Lauf-Uhr die Streckenmessung nicht mehr zuverlässig angegeben hatte.

„Es ist jetzt kurz nach zwei“, sagte sie nachdenklich.

Sie war eben erst ins Polizeirevier gekommen, da sie sich den Vormittag über freigenommen hatte, um mit ihrer Mutter in die Klinik zu fahren. Wie immer hatte sich der Termin nach hinten verschoben, und sie waren erst um halb zwei wieder in Birkenweiler gewesen. Nach einer langen Phase der Stabilität hatte sich der Zustand ihrer Mutter in den letzten Wochen verschlechtert, und sie wurde zunehmend ängstlicher. Sie verlor immer mehr Erinnerungen, ihr Misstrauen gegenüber anderen wuchs. Termine wie dieser waren nur mit viel Geduld und gutem Zureden zu bewältigen. Karla hoffte inständig, dass die nächsten Tage und Wochen leichter werden würden als die zurückliegenden.

„Sie ist noch keine vierundzwanzig Stunden verschwunden", bemerkte Meyer.

„Ich fahre trotzdem mal rüber." Karla erhob sich schwungvoll, griff nach ihrem Handy und steckte es in die hintere Hosentasche. Das angebissene Brötchen ließ sie liegen. „Kommen Sie mit?"

„Ich habe noch zu tun."

Henning Meyer deutete auf den Bildschirm seines Computers. Der Bildschirmschoner hatte sich eingeschaltet, wechselnde Landschaften zogen über das Display. Die Hauptkommissarin verkniff sich eine bissige Bemerkung.

„Alles klar", sagte sie stattdessen, stand auf und ließ die Tür geräuschvoll hinter sich ins Schloss fallen. Sie konnte beinahe spüren, wie Henning Meyer hinter ihr erleichtert aufatmete und hoffte, dass die nächsten drei

Stunden bis zum Feierabend ohne weitere Vorkommnisse vergehen würden.

Karla hatte den Campingplatz *Waldesruh* seit Jahrzehnten nicht mehr betreten. Als Kind war sie im Sommer mit ihren Eltern hier regelmäßig zum Baden gewesen. In der näheren Umgebung gab es damals kein Freibad, aber der Campingplatz besaß einen Swimmingpool. Später, als Jugendliche, hatte sie hier mit der Clique aus Birkenweiler in den Ferien oder am Wochenende gezeltet. Das war lange her, inzwischen waren die meisten von hier weggezogen. Sie erinnerte sich an lange unbeschwerte Nächte unter einem funkelnden samtblauen Sternenhimmel. Unberührt von den grellen Neonlichtern der Großstadt, die ihr in München diesen Anblick stets verwehrt hatten. In den ersten Nächten, die sie nach ihrer Rückkehr in Birkenweiler verbracht hatte, hatte sie oft auf der Terrasse gesessen und stundenlang in die unendliche Weite des Nachthimmels gesehen.

Sie parkte ihren Dienstwagen auf dem geschotterten Parkplatz vor dem Eingangstor des Campingplatzes. Der Geruch nach Sommerflieder und das Surren der Insekten erinnerten sie an früher, auch sonst schien sich hier nicht viel verändert zu haben. Es schien so, als sei die Zeit stehen geblieben. Allerdings wirkte all das, was auch schon in Karlas Jugend nicht mehr neu gewesen war, jetzt alt und heruntergekommen. Früher blühten in den großen

Kübeln rechts und links des Torbogens Stiefmütterchen und Gerbera in allen Farben, nun hingen nur noch ein paar verblichene Pflanzenreste in der trockenen Erde. Mit einem Mal vermisste sie ihren Vater. Seit er verschwunden war, hatte sich alles zum Schlechten gewendet. Ihre Mutter war erst depressiv und später dement geworden, vielleicht hing auch beides zusammen. Ihre Beziehung war in die Brüche gegangen und sie, die den Sprung in die große weite Welt geschafft hatte, war wieder hier in diesem gottverlassenen Nest gelandet. Ungeduldig wischte sie die düsteren Gedanken beiseite, die sie wie eine träge Fliege in der Hochsommerhitze umschwirrten.

Auf der großen Wiese direkt am Eingang des Campingplatzes entdeckte sie einen grün-weißen Multivan und ein graues Wohnmobil. Karla ging auf die kleine Gruppe zu, die vor den Fahrzeugen auf Campingstühlen in der Sonne saß. Zwei Männer und eine Frau. Die Männer waren vom Typ her sehr unterschiedlich, aber auffallend ähnlich gekleidet. Schlichte, aber elegante blaue Jeans, schwarzes T-Shirt, farbenfrohe Sneakers. Die junge Frau wirkte ernst, ihr Gesicht ließ jegliche mädchenhaften Züge vermissen.

„Hauptkommissarin Karla Sommerfeld“, stellte sie sich vor. „Ich suche Mark Bergmann.“

„Das bin ich.“ Mark Bergmann erhob sich und reichte ihr die Hand.

„Und Sie sind?"

„Benjamin Friedrich." Sein Händedruck war fester, als Karla es bei einem so jungen Mann erwartet hätte.

„Miriam Winkler." Die Hand der jungen Frau war trotz der Hitze kühl, stellte Karla erstaunt fest. Vielleicht kam die Wasserflasche, die sie eben zur Seite gestellt hatte, direkt aus dem Kühlschrank.

Sie notierte sich die Namen und wandte sich Mark Bergmann zu.

„Sie haben Ihre Frau als vermisst gemeldet, Herr Bergmann. Ist sie inzwischen wieder aufgetaucht?"

„Nein. Wir haben den ganzen Campingplatz nach ihr abgesucht, keine Spur." Er fuhr sich nervös mit der Hand durchs Haar. Miriam Winkler und Benjamin Friedrich beobachteten ihn aufmerksam.

„Ist so etwas schon öfter vorgekommen? Kann es sein, dass sich Ihre Frau einfach eine Auszeit genommen hat?"

„Eine Auszeit?" Mark Bergmann wirkte erstaunt. „Nein, das kann ich mir nicht vorstellen."

„Sophia ist in einer schwierigen Phase", warf Miriam Winkler ein. Karla betrachtete fasziniert ihr makelloses, ernstes Gesicht mit den kühlen grünen Augen. Wie war es möglich, dass die junge Frau keine Gefühlsregung zeigte, obwohl ihre Freundin spurlos verschwunden war. Müsste sie nicht verängstigt sein? Oder zumindest besorgt? Vielleicht waren die beiden Frauen auch gar nicht befreundet, sondern nur zufällig mit Männern liiert, die eine Freundschaft verband.

„Darf ich mich setzen?"

„Bitte."

Mark Bergmann klappte den vierten Stuhl auf, der unbenutzt am Multivan gelehnt hatte. Karla nahm Platz und legte das Notizbuch auf ihren Knien ab.

„Was heißt, sie war in einer schwierigen Phase?"

„Sophias Eltern sind im letzten Jahr bei einem Autounfall gestorben. Sie hat sich von dem Schock noch nicht erholt. Sie ist labil, hat Panikattacken und Depressionen. Mark weicht seitdem nicht von ihrer Seite." Miriam warf Mark einen Blick zu, den Karla nicht deuten konnte. „Es ist für alle nicht leicht."

„Ist es möglich, dass sich Ihre Frau etwas angetan hat?"

Mark starrte auf seine Hände. Er atmete tief durch, dann blickte er auf.

„Ja", sagte er. „Das halte ich durchaus für möglich."

Karla klappte das Notizbuch zu, lehnte sich in ihrem Stuhl zurück und dachte nach. Außer dem Surren der Insekten und dem leisen Plätschern des kleinen Baches herrschte völlige Stille. Wer konnte, zog es vor, einen solchen Tag im Schatten zu verbringen und auf die kühlen Abendstunden zu warten.

„Sie wissen, dass in der Regel die ersten vierundzwanzig Stunden nach dem Verschwinden abgewartet werden, bevor wir aktiv werden?"

„Ja, das ist mir bewusst."

„Trotzdem haben Sie Ihre Frau schon vor ein paar Stunden als vermisst gemeldet."

„Ich mache mir Sorgen."

Karla versuchte, die Situation einzuschätzen. Mark Bergmann machte einen gefassten und nüchternen Eindruck, dennoch wirkte er ernsthaft besorgt. Nach all dem, was sie in der Kürze der Zeit über Sophia Bergmann erfahren hatte, war es durchaus angebracht, nach der jungen Frau zu suchen, entschied sie nach kurzem Überlegen.

„In Ordnung. Wenn bei Ihrer Frau der begründete Verdacht auf einen Suizid besteht, können wir die Suche sofort einleiten. Würden Sie sagen, dieser begründete Verdacht ist hier gegeben?"

„Ich denke ja."

„Herr Bergmann, dann brauche ich jetzt von Ihnen so viele Informationen über Ihre Frau wie möglich."

Mark Bergmanns Augen weiteten sich so, als würde er erst jetzt begreifen, welche Tragweite die Geschehnisse der Nacht hatten. Er vergrub den Kopf in den Händen, Benjamin Friedrich legte ihm die Hand auf die Schulter. Als Mark Bergmann wieder aufsah, waren seine Augen gerötet, sein Blick ging der Hauptkommissarin bis unter die Haut. Er schien direkt in ihr Innerstes zu sehen.

„Was möchten Sie wissen?"

„Zunächst einmal brauche ich eine detaillierte Beschreibung Ihrer Frau, damit die Kollegen die größtmögliche Chance haben, sie zu finden."

Er schluckte hart. Miriam Winkler sah sie abschätzend an.

„Sie meinen, sie lebt?"

„Wäre das nicht eine Möglichkeit?"

„Wie gesagt, Sophia war seit dem Tag, an dem ihre Eltern ums Leben kamen, schwer depressiv …"

Mit einer unauffälligen Geste unterbrach Benjamin Friedrich ihren Redefluss. Sie zuckte mit den Schultern. Karla wandte ihre Aufmerksamkeit wieder Mark Bergmann zu.

„Meine Frau … Sophia … Sie ist etwa einsfünfundsiebzig groß, schlank. Sie hat langes blondes Haar, ein hübsches Gesicht …" Er sah die Hauptkommissarin hilflos an.

„Augenfarbe?"

„Blau."

„Was trug ihre Frau, als Sie sie zum letzten Mal gesehen haben?"

„Sie trug eine kurze Jeans und ein schwarzes Top, darüber eine dünne Strickjacke. Ebenfalls schwarz."

„Es war mitten in der Nacht", warf Karla ein. „Und Ihre Frau trug nur eine kurze Jeans?"

„Es war heiß …"

Stimmt, in der letzten Nacht hatte es sich kaum abgekühlt. Trotz weit geöffneten Fensters hatte sich Karla unruhig im Bett hin und her gewälzt. Die Hitze hatte sie nicht zur Ruhe kommen lassen, kaum ein Windhauch war hereingedrungen, um ihrem erhitzten Körper Kühlung zu verschaffen. Erst gegen Morgen war ein leichter Wind aufgekommen und sie hatte endlich in einen tiefen, traumlosen Schlaf gefunden, den das Klingeln des Weckers kaum drei Stunden später bereits wieder beendet hatte.

„Bitte erzählen sie mir von heute Morgen, als sie bemerkt haben, dass Ihre Frau nicht da ist. War ansonsten irgendetwas anders als sonst? Ist Ihnen etwas Ungewöhnliches aufgefallen?"

Mark Bergmann legte die Stirn in Falten. Es machte den Anschein, als würde er konzentriert nachdenken.

„Sophia lag nicht neben mir im Bett. Ich bin aufgestanden und ins Freie getreten. Vor dem Multivan stand Miriam. Sie hatte Kaffee zum Frühstück besorgt. Ich fragte sie nach Sophia, aber sie hatte Sophia auch nicht gesehen. Da habe ich angefangen, mir Sorgen zu machen."

„Sie waren also schon länger wach, Frau Winkler?"

„Ja, ich stehe immer früh auf. Ich bin nach Birkenweiler gejoggt und habe Kaffee besorgt."

„Sie haben beim Joggen Kaffee besorgt?"

Karla hob fragend die Augenbrauen. Sie war selbst Läuferin. Auch wenn sie nicht mehr so weite Strecken lief wie noch vor ein paar Jahren, war das Laufen noch immer ihr Ausgleich zum Berufsalltag und ihre Leidenschaft. Sie konnte sich beim besten Willen nicht vorstellen, wie man während des Joggens mehrere Becher Kaffee transportieren konnte.

„Natürlich nicht. Ich bin bis Birkenweiler gejoggt und mit dem Kaffee zurückgelaufen. Die Verkäuferin hat mir einen dieser Kartons gegeben, in die man mehrere Becher zum Transport stellen kann."

„Gut, und wann war das?"

„Gegen acht Uhr bin ich hier los. Ich schätze, ich war eine Stunde unterwegs. Vielleicht auch etwas länger."

Karla notierte die Uhrzeit.

„Und sie sind Frau Bergmann nicht begegnet."

„Nein, ich dachte, sie liegt im Multivan und schläft." Miriam Winkler wirkte genervt. „Sie hat immer ewig geschlafen. Wie hätte ich wissen sollen, dass es an diesem Tag anders ist?"

Benjamin Friedrich legte ihr den Arm um die Schulter. „Schon gut, das konntest du nicht wissen."

„Herr Friedrich, wann haben Sie bemerkt, dass Sophia Bergmann nicht da ist?"

„Erst als Miriam mit dem Kaffee zurückkam und mich geweckt hat."

Karla nickte nachdenklich und machte sich ein paar Notizen. Die Grillen zirpten im Gras, das sich in der Sonne bereits gelblich verfärbt hatte. Seit Tagen brannte sie erbarmungslos vom Himmel. In der Ferne hörte Karla das Brummen eines Traktors. Ansonsten herrschte Stille.

KAPITEL 2

Karla ließ den Blick schweifen, sie würde sich den Campingplatz genauer ansehen müssen. Vielleicht fand sie einen Hinweis darauf, was mit Sophia Bergmann geschehen war.

Sie beschloss, einen Rundgang über den Campingplatz zu machen, ehe sie zum Polizeirevier zurückfuhr und verabschiedete sich von Mark Bergmann und seinen Freunden. Vielleicht würde das neue Erkenntnisse bringen. Beinahe genauso stark waren in diesem Moment ihr Wunsch, tiefer in ihre eigene Vergangenheit einzutauchen, und die Neugier, zu sehen, was von dem Campingplatz ihrer Kindheit übrig war.

Ihr Blick fiel auf das kleine Grundstück gegenüber der Campingwiese. Es wurde von einem baufälligen Jägerzaun umrundet. Darin stand ein großer Wohnwagen, vermutlich aus den Achtzigerjahren. Beige mit einem breiten, ehemals dunkelbraunen Streifen. Eines der

Fenster war halb geöffnet. Die Räder waren tief im Boden eingesunken und wurden von Gras umwuchert. Um den Wagen herum wuchsen Unkraut und Büsche, die schon lange niemand mehr geschnitten hatte. Daneben stand ein kleiner Schuppen. Die grüne Farbe blätterte bereits ab, er wirkte verwahrlost und alt. Karla sah verwundert, dass die Tür mit einer massiven eisernen Kette und einem Vorhängeschloss gesichert war. Dies war die Parzelle des Platzwartes. Zumindest hatte sie das an einem kleinen Schild, das an dem baufälligen Zaun befestigt war, gelesen.

Karla klopfte an die Tür des Wohnwagens, um mit ihm zu sprechen. Vielleicht hatte er in der vergangenen Nacht etwas bemerkt, was ihnen helfen würde, Sophia Bergmann zu finden. Immerhin wohnte er genau gegenüber der Campingwiese und war für den Platz zuständig.

Da keine Reaktion auf ihr Klopfen erfolgte, beschloss sie, sich zunächst den Rest des Campingplatzes anzusehen und später wiederzukommen. Wenn sie keinen Hinweis auf Sophia Bergmann fand, würde sie Verstärkung anfordern und die Suche nach der jungen Frau einleiten. Wie sie es Mark Bergmann versprochen hatte. Er wirkte wirklich besorgt. Trotzdem wollte sie sichergehen, dass sich Sophia Bergmann nicht doch irgendwo hier aufhielt, ehe sie eine größere Suchaktion auslöste.

Direkt neben der Parzelle des Platzwartes befanden sich die Sanitäranlagen. Sie waren in einem Neubau untergebracht, der noch nicht vollständig fertig war. Alles wirkte sauber, doch bei genauerem Hinsehen bemerkte Karla, wie stümperhaft die Arbeiten ausgeführt waren. Das alte Gebäude, in dem sich in ihrer Kindheit die Duschen und Toiletten befunden hatten, hatte an genau dieser Stelle gestanden. Offensichtlich war es abgerissen worden.

Links davon lag ein einstöckiges, in die Länge gezogenes Haus mit einer großen Terrasse. *Fischerstube* stand auf einer Reklametafel mit Bierwerbung. An der Eingangstür informierte ein handbeschriebenes Stück Papier darüber, dass die Gaststätte vorübergehend geschlossen war.

Im Anschluss daran folgten die einzelnen Parzellen, angelegt an kleinen Wegen, die sich quer zum Hauptweg anordneten. Getrennt wurden sie durch dichte Hecken, die zum Teil so hoch wucherten, dass sie nicht zu überblicken waren. Der Hauptweg endete an einem Teich, den ein verrostetes Schild als *Fischteich* auswies. Fische entdeckte Karla allerdings keine.

Im Weg gegenüber der Sanitäranlagen entdeckte Karla Parzellen, die so aufgeräumt und gepflegt wirkten wie Reihenhäuser in einer Vorstadtgegend. Es waren die letzten Grundstücke in der Reihe, die direkt an den kleinen Bach grenzten. Sie blieb stehen und betrachtete ein kleines, rot gestrichenes Haus mit weißumrandeten Fenstern. Es war eines dieser Tiny Houses, über die sie kürzlich eine Reportage im Fernsehen gesehen hatte. Der rot-weiße Anstrich erinnerte sie an Schweden. Das Haus war von hohen Hecken umgeben, die so dicht waren, dass man kaum hindurchsehen konnte. Lediglich eine Stelle war etwas lichter, sodass sie den Blick auf das Haus und den kleinen Vorgarten freigab. Offenbar hatte die Hecke unter der andauernden Trockenheit dieses Sommers gelitten. An dem Fenster direkt neben der Tür entdeckte sie einen Schatten. Eine Frau, stellte sie beim genaueren Hinsehen fest. Sie beobachtete das gegenüberliegende Grundstück. Entweder hatte sie Karla nicht bemerkt, oder sie interessierte sich ganz einfach nicht für sie. Karla folgte ihrem Blick.

Auf dem gegenüberliegenden Grundstück stand ein weiteres dieser Häuschen. Es hatte einen gelben Anstrich und eine kleine Veranda, auf der ein Hängesessel einsam in der mittäglichen Sonne hin und her schwang. So, als hätte jemand noch bis vor einer Sekunde gemütlich darin gesessen und wäre gerade eben daraus aufgesprungen. Vielleicht hatte er – oder sie – gedöst oder gelesen? Der Platz lud buchstäblich dazu ein. Tatsächlich entdeckte Karla einen Stapel Magazine auf einem kleinen Tisch direkt an der Hauswand. Daneben stand ein halb leeres Wasserglas.

Die Hauptkommissarin ging weiter bis zum Bach am Ende des Weges. Wasser plätscherte träge den Bachlauf hinunter, der sich, umgeben von Weiden und Schilf, über den Campingplatz und die Wiesen bis hin zum Wald schlängelte. Sie sah kurz auf die Wiesen hinaus, die sich hinter dem Bach erstreckten und das Tal zwischen dem Campingplatz und Birkenweiler wie ein grüner Teppich bedeckten. Dann ging sie zurück zu dem Gebäude, in dem sich die Sanitäranlagen befanden.

Auf dem Weg kam ihr mit schnellen Schritten ein Mann entgegen. Er war tadellos gekleidet. Ganz anders als Karla sich den typischen Camper vorstellte. Kariertes Hemd, Kordhose und Hut. Die breite Krempe warf einen Schatten über sein Gesicht. Karla schätzte ihn auf ungefähr sechzig Jahre, vielleicht auch etwas älter. Seine kleinen grauen Augen musterten sie neugierig. Karla blieb stehen.

„Guten Tag, Herr …“

„Reifner. Mathias Reifner.“

Er schob seinen Hut ein Stück zurück und deutete eine Verbeugung an.

„Herr Reifner. Ich bin Hauptkommissarin Sommerfeld“, stellte sie sich vor und zog ihren Ausweis aus der Tasche. „Kennen Sie eine Sophia Bergmann? Sie hat mit ihren Freunden auf der Campingwiese übernachtet.“

„Ja.“ In Mathias Reifners Augen erschien ein misstrauischer Ausdruck. „Ich habe Sophia und ihre Freunde kennengelernt“, antwortete er.

„Sophia Bergmann wurde heute Vormittag als vermisst gemeldet. Haben Sie sie gesehen oder eine Idee, wo sie sich aufhalten könnte?“

„Nein.“

„Sie haben sie heute also noch nicht gesehen?“

„Nein, das sagte ich doch.“

„Wann haben Sie sie denn gesehen?“

„Gestern Abend.“

„Und wo?“

„Auf der Campingwiese mit ihren Freunden.“

„Ist Ihnen da irgendetwas Ungewöhnliches aufgefallen?“ Karla sah ihn aufmerksam an.

„Nein“, lautete die knappe Antwort.

Die Hauptkommissarin reichte Mathias Reifner ihre Karte.

„Bitte rufen Sie mich an, falls Ihnen doch noch etwas einfällt.“

Reifner brummte etwas, das sie als *Guten Tag* interpretierte, tippte zum Gruß an die Hutkrempe und ging geradewegs auf das kleine Haus mit dem gelben Anstrich zu.

Zu Karlas Rechten führten kleine Treppen nach oben zu weiteren Parzellen, die terrassenförmig auf drei Ebenen angeordnet waren. Die meisten wirkten verwildert, und am äußersten Rand löste sich der Campingplatz einfach im Dickicht auf. Es war unmöglich, zu erkennen, wo der bewirtschaftete Teil endete und die Wildnis begann. Die meisten Parzellen waren leer, und auch viele der alten Wohnwagen wirkten verlassen. Sie konnte kaum glauben, wie sehr sich der ehemals gepflegte und belebte Campingplatz verändert hatte.

Plötzlich fand sich Karla in einer Sackgasse wieder, eingeschlossen von dichten Hecken, Unkraut und vermodernden Wohnwagen. Sie wandte sich um und ging zügig zurück. Erst jetzt bemerkte sie, dass sie beobachtet wurde.

Er saß vor einem kleinen Wohnwagen, der deutlich älter sein musste als der, der auf der Parzelle des Platzwarts stand, und starrte sie unverhohlen an.

„Hi", sagte er. „Kann ich dir irgendwie helfen?" Sein dunkelblondes Haar war im Nacken zu einem unordentlichen Pferdeschwanz gebunden. Er trug ein dunkles T-Shirt, auf dem ein Eichhörnchen mit übergroßen Augen und einer Kaffeetasse abgebildet war. Darunter prangte der Spruch: *Der erste Liter Kaffee ist der wichtigste.* Auf dem wackeligen Tisch vor ihm stand ein MacBook mit silbernem Gehäuse.

„Ja, das können Sie tatsächlich …"

„Alles klar! Und wie?" Er lehnte sich in seinem verblichenen, ehemals grünen Campingstuhl zurück und zog an seiner Zigarette. Er inhalierte den Rauch tief, um ihn dann in kleinen Ringen in die Luft zu blasen, während er Karla durchdringend von oben bis unten musterte. Sie dachte an das verschwundene Mädchen, das nur eine kurze Jeans und ein eng anliegendes, schwarzes Top getragen hatte. Bei seinem Blick war sie froh, trotz der Hitze eine lange Hose angezogen zu haben.

„Ich bin auf der Suche nach einer jungen Frau, Sophia Bergmann."

„Wem?"

„Sophia Bergmann."

„Kurze Jeans, eng anliegendes schwarzes Shirt ..." Er blies erneut Rauchringe in die Luft und beobachtete Karla ganz genau. Die Art, wie er sie ansah, erinnerte sie an ein Raubtier, das seiner Beute auflauerte.

„Sie haben sie also getroffen?"

Weitere Rauchringe waberten in die Luft.

„Gestern." Er drückte die Zigarettenkippe in dem blauen Plastiktaschenbecher aus, der auf dem Tisch vor ihm stand. „Sie kam einfach hier vorbei. Sie sah verdammt sexy aus, und auf einmal hatte sie es unglaublich eilig."

Karla konnte sich vorstellen, warum. Der Typ war wirklich unangenehm.

„Aha", sie zog ihr Notizbuch heraus. „Wie ist Ihr Name?"

„Warum willst du das wissen?" Ein misstrauischer Ausdruck erschien auf seinem Gesicht. „Bist du von der Polizei oder so?"

„Hauptkommissarin Sommerfeld", stellte sich Karla vor und hielt ihm ihren Ausweis unter die Nase. „Also?"

„Kaminsky", antwortete er etwas weniger großspurig als zuvor. „Yannick Kaminsky", fügte er hinzu, als sie ihn abwartend ansah.

„Gut, Herr Kaminsky. Wir sprechen uns noch." Karla wandte sich ab.

„Warte doch mal, was ist denn mit dem Mädchen passiert?“, rief Kaminsky ihr hinterher.

„Sie ist verschwunden. Seit heute Nacht.“

Yannick Kaminsky machte ein betroffenes Gesicht.

„Die taucht schon wieder auf“, murmelte er. Karla konnte nur hoffen, dass er recht hatte.

Sie verabschiedete sich so schnell und so förmlich wie möglich, und beeilte sich, über die Treppen auf die oberste Etage zu kommen.

Oben angelangt, stemmte sie die Arme in die Hüften und atmete tief durch. Sie war die Treppen so schnell hinaufgestiegen, dass sie außer Atem geraten war, obwohl sie durch das regelmäßige Lauftraining gut in Form war.

Die dritte und oberste Terrassenanlage bot eine herrliche Sicht über das gesamte Tal. Der kleine Bach glitzerte in der Sonne, dahinter erstreckten sich Wiesen und Felder bis zum Horizont. In der Ferne erkannte sie Birkenweiler. In einer kleinen Mulde inmitten der Felder lag ein Gehöft, der Schindler-Hof. Einen Moment lang hielt sie inne und genoss die Aussicht, ehe sie weiterging.

Auf dem Grundstück direkt hinter ihr, bevor sich der Weg im Dickicht auflöste, standen Motocross Motorräder vor einem alten Wohnwagen. Aus dem Inneren drangen leise Bässe.

Karla klopfte an die Tür und wartete. Die Musik wurde abgeschaltet, sodass die Bässe verstummten, dann wurde die Tür aufgestoßen. Im Rahmen stand ein blasser Junge, dem strähniges Haar über die dunklen Augen fiel. Karla schätzte ihn auf siebzehn oder achtzehn Jahre. Sie roch den unverkennbaren Geruch von Marihuana.

„Was gibts?“, fragte er.

„Hauptkommissarin Sommerfeld, ich suche nach einer jungen Frau, Sophia Bergmann. Hast du sie gesehen?“

Karla hielt dem Jungen ihren Ausweis unter die Nase. Falls ihn das beeindruckte, ließ er sich nichts anmerken. Immerhin zog er die Tür hinter sich zu, vielleicht um zu verhindern, dass der Grasgeruch weiter herausströmte.

„Sophia Bergmann, nie gehört.“

„Sie campt unten auf der Wiese mit ihren Freunden.“

„Ach ja? Nein, hab ich nicht gesehen.“

„Dein Name?“

„Manuel Schindler.“

„Schindler“, sie hielt inne, während sie den Namen notierte. „Vom Schindler-Hof?“

„Ganz genau.“

„Und was machst du hier?“

„Abhängen“, sagte er betont lässig.

„Der Wohnwagen gehört meinem Vater. Hier draußen habe ich meine Ruhe, verstehen Sie das?“, schob er hastig hinterher, als ihm klar wurde, dass ihr die Antwort nicht ausreichte.

Ja, sie glaubte schon, dass sie das verstand.

Die Familienverhältnisse auf dem Schindler-Hof waren schwierig, das wusste ganz Birkenweiler. Wenn der Junge hier einen Rückzugsort fand, war dagegen nichts einzuwenden. Sie nahm sich vor, bei einer anderen Gelegenheit mit ihm über seinen Drogenkonsum zu sprechen. Jetzt hatte sie Wichtigeres zu tun.

Karla reichte Manuel Schindler eine Karte, auf der ihre Telefonnummer vermerkt war.

„Du rufst mich an, wenn dir irgendetwas zu Sophia Bergmann einfällt, okay?“

„Okay.“

Er nahm die Karte mit leicht zitternden Händen entgegen und ließ sie in seiner Hosentasche verschwinden.

„Wars das?“

„Ja, das wars. Mach's gut, Manuel, und mach ab und zu mal das Fenster auf.“

„Klar.“

Sichtlich erleichtert verschwand er wieder im Wohnwagen. Karla schüttelte den Kopf. Sie konnte sich zu gut daran erinnern, wie sie in diesem Alter gewesen war.

Sie ging weiter und stieß auf weitere Tiny Houses. Die dazugehörigen Parzellen waren liebevoll gestaltet. Hier wuchsen Blumen, Wäsche trocknete auf den Leinen und vor einem der kleinen Häuser spielten Kinder. Auch hier hatte niemand Sophia Bergmann gesehen.

Sie ging den Hauptweg entlang, um an der anderen Seite des Campingplatzes die Terrassen hinunterzusteigen.

Am Ende des Hauptweges, wo die Treppe von der dritten Etage auf die zweite hinabführte, entdeckte Karla ein großes Grundstück, das aus mindestens drei Parzellen bestehen musste. In der Mitte stand ein holzverkleidetes Tiny House, davor erstreckte sich eine großzügige Terrasse mit Weitblick über das gesamte Tal. Am Rande des Grundstücks wuchsen kleine Obstbäume, es gab Gemüsebeete, in einer Ecke stand ein Komposthaufen und überall blühten Blumen. Es summte und surrte in der sommerlichen Luft, zwischen den Bäumen entdeckte Karla einen Bienenstock.

Sie spähte in den Garten hinein, konnte aber niemanden entdecken und ging weiter. Zu gerne hätte sie gewusst, wer diesen paradiesischen Ort geschaffen hatte, auf den sie ganz unverhofft gestoßen war und der so gar nicht zum Rest des Campingplatzes zu passen schien.

Karla stieg die Treppen hinab. Etage um Etage, vorbei an verlassenen Wohnwagen und wuchernden Hecken. Die Sonne brannte vom wolkenlosen Himmel, es war heiß. Karla schwitzte.

Sie war froh, dass die Treppen im Schatten lagen. Die hohen Wipfel der Tannen und Fichten des angrenzenden Waldes ragten majestätisch neben dem kleinen Weg auf, im Dunkeln mussten sie bedrohlich wirken. Ein schier endloser Wald erstreckte sich neben und hinter dem Campingplatz. Hier lebten Hirsche, Rehe, Füchse, Dachse und Wildschweine. Karla vermutete, dass auch der Campingplatz im letzten Winter von den Wildschweinen nicht verschont geblieben war, die auf der Suche nach

Futter sogar bis nach Birkenweiler gekommen waren und ganze Vorgärten verwüstet hatten. Sie spähte durch die dichten Tannen in den Wald hinein, konnte jedoch nichts entdecken. Das Wild hatte sich bei der Hitze sicher tief ins kühle Dickicht zurückgezogen.

Die Stufen der Treppen, die Karla hinabstieg, hatten sich im Laufe der Zeit abgesenkt, in den Ritzen wuchsen Moos und Gras.

Als sie die unterste Ebene erreichte und aus dem Schatten der Tannen in die unbarmherzige Sonne trat, traf sie die Hitze wie ein Schlag. Sie hielt kurz inne. Stimmen durchdrangen die träge Stille des Hochsommertages. Sie lauschte und versuchte herauszufinden, woher die Geräusche kamen, machte die Richtung aus und ging ein paar Schritte weiter. Die Stimmen kamen aus dem Wohnwagen des Platzwartes. Offensichtlich war er jetzt zu Hause, der Fernseher lief. Die kleinen Fenster hatte er so weit wie möglich geöffnet, im Wohnwagen musste es bei der Hitze unangenehm stickig sein.

Als sie bemerkte, wie Mathias Reifner mit schnellen Schritten auf die Parzelle des Platzwartes zusteuerte, trat sie einen Schritt zur Seite, sodass sie vom Weg aus nicht mehr zu sehen war.

Ein Sommerflieder mit ausladenden Ästen bot ihr ausreichend Schutz, um die Szene unentdeckt zu beobachten. Seine violetten Blüten verströmten den typischen Duft nach Honig und hatten unzählige Schmetterlinge angelockt, die sich zwischen den Rispen tummelten. Karla entdeckte ein paar Tagfalter, die sie kannte, wie das Pfauenauge und den Admiral. Ihre Mutter hatte ihr als Kind oft die Schmetterlinge im Garten gezeigt und ihr die Namen genannt. Sie erinnerte sich gut daran.

Energisch klopfte Mathias Reifner an die Tür des Wohnwagens. Nichts geschah. Verärgert ballte er die rechte Hand zur Faust und schlug fest gegen die Tür. Die dumpfen Schläge hallten über den Campingplatz.

Der Platzwart öffnete, Schweiß lief über seine Stirn. Karla fiel die Tätowierung an seinem Hals auf. Eine Schlange. Auch wenn Tätowierungen an sich nichts Ungewöhnliches waren, und er hatte viele davon, war diese eine doch besonders. Sehr auffällig. Immerhin wand sich die Schlange beinahe bis auf seine Wange.

Statt einer Begrüßung baute er sich vor dem Besucher auf und sah auf ihn herab. Er überragte ihn beinahe um Kopflänge.

„Was willst du, Reifner?"

„Die Polizei war hier."

Anscheinend ging Mathias Reifner davon aus, dass sie den Campingplatz bereits verlassen hatte.

„Warum?"

Reifner schob seinen Hut nach hinten, jetzt konnte Karla sein Gesicht besser erkennen. Seine kleinen grauen Augen wanderten unruhig umher. Sie trat einen Schritt weiter hinter den Sommerflieder. Schmetterlinge und

Bienen schwirrten um sie herum. Von hier aus konnte sie jedes Wort klar und deutlich vernehmen. Mit der Hand verscheuchte sie eine Biene, die direkt vor ihrem Gesicht flog.

„Eine von den Frauen ist verschwunden." Reifner deutete mit dem Kinn in Richtung der Campingwiese.

„Vielleicht ist sie spazieren?"

Die Stimme des Platzwartes klang mürrisch. Es schien, als wolle er das Gespräch so schnell wie möglich beenden.

„Wohl kaum. Sie ist seit gestern Nacht verschwunden, darum hat ihr Mann die Polizei alarmiert."

Reifner schob seinen Hut noch ein Stück zurück.

Täuschte sich Karla, oder begann der Platzwart stärker zu schwitzen? Schweißtropfen perlten von seiner Stirn. Er fuhr sich mit der Hand übers Gesicht, trat einen Schritt ins Freie und sah zur Campingwiese hinüber.

Dort saß Miriam Winkler im Schatten der Bäume auf ihrem Campingstuhl und las in einem dicken Taschenbuch mit blauem Einband. Den Titel konnte sie von hier aus nicht erkennen. Jedenfalls kam ihr das Buch nicht bekannt vor. Mark Bergmann und Benjamin Friedrich saßen ein Stück abseits von Miriam und unterhielten sich mit gedämpften Stimmen. Wollte der Platzwart sich selbst davon überzeugen, dass Reifner die Wahrheit sagte? Oder war es einfach ein Reflex, nachzusehen? Er rieb sich mit der Hand über die kurz geschorenen Haare.

„Hast du etwas damit zu tun? Weißt du, wo sie ist?" Reifners Stimme klang bedrohlich.

„Natürlich nicht."

Reifner trat einen Schritt auf ihn zu.

„Ich weiß, was du getan hast."

Er sprach so leise, dass seine Worte kaum zu hören waren. Von einer Sekunde auf die andere wich die Farbe aus dem Gesicht des Platzwarts, und er wurde blass. Nervös verlagerte er sein Gewicht von einem Bein auf das andere. Reifner wirkte zufrieden. Ein schmales Lächeln erschien auf seinem Gesicht.

„Du solltest hier unbedingt mal wieder rasenmähen und das Gestrüpp zurückschneiden", rief er, während er sich umdrehte und durch die kleine Parzelle zum Hauptweg zurückstapfte. „Und halte dich von Frauen fern. Ganz besonders von Lena."

Bevor er das Gartentor des baufälligen Jägerzauns schloss, hob er die Hand zum Gruß, ohne sich noch einmal umzudrehen, und steuerte geradewegs auf die kleine Gruppe auf der Campingwiese zu.

Lena, notierte Karla in ihrem Notizbuch. Sie würde eine Liste mit allen Personen erstellen müssen, die sich hier auf dem Campingplatz *Waldesruh* aufhielten. Oder sich in der letzten Nacht hier aufgehalten hatten.

Der Platzwart sah Reifner regungslos nach. Es dauerte ein paar Sekunden, bis wieder Leben in ihn kam. Langsam ging er in den Wohnwagen zurück und schloss die Tür. Währenddessen sprach Reifner mit den jungen Leuten und deutete immer wieder auf die Parzelle des Platzwartes. Sie fragte sich, was der Alte dort drüben erzählte und mit was er den Platzwart so aus dem Gleichgewicht gebracht hatte.

Karla trat auf den Weg hinaus und schlenderte zum Wohnwagen des Platzwarts. Ihr entging nicht, dass Reifner sie sofort bemerkte und für einen Augenblick sein Gespräch mit den jungen Leuten unterbrach. Seine kleinen, gemeinen Augen ließen sie nicht aus dem Blick.

Noch bevor sie die wenigen Meter bis zur Parzelle des Platzwarts zurückgelegt hatte, verließ dieser den Wohnwagen und trat mit großen Schritten auf den geschotterten Hauptweg hinaus. Er schien es eilig zu haben.

„Entschuldigen Sie, Herr …"

„Novak. Alexander Novak."

„Hauptkommissarin Karla Sommerfeld. Herr Novak, Sie sind der Platzwart hier?"

„Ja, das ist richtig."

„Ich suche nach Sophia Bergmann, ich nehme an, Sie kennen sie?"

Als Platzwart müsste er Sophia Bergmann zumindest bei der Anreise begegnet sein.

„Flüchtig, sie und ihre Freunde sind seit gestern auf der Campingwiese da drüben."

Karla hielt es für richtig, ihn etwas genauer ins Bild zu setzen. Immerhin war er, zumindest im Augenblick, offiziell ihr wichtigster Ansprechpartner auf dem Campingplatz.

„Herr Bergmann hat seine Frau als vermisst gemeldet. Er hält es für möglich, dass sie sich etwas angetan hat."

Alexander Novak schluckte hart. Ihr fiel auf, wie mitgenommen er aussah.

Es schien, als würde er sich in der Situation extrem unwohl fühlen. Karla fragte sich, warum.

„Gibt es irgendeinen Platz hier, an dem sich Frau Bergmann aufhalten könnte? Fällt Ihnen dazu etwas ein?"

Wenn sich einer hier wirklich auskannte, dann musste es doch der Platzwart sein.

„Keine Ahnung."

Er zuckte mit den Schultern.

„Gut, Herr Novak. Wir werden den Campingplatz absuchen müssen. Es wäre schön, wenn sie sich für Fragen zu unserer Verfügung halten könnten."

„Ja klar."

Alexander Novak verschränkte die Arme vor der Brust. Mit einem Mal wirkte er bedrohlich, aber Karla hatte nicht vor, sich einschüchtern zu lassen. Novak sah sie abwartend an. Sie reichte ihm die Karte mit ihrer Nummer und verabschiedete sich. Nicht ohne zu betonen, dass die Kollegen noch heute den Campingplatz nach Sophia Bergmann absuchen würden. Er nahm es ohne eine erkennbare Regung zur Kenntnis.

Sie hatte sich schon abgewandt, als sie sich noch einmal zu Novak umdrehte.

„Ach, Herr Novak, eine Frage noch."

„Ja?"

„Warum denkt Herr Reifner, sie hätten etwas mit dem Verschwinden von Sophia Bergmann zu tun?"

Die Frage traf ihn so überraschend, wie Karla es beabsichtigt hatte. Schweißtropfen erschienen auf Novaks Stirn, er ballte die Fäuste. Nur eine Sekunde, dann verschränkte er die Arme wieder vor der Brust und sah sie von oben herab an.

„Keine Ahnung, wovon Sie reden."

„Nein? Herr Reifner war doch eben bei Ihnen."

„Das geht Sie nichts an", stellte Novak klar.

Karla musste sich eingestehen, dass sie zum jetzigen Zeitpunkt nichts in der Hand hatte, womit sie eine Aussage erzwingen könnte. Sie beschloss, sich zuerst um Verstärkung zu kümmern, um die Suche nach Sophia Bergmann noch vor Einbruch der Dunkelheit durchführen zu können.

Aus dem Augenwinkel nahm Karla wahr, dass Mathias Reifner sie noch immer beobachtete. Ihr Gefühl sagte ihr, dass sie sich mit Reifner noch weiter auseinandersetzen müssen würde. Genauso wie mit dem Platzwart. Es sei denn, ein Wunder geschah und Sophia Bergmann tauchte wieder auf.

KAPITEL 3

Etwa eineinhalb Stunden nachdem Karla auf dem Campingplatz *Waldesruh* angekommen war, fuhr sie über die Landstraße auf das Polizeirevier nach Birkenweiler zurück, um die Suchaktion nach Sophia Bergmann vorzubereiten. Die Sonne stand hoch am Himmel, die Bäume links und rechts der Straße warfen ihre Schatten auf den heißen Asphalt, der in der Hitze flirrte. Karla stellte die Klimaanlage ein paar Grad kühler und dachte nach.

Sie musste unbedingt mit Mathias Reifner über das Gespräch sprechen, das sie vor dem Wohnwagen des Platzwarts belauscht hatte. Aber da sie für die Suche nach Sophia Bergmann die Hilfe der Kollegen aus der nächstgrößeren Wache brauchen würde, hatte sie beschlossen, zunächst aufs Polizeirevier zurückzufahren, um die Suche vorzubereiten. Sie befürchtete, ansonsten wertvolle Zeit verlieren. Es war inzwischen schon Nachmittag. Wenn Sophia Bergmann etwas zugestoßen war, zählte jede Minute. Sie konnte weitere Befragungen durchführen, während die Kollegen nach der jungen Frau suchten.

Die Hitze schlug ihr entgegen, als sie auf dem Parkplatz vor dem Polizeirevier die Autotür öffnete. Im Revier fand sie alles so vor, wie sie es verlassen hatte. Henning Meyer schien sich seit ihrem Aufbruch nicht bewegt zu haben. Über seinen Bildschirm liefen noch immer Bilder der schottischen Highlands mit ihrer rauen Schönheit, den grünen Hügeln und alten Burgen. Lediglich der Kaffeeduft verriet, dass er sich zumindest bis zur Kaffeemaschine am anderen Ende des großzügigen Raumes bewegt haben musste.

Der Geruch nach Frikadelle erinnerte Karla daran, dass sie ihr Brötchen vorhin nicht aufgegessen hatte, und ihr Magen begann zu knurren. Da nichts mehr von dem Brötchen zu sehen war, ging sie davon aus, dass Meyer es entsorgt hatte. Sie schluckte ihren Ärger darüber hinunter, zog schwungvoll die oberste Schublade ihres Schreibtisches auf und nahm einen Schokoriegel aus ihrem Notvorrat.

Sie musste sie sich noch ein paar Informationen zum Hintergrund der Verschwundenen verschaffen, die sie auch an die Kollegen weitergeben konnte. Sie wusste, dass sie Argumente vorlegen musste, wenn sie Verstärkung anforderte. Da reichten ein besorgter Ehemann und ihr Gefühl nicht aus.

Eilig sah sie sich die Notizen an, die sich im Gespräch mit Mark Bergmann gemacht hatte, und gab Sophia

Bergmanns Namen erst in die Polizeidatenbank, und als das keine Ergebnisse brachte, in eine Suchmaschine im Internet ein. Das Internet gab oft Informationen preis, die keiner der Angehörigen für erwähnenswert hielt. Oder überhaupt nur davon wusste. Einige Menschen teilten erstaunlich viele Aspekte ihres Lebens in sozialen Netzwerken und auf diversen Plattformen. Nicht so Sophia Bergmann.

Karlas Suche nach Sophia Bergmann brachte kein einziges Ergebnis. Sie versuchte es mit Sophia von Weißenstein, so hatte Sophia bis zu ihrer Hochzeit mit Mark Bergmann geheißen, das hatte sie aus Sophia Bergmanns Personalausweis erfahren. Noch so eine Sache, die dagegensprach, dass Sophia Bergmann freiwillig verschwunden war. Ihre Handtasche inklusive Geldbörse mit Personalausweis lagen am Morgen ihres Verschwindens im Multivan. Genau an dem Platz, an dem sie – nach Angabe von Mark Bergmann – ihre Tasche immer abstellte. Soweit Karla das bis jetzt aus dem Gespräch mit Mark Bergmann, Benjamin Friedrich und Miriam Winkler beurteilen konnte, war Sophia Bergmann ein pflichtbewusster Mensch mit festen Gewohnheiten. Und psychischen Problemen.

Sie staunte nicht schlecht, als Sekunden später unzählige Suchergebnisse zu Sophia von Weißenstein angezeigt wurden.

„Na also."

Karla pfiff durch die Zähne, öffnete mit einem lauten Zischen eine Dose Cola light und vertiefte sich gespannt in die Suchergebnisse. Henning Meyer betrachtete sie argwöhnisch.

Sie klickte auf das erste vielversprechende Suchergebnis und begann zu lesen, dabei stieß sie in erster Linie auf Informationen zu Sophia Bergmanns Eltern. Ihr Vater, Heribert von Weißenstein, war Professor für Kinderneurologie mit internationalem Renommee an der Medizinischen Fakultät der Universität Würzburg gewesen. Sophias Mutter, Carola Louise von Weißenstein, war ebenfalls Medizinerin und hatte im Vorstand verschiedener wohltätiger Organisationen gesessen.

Louise, das war auch als zweiter Vorname in Sophia Bergmanns Ausweis angegeben. Vielleicht eine Familientradition, mutmaßte Karla.

Carola Louise von Weißenstein hatte sich vor allem für benachteiligte Kinder engagiert. Allerdings wurde ihr vorgeworfen, dass sie vernachlässigte Kinder aus sozial schwachen Familien in vermögendere Familien vermittelt habe – auch wenn keine Kindeswohlgefährdung bestanden hatte und die Eltern nicht bereit dazu gewesen waren, das Kind abzugeben. Verschiedenen Internetbeiträgen zufolge waren Missstände herbeiphantasiert worden, aufgrund derer die Kinder rücksichtslos aus ihren Herkunftsfamilien gerissen worden waren. In anderen Beiträgen wurde Carola Louise von Weißenstein wie eine Heilige beschrieben.

Karla erlaubte sich kein Urteil. Sie wusste, dass die Wahrheit zumeist in der Mitte lag. Das änderte nichts daran, dass die Familie von Weißenstein offenbar jede Menge Feinde hatte.

Heribert und Carola Louise von Weißenstein waren im Herbst des letzten Jahres bei einem Autounfall ums Leben gekommen. So weit deckten sich die Interneteinträge mit den Aussagen von Mark Bergmann, Benjamin Friedrich und Miriam Winkler. Karla hatte nichts anderes erwartet. Sie war überrascht davon, wie ausführlich die lokalen Medien darüber berichtet hatten. Das Ehepaar von Weißenstein hatte offenbar in der Würzburger Gesellschaft eine wichtige Rolle gespielt.

Die Unfallursache konnte nicht geklärt werden, der Wagen war auf einer geraden und wenig befahrenen Strecke von der Fahrbahn abgekommen und gegen einen Baum geprallt. Eine Eiche. Beide waren sofort tot.

Sophia von Weißenstein hatte daraufhin eine große Villa aus der Gründerzeit mit Blick über Würzburg und das nicht unerhebliche Familienvermögen geerbt. Auch darüber hatten Lokalzeitungen und Boulevardblätter ausführlich berichtet.

Karla verabscheute Klatsch und Tratsch sowie jede Berichterstattung dieser Art, in diesem Fall erwies sich die Boulevardpresse jedoch als ziemlich nützlich. Auch wenn nicht alles stimmte, was dort stand, so war doch sicherlich auch nicht alles erfunden.

Einige interessante Informationen konnte sie auf jeden Fall in das Bild einfügen, das langsam von Sophia Bergmann vor ihrem inneren Auge entstand.

Es war ihr immer wieder unangenehm, wie weit sie bei ihrer Arbeit in die Intimsphäre fremder Menschen eindrang. Oder besser gesagt, eindringen musste. Insbesondere, wenn es sich dabei um Opfer handelte. Leider ließ sich das meistens nicht vermeiden, wenn es darum ging, die Wahrheit ans Licht zu bringen. Das hatte sie bei ihrer Arbeit bei der Kriminalpolizei in München mehr als einmal erfahren.

„Wenn es stimmt, was die Boulevardpresse schreibt, ist Sophia Bergmann nicht nur vermögend, sie ist unglaublich reich", dachte Karla laut nach, nachdem sie einige der Interneteinträge überflogen hatte. „Ich frage mich, warum ihr Mann das nicht erwähnt hat. Vielleicht ist sie entführt worden."

Henning Meyer zeigte keine Reaktion. Es ärgerte sie, dass er sie ignorierte.

„Heute wird das nichts mit dem Feierabend um fünf, Meyer", verkündete sie. „Wir haben hier einen Fall."

Sie griff zum Telefon und wählte die Nummer des Polizeipräsidenten. An Feierabend war nicht zu denken.

Bei der Suche nach einer verschwundenen Person zählte jede Stunde. Nein, es zählte jede Minute. Ganz besonders in den ersten Stunden nach dem Verschwinden. Vielleicht war die betroffene Person verletzt oder in Gefahr und brauchte Hilfe. Außerdem verwischten die Spuren im Laufe der Zeit und die Suche wurde immer schwieriger. Nun, zumindest hatten sie Glück, was das Wetter anging. Die trockene Hitze der letzten Tage würde anhalten, die Wetterprognose sagte keinen Regen voraus, der wichtige Spuren innerhalb kürzester Zeit zerstören könnte. Immerhin.

Sie hatte Glück, das Telefonat verlief genau so, wie sie es erhofft hatte. Der Polizeipräsident hatte ihrer Bitte nach Verstärkung umgehend zugestimmt, nachdem sie die Dringlichkeit des Falls geschildert hatte. Karla wusste, dass das unter anderem dem glücklichen Zufall geschuldet war, dass die entsprechenden Kräfte verfügbar und nicht in einem anderen Einsatz gebunden waren.

„Die Verstärkung trifft gegen siebzehn Uhr dreißig auf dem Campingplatz ein“, teilte sie Henning Meyer mit, nachdem sie das Telefonat beendet hatte. Sie war mit ihrem Stuhl direkt an seinen Schreibtisch gerollt, um mit ihm das weitere Vorgehen zu besprechen. Er rückte ein Stück zur Seite.

„Während die Kollegen den Campingplatz und die nähere Umgebung nach Sophia Bergmann absuchen, sprechen wir mit jedem, der die letzte Nacht auf diesem Campingplatz verbracht hat.“

Henning Meyer nickte ergeben, er wirkte müde.

„Also fahren wir." Karla erhob sich und ging zur Tür. Meyer folgte ihr. Sie hoffte, Sophia Bergmann noch vor Einbruch der Nacht zu finden.

KAPITEL 4

Als Karla Sommerfeld und Henning Meyer auf dem Campingplatz *Waldesruh* eintrafen, standen die Kollegen schon auf dem Parkplatz vor dem großen Tor. Joachim Reinhard leitete den Einsatz. Seine Schäferhündin Holly saß neben ihm, als er den Polizisten, die sich mit den Spürhunden im Halbkreis um ihn aufgestellt hatten, eine Einweisung gab. Er war routiniert und erfahren, genauso wie die Schäferhündin, deren Fell sich um die Schnauze herum bereits grau färbte. Einsätze wie diesen hatte Joachim im Laufe seiner Polizeikarriere schon oft geleitet. Die Kollegen hörten seinen Ausführungen konzentriert zu, ab und an stellte jemand eine Frage.

Karla versuchte, dem Spiel von Licht und Schatten auf seinen muskulösen Unterarmen keine Beachtung zu schenken und sich auf den Fall zu konzentrieren. Er hatte sie nur knapp begrüßt, die meisten Kollegen wussten nicht, dass sie mehr als eine gemeinsame berufliche Vergangenheit verband. Sie waren stets darauf bedacht gewesen, Privates und Berufliches zu trennen. Karla hatte gewusst, dass sie ihn hier treffen würde. Trotzdem traf sie das Gefühl, das das Wiedersehen in ihr auslöste, unvorbereitet und mit voller Wucht.

Sie schob es beiseite und ging hinüber auf die Campingwiese, um ein T-Shirt von Sophia Bergmann zu organisieren, dessen Geruch die Spürhunde auf die richtige Fährte bringen sollte. Mark Bergmann war äußerst hilfsbereit und holte in Sekundenschnelle ein schwarzes T-Shirt aus dem Multivan.

„Ihre Frau trägt gerne schwarz?"

Karla erinnerte sich daran, dass Sophia Bergmann auch in der Nacht, in der sie verschwunden war, ein schwarzes Top und eine schwarze Strickjacke getragen hatte.

„Ja, sie mag das."

Mark Bergmann reichte ihr das T-Shirt. Aus dem Augenwinkel sah Karla, wie der Platzwart mit dem Handy am Ohr unruhig vor seinem Wohnwagen auf und ab ging. Sie fragte sich, mit wem er in dieser Situation so aufgebracht telefonierte und ob das etwas mit dem seltsamen Besuch von Reifner zu tun hatte, den sie beobachtet hatte.

Die Hauptkommissarin wartete, bis er das Telefonat beendet hatte, dann trat sie mit dem T-Shirt in der Hand an den baufälligen Zaun, der die Parzelle umgab.

„Mit wem haben sie denn da eben telefoniert?", fragte sie den Platzwart.

„Eberhard Schulte. Ihm gehört der Campingplatz. Er wird in ein paar Minuten hier sein“, gab er bereitwillig Auskunft. Dabei wirkte er nicht mehr ganz so nervös und deutlich kooperativer als bei ihrer letzten Begegnung.

„Okay, das ist gut.“ Zu diesem Zeitpunkt war das zwar nicht unbedingt notwendig, aber schaden konnte es auch nicht. „Die Kollegen werden jetzt mit der Suchaktion beginnen.“

Sie deutete auf den Parkplatz, wo sich die Polizeibeamten inzwischen in Gruppen eingeteilt hatten. Meyer kam vom Parkplatz herüber und stellte sich neben Karla an den Zaun.

„Wir möchten gerne mit allen Anwesenden auf dem Campingplatz sprechen“, erklärte Henning Meyer, der in der letzten Stunde seine Trägheit abgelegt zu haben schien. „Gibt es einen Raum, in dem wir sie versammeln können?“

„Das Restaurant. Allerdings ist es geschlossen. Das Gebäude muss renoviert werden.“

Die *Fischerstube*. Karla erinnerte sich an Schnitzel und Pommes, die sie in ihrer Kindheit dort mit ihrem Vater gegessen hatte. Mit Ketchup. Sie konnte den Geruch der Fritteuse beinahe riechen. Ihre Mutter war nie dabei gewesen. Als Kind dachte sie, sie sei einfach müde. Dass sie damals unter Depressionen gelitten hatte, verstand Karla erst viel später.

Sie erinnerte sich, dass sie bei ihrem Rundgang am Nachmittag einen handgeschriebenen Zettel mit der Aufschrift *Vorübergehend geschlossen* an der Tür gesehen hatte. Jemand hatte ihn achtlos mit ein paar Tesastreifen an die schmutzige Glasscheibe geklebt. Auch wenn die *Fischerstube* wegen Renovierung geschlossen war, konnten sie sie dennoch für die Befragung nutzen.

„Haben Sie einen Schlüssel?"

„Ja."

„Okay. Ich nehme an, es gibt eine Liste mit Telefonnummern?"

„Ja sicher."

„Dann rufen Sie bitte alle an, die zurzeit hier sind, und bitten Sie sie, sich im Restaurant zu versammeln", wies sie ihn an und folgte dem Platzwart zu seinem Wohnwagen.

Henning Meyer blieb am Zaun stehen und beobachtete Benjamin Friedrich und Miriam Winkler, die auf der Campingwiese vor ihrem Wohnmobil im Schatten saßen. Mark Bergmann war nicht zu sehen, vielleicht war er in seinem Multivan.

Wie Karla vermutet hatte, war es im Inneren von Alexander Novaks Wohnwagen stickig und heiß, trotz des geöffneten Fensters. Eine dünne Decke lag unordentlich zusammengeknäult am Fußende des Bettes und das Laken sah aus, als müsste es dringend wieder einmal gewechselt werden. Sie blieb in der Tür stehen und sah zu, wie Novak aus einer Schublade ein Blatt Papier hervorzog, auf dem Telefonnummern und Namen vermerkt waren. Sie wunderte sich über die Liste in Papierform, sie hatte mit einem digitalen Dokument gerechnet. Oder damit, dass er ohnehin alle Nummern in seinem Smartphone eingespeichert hatte.

„Ich nehme an, einige Personen wohnen dauerhaft auf dem Campingplatz?“ Sie hielt es für unwahrscheinlich, dass die Tiny Houses nur als Ferienunterkunft dienten.

Alexander Novak sah sie einen Augenblick reglos an, dann grinste er. Eine Reihe strahlend weißer Zähne kamen zum Vorschein.

„Hier macht doch niemand Urlaub.“

„Sophia Bergmann und ihre Freunde schon.“

Er schüttelte den Kopf.

„Die sind nur auf der Durchreise.“

Damit hatte er natürlich Recht.

Aktuellen Schätzungen zufolge wohnten über dreihunderttausend Menschen in Deutschland auf einem Campingplatz. Karla war überrascht gewesen, als sie die Zahl bei ihrer Recherche am Nachmittag gelesen hatte. Bei Menschen, die dauerhaft auf Campingplätzen wohnten, hatte sie eher amerikanische Trailerparks vor Augen, nicht deutsche Provinzcampingplätze.

Alexander Novak begann zu telefonieren. Karla ließ ihn alleine und ging mit Meyer auf den Parkplatz zurück, um nachzusehen, wie weit Joachims Truppe mit den Vorbereitungen der Suche war.

Sie reichte Joachim, der gerade den Kollegen die letzten Anweisungen gegeben hatte, das T-Shirt. Die leichte Berührung ihrer Hände schickte einen Stromstoß durch ihren Körper und sie fragte sich, ob es ihm genauso ging. Wenn es so war, ließ er sich nichts anmerken.

Er ging in die Knie und ließ die Hunde an Sophia Bergmanns schwarzem T-Shirt schnüffeln, dann setzte sich die Truppe in Bewegung.

Anhand eines Lageplanes des Campingplatzes *Waldesruh* hatte Joachim genau festgelegt, wer welchen Teil absuchen sollte. Er hatte die Kollegen in Teams mit jeweils zwei Personen eingeteilt, einige hatten Spürhunde dabei. Er selbst koordinierte den Einsatz per Funk vom Parkplatz aus. Holly, die Schäferhündin, saß an seiner Seite und wartete geduldig. Sie hatte in den vergangenen Jahren gute Arbeit geleistet, er setzte sie nur noch selten in Einsätzen ein. Den Kollegen standen jüngere und fittere Hunde zur Verfügung. Holly setzte ihre Fähigkeiten meistens nur noch an den freien Wochenenden beim Mantrailing ein. Er kraulte sie hinter den Ohren und stellte ihr eine Schüssel Wasser in den Schatten der Bäume am Rande des Parkplatzes.

Auf der Motorhaube seines Einsatzwagens hatte er eine große Karte des gesamten Gebietes ausgebreitet. Er zeigte Karla die Kreuze, die er mit dickem Filzstift an den Stellen eingezeichnet hatte, an denen seiner Meinung nach besonders intensiv gesucht werden sollte. Zum Beispiel am *Fischteich.*

„Erfahrungsgemäß befinden sich Leichenfundorte oft am oder im Wasser, an steilen Abhängen oder in Wäldern“, erklärte er. „Ich glaube nicht, dass wir Sophia Bergmann auf einer der Parzellen finden.“

Karla gab ihm in dem ersten Punkt recht, trotzdem fand sie die Behauptung etwas voreilig. Alles war möglich, das hatte sie während ihrer jahrelangen Arbeit bei der Polizei oft genug erlebt und auch Joachim wusste das. Aus diesem Grund ließen sie alles akribisch absuchen.

„Wieso bist du so sicher, dass wir nach einer Leiche suchen?“

„Bin ich nicht“, er runzelte die Stirn.

„Du hast eben gesagt, Leichenfundorte sind oft am oder im Wasser, an steilen Abhängen oder in Wäldern. Bisher haben wir nur eine Vermisstenmeldung.“

Sie hoffte immer noch, die junge Frau lebend zu finden, und es gab bislang auch keine Indizien, die dagegensprachen.

„Ja, richtig. Du hast doch gesagt, sie hat möglicherweise Suizid begangen.“

„Das sagt ihr Mann …“

„Und was glaubst du?“

Karla berichtete ihm, was sie über Sophia Bergmanns Familie herausgefunden hatte und dass sie es durchaus für möglich hielt, dass Sophia Bergmann entführt wurde, um Geld zu erpressen. Oder dass ihr bei dem nächtlichen Spaziergang etwas zugestoßen war.

Joachims Funkgerät piepste. Holly, die sich inzwischen im Schatten niedergelassen hatte, hob den Kopf und sah ihn mit ihren klugen Augen aufmerksam an. Eines der Teams meldete einen ersten Erfolg. Ein Spürhund hatte Sophia Bergmanns Spur aufgenommen, sie führte geradewegs in das Dickicht am anderen Ende des Campingplatzes.

Die kleinen Härchen in Karlas Nacken stellten sich auf, als Joachim den Kollegen die Anweisung gab, der Spur zu folgen und ihn auf dem Laufenden zu halten. Wenn die Spur nicht ins Leere führte, wäre es möglich, dass sie Sophia Bergmann schneller finden würden, als sie gehofft hatten.

Die Frage war nur, was sie von ihr finden würden. Leichenfunde konnten grausam sein und selbst die hartgesottensten Kollegen bis in den Traum verfolgen. Joachim und Karla war bewusst, dass die junge Polizistin, die an der Seite eines erfahrenen Kollegen die Spur ins Dickicht verfolgte, damit kaum Erfahrung hatte.

Abermals piepste sein Funkgerät.

„Negativ“, meldete der Kollege. „Die Spur verliert sich hier, vermutlich ist sie den gleichen Weg zurückgegangen.“

Karla atmete tief durch. Zumindest keine Leiche, jedenfalls nicht an dieser Stelle. Noch bestand die Hoffnung, dass die junge Frau am Leben war.

Doch auch die nächste halbe Stunde verging ohne nennenswerte Erkenntnisse.

Die Suche nach Spuren von Sophia Bergmann auf dem Campingplatz *Waldesruh* erwies sich als einigermaßen sinnlos. Karlas Hoffnung, die junge Frau möglichst schnell zu finden, wurde mit jeder erfolglos abgesuchten Parzelle kleiner. Sophia schien beinahe überall gewesen zu sein, den Platz aber nicht verlassen zu haben. Zumindest nicht zu Fuß.

Als die Polizisten bereits einen Großteil des Campingplatzes abgesucht hatten, meldete der Kollege, der den Leichenspürhund führte, dass das Tier am *Fischteich* angeschlagen hatte. Karla war wie elektrisiert. Ihr gesamter Körper spannte sich an. Obwohl sie wusste, dass alles möglich war, hatte sie fest gehofft, die junge Frau lebend zu finden.

Allerdings konnten die Kollegen mit dem Leichenspürhund keinen Leichenfund melden. Das war merkwürdig. Die Hunde irrten sich nicht. Sie waren gut ausgebildet, ihr Instinkt war untrüglich, zumindest behauptete das Joachim. Karla glaubte ihm, er arbeitete seit Jahrzehnten mit Hunden zusammen. Er wies die Kollegen über Funk an, an der Stelle, an der Hund angeschlagen hatte, zu bleiben und auf ihn zu warten. Karla warf Henning Meyer einen Blick zu, der nachdenklich die große Karte studierte, die Joachim Reinhard auf der Motorhaube seines Wagens ausgebreitet hatte. Er hob ratlos die Schultern. Was hatte das zu bedeuten?

Joachim steckte sein Funkgerät zurück in den Gürtel und griff nach der Karte. Es gelang ihm nicht, sie auf die vorgesehene Art und Weise zusammenzufalten. Schließlich knüllte er sie einfach zusammen und warf sie auf den Beifahrersitz. Die Anspannung war ihm deutlich anzusehen. Er hatte die Stirn in Falten gelegt, sein Gehirn arbeitete auf Hochtouren. Ohne ein Wort zu verlieren, drehte er sich um und ging mit langen Schritten über den geschotterten Hauptweg in Richtung *Fischteich.* Karla folgte ihm, sie war hellwach und hochkonzentriert.

Der *Fischteich* war umgeben von Gras, Schilf und dichtem Gestrüpp. An einer Stelle des Ufers waren die Gräser niedergedrückt. Die Kollegen mit dem Leichenspürhund warteten einen Meter davon entfernt, um der Hauptkommissarin und Joachim Reinhard zu zeigen, wo genau der Hund angeschlagen hatte. Die Größenordnung der Stelle ließ den Schluss zu, dass hier ein menschlicher Körper gelegen haben könnte. Möglicherweise die Leiche von Sophia Bergmann.

Karla bückte sich und fuhr mit der Hand über das gelbliche Gras. Es war trocken, viel zu trocken. Mühsam richteten sich die kleinen Halme wieder auf. Es hatte zu lange nicht geregnet. Joachim blickte auf ihre Hand, die über die trockenen Halme fuhr, als würden ihr diese die Lösung des Rätsels verraten. Sie spürte seinen Blick, doch als sie sich wieder aufrichtete, hatte er sich bereits abgewandt und sein Funkgerät aus der Hosentasche gezogen.

Joachim Reinhard bestellte alle verfügbaren Kräfte zum *Fischteich*. Sie suchten Meter für Meter des Teiches und der Umgebung ab, zogen immer größere Kreise, ohne Erfolg.

Karla sah auf die Uhr. Die Zeit lief ihnen davon. Vielleicht war Sophia Bergmann noch am Leben und brauchte ihre Hilfe. Stunde um Stunde war vergangen, seit Mark Bergmann seine Frau als vermisst gemeldet hatte, und sie waren bisher keinen Schritt vorangekommen.

Mit völlig überhöhter Geschwindigkeit fuhr ein silberner Sportwagen mit breiten Felgen durch das eiserne Eingangstor auf den Hauptweg. Das Geräusch seiner Reifen auf dem Schotter unterbrach die sommerliche Stille. Eine Staubwolke wirbelte auf, dann kam der Wagen vor der *Fischerstube* zum Stehen.

Die Fahrertüre öffnete sich ruckartig und ein Mann mittleren Alters hievte sich umständlich aus dem Wagen. Er trug eine dunkle Stoffhose und ein gestreiftes Polohemd mit blauem Kragen. Trotz seines muskelbepackten Körpers wirkte er gedrungen und bewegte sich schwerfällig. Sein Gesicht war gerötet, er wirkte aufgebracht.

„Darf ich bitte erfahren, was hier vor sich geht?“

Er baute sich breitbeinig vor Joachim Reinhard auf.

„Ich nehme an, Sie sind Herr Schulte. Der Eigentümer."

Karla ignorierte, dass er sich direkt an Joachim gewandt hatte. Es war nicht das erste Mal in ihrer polizeilichen Laufbahn, dass sie als Frau übergangenen wurde. Typen wie diesem hier war sie schon öfter begegnet.

„Ganz genau", polterte er. „Und Sie sind?"

„Hauptkommissarin Karla Sommerfeld, ich leite hier die Ermittlungen."

„Ermittlungen, was für ein Unsinn."

„Ich nehme an, Sie wurden bereits informiert?"

Karla zwang sich, ruhig und höflich zu bleiben, obwohl ihr Schultes Verhalten gehörig gegen den Strich ging. Sie musste alle Kräfte dafür aufwenden, Sophia Bergmann zu finden, und hatte überhaupt keine Lust, sich mit den Befindlichkeiten des muskelbepackten Campingplatzbesitzers herumzuschlagen.

„Mein Platzwart hat mich angerufen."

Stimmt, das hatte Alexander Novak gesagt. Sie hatte selbst gesehen, wie er das Telefonat mit Eberhard Schulte geführt hatte. Vielleicht war es gar nicht schlecht, den Besitzer des Campingplatzes bei der Befragung der Anwesenden in der *Fischerstube* dabeizuhaben. Vorausgesetzt, er verhielt sich einigermaßen zivilisiert.

Geduldig erläuterte Karla ihm die Situation, obwohl sie davon ausging, dass er von seinem Platzwart ohnehin schon alles erfahren hatte. Schulte nickte bedächtig, nachdem sie ihren kleinen Vortrag beendet hatte.

„Sie meinen also, es ist notwendig, hier so einen Aufstand zu machen?", fragte er.

„Ja, Herr Schulte, wir denken, das ist notwendig."

„Na gut, sagen Sie Bescheid, wenn Sie meine Hilfe brauchen."

Karla sah ihm an, wie viel Überwindung ihn das Angebot kostete. Aber immerhin würde er ihnen die Arbeit nicht erschweren. Das war mehr, als sie noch vor wenigen Minuten erwartet hatte.

„Das ist im Moment nicht nötig, aber ich komme gerne darauf zurück", antwortete sie förmlich. „Herr Novak telefoniert bereits und bittet alle Campingplatzgäste, sich in der *Fischerstube* einzufinden. Wir möchten uns einen Überblick darüber verschaffen, wer sich hier aufhält und kurz mit den Leuten sprechen. Es wäre schön, wenn Sie uns begleiten könnten."

„Gut", willigte Eberhard Schulte ohne weitere Diskussionen ein.

Offensichtlich war sein Ärger verflogen und er war bereit zu kooperieren. Karla sah das Gespräch zunächst als beendet an. Als sie sich zum Gehen wandte, berührte Joachim sie flüchtig am Arm.

„Ich komme mit."

Sie sah ihn erstaunt an. Er deutete auf das Funkgerät an seinem Gürtel.

„Die Kollegen in meinem Team sind Profis und ich bin jederzeit erreichbar. Ich will mir ein Bild darüber machen, wer sich hier aufhält."

„Okay, gut", stimmte Karla zu

Joachim hatte recht. Sie hoffte inständig, dass die Befragung in der *Fischerstube* sie weiterbringen würde. Es war gut, ihn dabei zu haben, er war ein aufmerksamer Beobachter und konnte einschreiten, falls es zu Unruhen kommen sollte. Karla rechnete zwar nicht damit, aber sie konnte auch nicht wirklich einschätzen, was sie hier erwartete. Eberhard Schulte, der Campingplatzbesitzer, und sein Platzwart Alexander Novak machten keinen allzu vertrauenerweckenden Eindruck.

KAPITEL 5

Karla ging mit Joachim Reinhard und Eberhard Schulte über den geschotterten Hauptweg zur *Fischerstube*. Schon von Weitem sah sie, dass die Tür zum Restaurant geöffnet war. Alexander Novak war also fertig mit der Telefonliste und hatte bereits aufgeschlossen. Meyer war auch schon im Raum und machte sich ein Bild von der Lage.

Im Gastraum roch es muffig, die Luft war abgestanden und stickig. Staubkörner tanzten in den wenigen Sonnenstrahlen, die in den Raum fielen. Eberhard Schulte ging an Karla vorbei und riss die Fenster auf. Eine dicke Staubschicht lag auf den Fensterbrettern und den Tischen, auf denen die Stühle gestapelt waren. Schulte und Novak hoben die Stühle herab, ordneten sie um die Tische herum an und wischten sie notdürftig ab. Die Möbel stammten aus einer Zeit, in der man es sich noch leisten konnte, Mobiliar aus Massivholz anzuschaffen – auch auf einem Campingplatz. Schwere rote Vorhänge hingen rechts und links der schmutzigen Fenster, der ganze Raum wirkte aus der Zeit gefallen. Schwere Bierhumpen, Weizengläser mit Bierwerbung und Weinrömer mit grünem Fuß standen auf einem Regal hinter dem Tresen. Sie sahen aus, als wären sie schon lange nicht mehr benutzt worden.

„So ein Theater", nörgelte Schulte, während er mit einem ausgeblichenen, ehemals blauen Lappen einen Stuhl von seiner Staubschicht befreite.

Novak warf ihm einen befremdlichen Blick zu.

„Was?", fuhr ihn Schulte an.

„Reifner war heute bei mir", sagte Alexander Novak.

Karla entging nicht, dass er einen Blick in ihre Richtung warf. Vielleicht wollte er abschätzen, ob sie das Gespräch verfolgte. Sie erwiderte den Blick nicht und beschäftigte sich intensiv damit, Stühle zurechtzurücken und ihr Notizbuch zu studieren.

„Und?" Schulte sah ihn irritiert an. „Ist das was Neues?"

„Neu ist, was er gesagt hat." Der Platzwart senkte die Stimme.

„Was meinst du?"

Karla beobachtete die Szene interessiert. Auch Joachim war auf das Gespräch zwischen den beiden Männern aufmerksam geworden.

„Er sagt, du hättest ihm alles über mich erzählt. Was ist denn das, Ebi? *Alles*?" Obwohl Alexander Novak leise sprach, konnte sie jedes Wort klar verstehen.

Vielleicht lag es an Novaks bedrohlicher Geste oder an der Anwesenheit der Polizisten, jedenfalls breitete sich ein beschwichtigendes Lächeln auf Schultes Gesicht aus.

„Ach komm schon, Alex". Er lachte unsicher. „Wir haben hier doch keine Geheimnisse voreinander."

Novak warf ihm einen bösen Blick zu, ließ es aber dabei bewenden.

Karla beobachte, wie sich die *Fischerstube* langsam füllte. Eberhard Schulte und Alexander Novak standen neben der Hauptkommissarin und ihrem Kollegen Henning Meyer. Bereitwillig gab Schulte Auskunft über jeden, der den Raum betrat.

An einem der Tische saß bereits eine Familie mit drei Kindern, an einem anderen Mathias Reifner mit seiner Frau Ilse. Reifners kleine graue Augen lugten listig unter der breiten Hutkrempe hervor. Seine Frau wirkte bieder und altmodisch, obwohl ihr Gesicht kaum Falten aufwies. Es war eigenartig glatt und maskenhaft. Wie alt mochte sie sein? Vielleicht etwas über fünfzig, schätzte Karla. Vielleicht auch älter. Sie trug eine helle Bluse, die sie bis zum obersten Knopf zugeknöpft hatte. Ihr kurz geschnittenes Haar hatte einen unnatürlichen Gelbton, vermutlich färbte sie es selbst. Sie war leicht übergewichtig, wohingegen ihr Mann drahtig, ja sogar fast hager wirkte. Ilse Reifner war die Frau, die sie am Fenster des schwedenroten Tiny Houses am Bachlauf gesehen hatte, wurde Karla klar.

„Wohnt Ilse Reifner in dem roten Haus am Bachlauf?“, fragte sie Schulte leise, um sicherzugehen, dass sie mit ihrer Vermutung richtig lag. Er nickte. Also hatte sie sich nicht getäuscht.

„Wer wohnt gegenüber?“

„Mathias Reifner.“

Karla hob erstaunt die Augenbrauen.

„Ihr Mann?“

Schulte nickte abermals.

„Sie wohnen nicht zusammen?“

„Nein“, antwortete er in einem leicht ironischen Tonfall. „Bei Reifners hat jeder sein eigenes Haus.“

Das war merkwürdig. Also hatte Ilse Reifner das Haus ihres Mannes beobachtet. Aber warum? Ehe sie weiter darüber nachdenken konnte, deutete Eberhard Schulte mit dem Kopf auf die fünfköpfige Familie – etwas zu plump, wie Karla fand.

„Über die brauchst du nichts zu wissen, die sind sowieso so gut wie weg“, verkündete er.

Karla überhörte das *du* geflissentlich und hakte nach. Sie zog es vor, selbst zu entscheiden, was sie wissen musste und was nicht, um ihren Job richtig zu erledigen.

„Was heißt, sie sind so gut wie weg?“

„Na, die haben schon gepackt. Sie ziehen weg, das war ihre letzte Nacht auf dem Campingplatz *Waldesruh*. Die haben genug von dem Theater.“ Eberhard Schulte hob die Schultern. Anscheinend hatte er die Familie bereits abgehakt. „Dabei haben sie wirklich ein schönes Grundstück oben auf der dritten Terrassenebene. Man hat eine tolle Sicht von da oben."

„Welches Theater?"

Wieder ein übertriebenes Nicken, diesmal in Richtung von Mathias Reifner.

„Sein Theater …"

Karla dachte nach. Nur weil die Familie mitten im Umzug war, verschaffte ihr das natürlich nicht automatisch ein Alibi.

„Können Sie mir bitte trotzdem die Namen nennen?" Sie sah auf die Namensliste mit den Telefonnummern, die Novak ihr übergeben hatte.

„Pahlke." Schultes wurstiger Zeigefinger tippte auf die Liste.

„Timo Pahlke", las Karla. Seine Frau hieß Nadine.

Für beide war nur eine Handynummer angegeben. Sie hatten drei Kinder, die im Alter zwischen acht und zwölf sein mussten, schätzte Karla. Die Namen der Kinder waren auf der Liste nicht vermerkt und Eberhard Schulte konnte darüber keine Auskunft geben.

Karla beobachtete, wie zwei junge Männer mit Motorradhelm unter dem Arm den Raum betraten. Einer davon war Manuel Schindler, der Sohn des Landwirtes, der den Hof im Tal vor Birkenweiler bewirtschaftete. Sie hatte ihn am Nachmittag in dem Wohnwagen auf der dritten Terrassenebene angetroffen. Er wirkte erstaunlich klar und gepflegt, vielleicht hatte der Eindruck vom Nachmittag getäuscht. Auch wenn der Geruch nach Gras eindeutig gewesen war.

Der Mann mit dem langen grauen Pferdeschwanz, der nach Manuel Schindler und seinem Freund den Raum betrat, war, nach Auskunft von Eberhard Schulte, Fernando Cortez. Ein Imker, der sich auf mehreren Parzellen ein eigenes paradiesisches Ökosystem geschaffen hatte – ebenfalls auf der dritten Terrassenebene.

Karla erinnerte sich gut an den herrlichen Eindruck, den der Garten auf sie gemacht hatte. Cortez' Lebensgefährtin Maike Wagner war nicht anwesend. Anscheinend wusste niemand, wo sie sich zurzeit aufhielt. Nach Aussage von Alexander Novak hatte sie den Campingplatz vor einigen Monaten im Morgengrauen verlassen, bepackt mit einem großen Rucksack, an dem ein Paar Sandalen baumelten. Seitdem war sie nicht mehr gesehen worden. Fernando Cortez schwieg die meiste Zeit und so wusste niemand, wohin Maike Wagner gegangen war und ob sie eines Tages zurückkehren würde. Karla machte sich eine Notiz. Eine weitere Frau also, die spurlos verschwunden und zuletzt auf dem Campingplatz *Waldesruh* gesehen worden war. Das musste nichts bedeuten, aber sie würde der Sache nachgehen müssen.

Nach und nach gesellten sich noch ein Informatikstudent, ebenfalls mit Pferdeschwanz und einem T-Shirt mit albernem Aufdruck, eine Mutter mit zwei Kindern und eine ältere Dame dazu. Den Studenten erkannte Karla sofort. Sie war ihm auf ihrem Gang über den Campingplatz begegnet. Es war Yannick Kaminsky. Zuletzt betraten die Freunde Mark Bergmann, Benjamin Friedrich und Miriam Winkler den Raum.

Tatsächlich befanden sich auf dem Campingplatz weniger Menschen, als die Hauptkommissarin vermutet hatte. Die meisten von ihnen wohnten dauerhaft hier. Die einzigen Urlauber hier waren die Freunde von Sophia Bergmann. Und auch sie waren nur auf der Durchreise, wie Alexander Novak richtig bemerkt hatte. Ach ja, und Manuel Schindler nutzte den alten Wohnwagen nur als Rückzugsort, um Partys zu feiern oder mit Freunden abzuhängen.

Obwohl es nicht kalt war, zog Gloria Lorenz das Tuch um ihre Schultern enger. Sie war Karla gleich aufgefallen, als sie die *Fischerstube* betreten hatte. Die vornehme Dame passte nicht ins Bild. Sie konnte sich keinen Reim darauf machen, was eine Dame wie Gloria Lorenz an einen Ort wie den Campingplatz *Waldesruh* verschlug. Allein das bunte Tuch, das sie um die Schultern trug, musste ein kleines Vermögen gekostet haben. Karla war der gestickte Markenname an dem kleinen aufgenähten Etikett nicht entgangen.

Neben Gloria Lorenz saß eine junge Frau mit zwei Kindern, Lena Schubert. Sie trug ein Baby in einem Tuch vor ihrer Brust, ein kleines blondes Mädchen schmiegte sich an ihre Knie. Das war also *Lena*. Die Lena, um die es in dem Gespräch von Reifner und dem Platzwart Alexander Novak vor ein paar Stunden gegangen war? Höchstwahrscheinlich.

Die Hauptkommissarin stellte sich vor die versammelte Gemeinschaft. Es herrschte absolute Stille, alle warteten gebannt auf das, was da kommen würde. Schließlich kam es nicht alle Tage vor, dass man von der Polizei zu einer Befragung gebeten wurde. Die Spannung im Raum war greifbar, alle Augen waren auf Karla gerichtet. Sie sah zu Joachim Reinhard, der neben der Tür stand, ehe sie begann. Es gab ihr Sicherheit, ihn dort stehen zu sehen. Stark und unbesiegbar, die große Schäferhündin ruhig, aber aufmerksam an seiner Seite.

„Sophia Bergmann, die mit ihren Freunden hier auf dem Campingplatz *Waldesruh* verweilte, ist seit heute Nacht verschwunden. Seit wann genau, ist unklar. Möglicherweise haben Sie schon davon gehört. In diesem Augenblick sucht die Polizei das Gelände nach ihr ab."

Das Baby begann zu schreien. Lena Schubert ging mit ihm an den Fenstern auf und ab. Es beruhigte sich wieder. Mathias Reifner warf ihr einen ungehaltenen Blick zu.

„Lena", zischte er möglichst unauffällig.

Karla entging es trotzdem nicht. Sie ließ Reifner nicht aus den Augen, während sie weitersprach.

Das kleine Mädchen mit den blonden Haaren kletterte auf Reifners Schoß. Er lächelte und strich ihm liebevoll über den Kopf. Ilse Reifner übersah das Kind auf dem Schoß ihres Mannes und starrte mit versteinerter Miene auf Karla, die fortfuhr, die Situation zu erläutern.

„Bitte denken Sie darüber nach, ob und wann Sie Sophia Bergmann gesehen haben. Ist Ihnen irgendetwas aufgefallen? Jeder Hinweis kann von Bedeutung sein, auch wenn er noch so unwichtig erscheint."

Sie machte eine Pause und sah in die Runde. Niemand regte sich. Es war nicht ungewöhnlich, dass sich in solch großen Befragungsrunden niemand zu Wort meldete. Sie hatte schon öfter erlebt, dass sich Personen erst im Nachhinein meldeten und ihre Informationen preisgaben. Das konnte unterschiedlichste Gründe haben. Nicht zuletzt hatten viele Menschen einfach Hemmungen, vor einer großen Gruppe zu sprechen, vor allem, wenn die Polizei im Spiel war.

Karla hörte ein Räuspern, das sie nicht zuordnen konnte. Dann hob Yannick Kaminsky, der Informatikstudent, zögernd die Hand.

„Bitte."

Sie lächelte freundlich und forderte ihn mit einer Handbewegung auf zu sprechen.

„Ich habe *ihn* zusammen mit der Frau gesehen."

Er deutete mit ausgestrecktem Arm auf Alexander Novak, den Platzwart. Joachim Reinhard folgte seinem Blick, trat einen Schritt nach rechts und positionierte sich kaum merklich so, dass er den Ausgang versperrte.

„Und wann war das?“, erkundigte sich Karla.

„Gestern Abend.“

Im Raum breitete sich Unruhe aus. Ein leises Getuschel erfüllte die stickige Luft. Stühle wurden gerückt, jemand hustete. Alexander Novak lehnte am Fenster, die Arme vor der Brust verschränkt. Er zeigte keinerlei Reaktion.

Mark Bergmann war blass geworden.

„Das glaube ich jetzt nicht“, flüsterte ihm Benjamin Friedrich zu, während sich Miriam Winklers Augen erstaunt weiteten. Mathias Reifner schlug mit der flachen Hand auf den Tisch. Seine Frau zuckte zusammen. Das kleine Mädchen sprang von seinem Schoß und lief zu seiner Mutter hinüber, die noch immer auf und ab ging, um das Baby zu beruhigen.

Karla wartete, bis sich die Unruhe etwas gelegt hatte.

„Herr Novak, ist das richtig?“

„Ja, das ist richtig“, antwortete Alexander Novak sachlich.

„Was haben Sie denn zusammen mit Frau Bergmann gemacht?“

„Sie wollte einen Spaziergang über den Campingplatz machen und hat mich gebeten, sie zu begleiten.“

„Aha.“

Karla vermerkte etwas in ihrem Notizbuch. Mark Bergmann, Benjamin Friedrich und Miriam Winkler hatten ebenfalls angegeben, dass Sophia Bergmann einen Spaziergang machen wollte. So weit deckten sich die

Aussagen also. Sie hatte das merkwürdig gefunden, mitten in der Nacht. Andererseits war es eine warme Sommernacht gewesen. Sie selbst hatte schon ganze Nächte auf ihrer Terrasse unter dem klaren Sternenhimmel verbracht. Allerdings war das etwas anderes, als mitten in der Nacht allein über einen fremden Campingplatz zu spazieren.

„Spaziergang, dass ich nicht lache", rief Yannick Kaminsky aufgebracht. „Ich habe euch gesehen. Du hast sie geküsst."

Mark Bergmann trat einen Schritt nach vorne, doch Benjamin Friedrich hielt ihn an der Schulter zurück. Holly legte die Ohren an. Joachim Reinhard rührte sich nicht, aber Karla wusste, dass er hochaufmerksam war, jederzeit bereit einzugreifen.

„Herr Novak, sie müssen sich dazu hier nicht äußern. Ich möchte sie gerne unter vier Augen sprechen."

Sie hielt es für besser, die Situation hier nicht eskalieren zu lassen. Henning Meyer deutete mit einem Nicken an, dass er die Entscheidung für richtig hielt. Wenn es stimmte, was Kaminsky sagte, dann hatten sie womöglich endlich eine Spur. Alexander Novak war mit Sophia Bergmann zusammen gewesen, kurz bevor sie verschwand.

„Hat sonst noch jemand etwas Ungewöhnliches bemerkt?", fragte sie in die Runde.

Mark Bergmanns Hände ballten sich zu Fäusten, seine Augen glänzten vor Wut. Hatte er gewusst, dass sich seine

Frau mit Novak getroffen hatte? Karla hoffte, dass er sich so weit im Griff hatte, dass es nicht zu einer unschönen Auseinandersetzung zwischen den beiden Männern kommen würde. Das war das Allerletzte, was sie jetzt gebrauchen konnten. Ihnen lief die Zeit davon.

KAPITEL 6

Die Versammlung war beendet worden, nachdem sich keiner der Anwesenden mehr zu Wort gemeldet hatte. Entweder war sonst niemandem etwas Ungewöhnliches aufgefallen, oder derjenige hatte beschlossen zu schweigen. Eine Möglichkeit, die Karla durchaus in Betracht zog. Sie bat die Anwesenden, sich für die polizeilichen Ermittlungen zur Verfügung zu halten.

Sie und Henning Meyer waren mit Alexander Novak in der *Fischerstube* zurückgeblieben, um mit ihm über die Aussage von Yannick Kaminsky zu sprechen. Sie baten Kaminsky, in seinem Wohnwagen auf sie zu warten, um ihn, im Anschluss an das Gespräch mit Novak, zu den Geschehnissen der letzten Nacht zu befragen. Er willigte ein, und Karla war überzeugt davon, dass er sich an die Abmachung halten würde. Ganz offensichtlich hatte es ihm Freude bereitet, Alexander Novak vor allen anderen bloßzustellen. Abstoßend, aber leider war es kein Einzelfall, dass Menschen sich so verhielten.

Sie befragte Alexander Novak nach seiner Begegnung mit Sophia Bergmann, und er gab bereitwillig Auskunft.

„Ich habe Sophia gestern Abend zufällig getroffen. Wir sind zusammen spazieren gegangen, ich habe ihr den verwilderten Teil des Campingplatzes gezeigt. Da hinten" – er deutete zum Fenster – „gibt es einen alten Pool und die Überreste eines Spielplatzes. Ich habe ihr davon erzählt, und sie wollte es sehen. Also sind wir hingelaufen. Es ist nicht weit."

Er verlagerte sein Gewicht von einem Bein auf das andere. Karla fragte sich, ob er nervös war. Viele Menschen waren nervös, wenn sie von der Polizei verhört wurden. Das musste nichts bedeuten. An den Spielplatz und den Pool erinnerte sie sich noch deutlich aus ihrer Kindheit. Damals war beides noch in Betrieb. Sie hatte stundenlang auf dem bunten Metallklettergerüst geturnt und auf der Schaukel gesessen. Als sei es gestern gewesen, spürte sie die starke Hand ihres Vaters in ihrem Rücken, während er sie geduldig stützte und ermutigte, höher zu klettern. Nach dem Klettern hatten ihre Hände immer diesen unverwechselbaren Geruch nach Metall. Auf der Schaukel hatte sie das Gefühl gehabt, in den Himmel zu fliegen. Jedes Mal, wenn ihr Vater die Schaukel noch höher gestoßen hatte, war ein angenehmes Kribbeln durch ihren Bauch gefahren. Wenn ihre Erinnerung sie nicht täuschte, gab es dort auch eine Eisbude, an der ihr Vater bei jedem Schwimmbadbesuch ein Eis gekauft hatte.

Sie hatte sich meistens für Erdbeereis entschieden, selten auch für Vanille. Bei der Erinnerung an diese glückliche Zeit mit ihrem Vater zog sich ihr Innerstes schmerzhaft zusammen. Er war der Held ihrer Kindheit gewesen. Bis heute hatte sie nicht herausgefunden, was mit ihm geschehen war. Obwohl sie jeden Stein umgedreht hatte, um ihn zu finden, blieb er spurlos verschwunden. Das war der Grund, warum sie zur Polizei gegangen war. Sie wollte wissen, was ihrem Vater zugestoßen war, und sie wollte helfen, anderen die Ungewissheit über das Schicksal ihrer Angehörigen zu ersparen. Die Ungewissheit war das Schlimmste.

Sie wischte die Erinnerungen beiseite und wandte sich wieder Alexander Novak zu.

„Kannten Sie Sophia Bergmann schon vorher?“

„Nein.“

„Wie kommt es dann, dass Sie sich von Ihnen verwilderte Spielplätze und alte Pools zeigen lässt?“

„Mitten in der Nacht?“, fügte Meyer hinzu.

„Wir sind uns gestern Abend zufällig begegnet.“

„Geht es etwas genauer, Herr Novak?“ Karla legte die Stirn in Falten und massierte sich kurz die Schläfen. Der leichte Druck, den sie seit ein paar Stunden hinter der Stirn spürte, wuchs sich zu pochenden Kopfschmerzen aus.

„Ich saß auf der Treppe zur untersten Terrassenebene. Direkt hinter dem Gebäude mit den Sanitäranlagen. Sie kam vorbei, sagte, sie könne nicht schlafen. Ich denke, sie wollte sich die Beine vertreten. Wir sind ins Gespräch gekommen, dabei habe ich ihr von dem verwilderten Spielplatz und dem Pool erzählt. Sie fand das interessant und wir sind zusammen hingelaufen. Das wars."

„Sitzen Sie öfter mitten in der Nacht auf der Treppe?", erkundigte sich Meyer. Karla fand die Geschichte auch seltsam, aber nicht unmöglich.

„Ja, das tue ich tatsächlich. Ich kann schlecht schlafen, wenn es so heiß ist."

Da war er nicht der Einzige. Karla überlegte, warum eine junge Frau aus gutem Hause sich mitten in der Nacht zu einem Wildfremden auf einem Campingplatz gesellen sollte. Zumal zu einem so zwielichtigen Typen wie Alexander Novak. Sie zwang sich, ihre Vorurteile beiseitezuschieben. Vielleicht täuschte der erste Eindruck. Allerdings hatte sie bisher eher die gegenteilige Erfahrung gemacht.

„Haben Sie Sophia Bergmann geküsst?"

Sie stellte die Frage möglichst beiläufig.

„Nein."

Er zögerte einen Augenblick, bevor er antwortete. Einen Augenblick zu lang. Karla war sicher, dass er log.

„Und warum behauptet Herr …" Sie sah auf ihre Notizen „… Herr Kaminsky das dann?"

„Vielleicht lügt er", schlug Alexander Novak vor.

„Ja, vielleicht …“ Sie packte ihr Notizbuch in ihre Tasche. „Aber das werden wir ganz sicher herausfinden.“

Alexander Novak hob die Schultern. Das Gespräch war beendet. Karla war froh, die stickige *Fischerstube* verlassen zu können. Als sie ins Freie trat, sog sie die frische Luft tief in ihre Lungen, und die Kopfschmerzen verbesserten sich etwas. Aus Erfahrung wusste sie, dass das nicht lange anhalten würde. Sie brauchte eine Kopfschmerztablette. Im Handschuhfach ihres Autos lag eine ganze Packung, nach dem Gespräch mit Kaminsky würde sie als Erstes dort vorbeigehen. So lange würde sie die Schmerzen noch aushalten können, es war wichtiger, so schnell wie möglich mit dem jungen Mann zu sprechen.

Sie hoffte, dass das Gespräch mit Yannick Kaminsky sie weiterbringen würde. Während sie neben Meyer die Treppen auf die nächste Ebene des Campingplatzes nach oben stieg, um Kaminsky in seinem Wohnwagen zu befragen, dachte sie über Alexander Novaks Aussage nach.

„Und?“, fragte sie Meyer, der auf der obersten Treppenstufe stehen geblieben war und schnaufend auf die kleinen Häuser und Wohnwagen auf der untersten Ebene hinabsah. Er stemmte die Arme in die Hüften und atmete tief durch.

„Bei der Frage nach dem Kuss hat er ziemlich lange gezögert“, stellte er fest.

„Das denke ich auch", pflichtete Karla ihm bei. „Warum gibt er nicht zu, dass er sie geküsst hat, wenn er mit ihrem Verschwinden nichts zu tun hat?"

„Tja …"

Meyer sah hinauf zu den Schwalben, die in dem klaren blauen Himmel über ihnen ihre Kreise drehten. Als klar war, dass keine weitere Äußerung folgen würde, ging Karla weiter.

Das ergab keinen Sinn. Wenn Alexander Novak mit dem Verschwinden von Sophia Bergmann nichts zu tun hatte, konnte er doch zugeben, dass er sie geküsst hatte. Aber wenn er mit ihrem Verschwinden etwas zu hatte, dann hätte er doch nicht nur den Kuss geleugnet, sondern die ganze Begegnung, oder? Es bestand natürlich noch immer die Möglichkeit, dass Yannick Kaminsky den Kuss nur erfunden hatte. Aber warum? Um Alexander Novak verdächtig zu machen? Er selbst war Sophia Bergmann doch am Tag ihres Verschwindens auch begegnet.

Sie trafen Yannick Kaminsky in seinem Wohnwagen an. Das Gespräch, das sie mit ihm führten, brachte nicht viel Neues ans Tageslicht. Außer dass sowohl Karla als auch Henning Meyer erhebliche Zweifel an Kaminskys Seriosität hatte, als sie den Wohnwagen verließen. Yannick Kaminsky war dreiunddreißig Jahre alt. Älter, als sein Äußeres vermuten ließ. Sein T-Shirt mit dem albernen Spruch *Der erste Liter Kaffee, ist der wichtigste* wies etliche Flecken auf und machte den Eindruck, als sei es seit Tagen nicht mehr gewaschen worden.

Das Innere des Wohnwagens war unaufgeräumt und wirkte so schmuddelig, dass Henning Meyer und Karla den angebotenen Kaffee vorsorglich ablehnten.

„Herr Kaminsky, berichten Sie mir bitte ausführlich, was Sie gestern Abend gesehen haben", begann Meyer die Befragung.

„Als ich Sophia Bergmann zum ersten Mal gesehen habe, war sie alleine. Das war am frühen Abend. Ich denke, sie hatte sich verlaufen. Sie trug ein schwarzes Top und eine kurze Jeans. Eine Hotpants, wenn Sie wissen, was ich meine." Er grinste.

Karla fand das anzügliche Grinsen äußerst abstoßend. Meyers Gesichtsausdruck nach zu urteilen, ging es ihm ähnlich.

„Bitte fahren Sie fort", forderte er Kaminsky auf.

„Später, in der Nacht, habe ich sie dann noch einmal gesehen. Zusammen mit Alex."

Er machte eine Pause und spielte mit einer Zigarette zwischen den Fingern. Einen kurzen Moment fürchtete Karla, er würde sie im Wohnwagen anstecken. Kaminskys sehnsüchtiger Blick zur Tür belehrte sie jedoch eines Besseren.

„Die beiden gingen Hand in Hand. Sie gingen hier vorbei, über die unbewohnten Parzellen und durch die

Lücken in den Hecken. Alex kennt hier jeden Winkel und jeden Schleichweg. Ständig treibt er sich da hinten im Dickicht herum. Anscheinend hat Schulte ihm den Auftrag gegeben, den ganzen Wildwuchs zu roden. Ich bin ihnen jedenfalls bis zum alten Spielplatz gefolgt. Dort habe ich gesehen, wie sie sich geküsst haben."

„Sie sind ihnen gefolgt? Warum?"

Kaminsky sah auf die Zigarette, die er noch immer zwischen seinen Fingern drehte.

„Na ja", er räusperte sich verlegen, „er hat gesagt, ich soll ein Auge auf ihn haben."

„*Wer* hat Ihnen gesagt, Sie sollen ein Auge auf *wen* haben?"

„Ist das denn so wichtig?"

„Ja, Herr Kaminsky, das ist wichtig."

Karla wurde langsam ungeduldig. Sie registrierte, dass Meyer zum wiederholten Mal auf seine Armbanduhr sah. Ein Modell aus dem letzten Jahrhundert, so schien es ihr. Schwarzes Lederarmband, silbern eingefasstes Ziffernblatt. Normalerweise hatte er um diese Zeit Feierabend und offensichtlich überhaupt keine Lust, einen Informatikdauerstudenten in seinem muffigen Wohnwagen zu befragen, anstatt zu Hause fernzusehen.

„Mathias Reifner hat mich gebeten, ein Auge auf Alexander Novak zu haben. Den Platzwart."

„Wir wissen, wer Herr Novak ist. Warum hat Herr Reifner Sie gebeten, ein Auge auf ihn zu haben?"

„Er meinte, bei seiner Vergangenheit wäre es wohl besser, wenn wir ihn im Auge behalten."

Karla wurde hellhörig.

„Was hat er denn für eine Vergangenheit?"

„Also, so genau weiß ich das auch nicht", wand sich Yannick Kaminsky.

„Und was wissen Sie?"

„Er war im Gefängnis."

„Warum?"

„Das weiß ich nicht."

„Hat Mathias Reifner es Ihnen nicht gesagt?"

„Nein."

„Und Sie haben auch nicht danach gefragt …"

„Doch, schon."

„Und?"

„Er hat gesagt, das müsse ich nicht wissen."

„Gut", Karla erhob sich. Mit Sicherheit war es bei der Begegnung zwischen Novak und Reifner vor dem Wohnwagen des Platzwartes um genau diese Sache gegangen, die Kaminsky eben erwähnt hatte. „Vielen Dank, Herr Kaminsky. Bitte halten Sie sich zu unserer Verfügung."

Sie streckte dem verblüfften Yannick Kaminsky zum Abschied die Hand entgegen.

„Das wars?"

„Ja, fürs Erste."

KAPITEL 7

Der Schotter unter ihren Füßen knirschte, ein Vogel flog auf. Karla sah ihm nach, wie er sich hoch in den blauen Himmel schwang und über den Wipfeln des Waldes verschwand. Sie wollte auf jeden Fall noch mit dem Imker sprechen, bevor sie zurück nach Birkenweiler fuhren. Fernando Cortez. Hatte Alexander Novak, der Platzwart, nicht gesagt, seine Frau habe vor ein paar Monaten den Campingplatz verlassen und sei nicht mehr aufgetaucht? Genau genommen war das eine weitere Frau, die auf dem Campingplatz *Waldesruh* verschwunden war. Das musste nicht in Zusammenhang mit Sophia Bergmanns Verschwinden stehen, vermutlich handelte es sich nicht einmal um ein Verbrechen, aber sie wollte sichergehen.

Aber zuvor wollte sie Mathias Reifner aufsuchen, um ihn zu fragen, was er meinte, als er zu Alex Novak sagte: *Ich weiß, was du getan hast*. Sie berichtete ihrem Kollegen Henning Meyer von dem Gespräch der beiden, das sie zufällig mit angehört hatte.

„Ich weiß, was du getan hast – das hat Mathias Reifner zu Alexander Novak gesagt."

Irgendetwas schien in Alexander Novaks Vergangenheit geschehen zu sein, das ihn bis heute verfolgte. Und Reifner schien zu wissen, was es war. Möglicherweise würde sie das der Lösung des Falls näherbringen.

„Mathias Reifner, der Herr mit Hut und dem karierten Hemd?" Meyer wirkte müde.

„Genau der."

„Wir sollten nachsehen, ob er zu Hause ist."

„Ganz genau, das denke ich auch."

Sie trafen Mathias Reifner auf der Terrasse seines gelben Tiny Houses direkt am Bachlauf an. Das kleine Haus lag idyllisch zwischen blühenden Büschen und Blumen. Weiden wuchsen am Ufer des Baches, und eine Entenfamilie dümpelte im Wasser. In ein Buch vertieft, saß Reifner in dem anthrazitgrauen Hängesessel, der Karla schon aufgefallen war, als sie zum ersten Mal hier vorbeigekommen war. Ein wunderbarer Platz, um zu lesen.

„Schön haben Sie es hier", stellte Meyer anerkennend fest.

Reifner fühlte sich sichtlich geschmeichelt.

„Allerdings. Das ist das erste Tiny House, das ich im Campingpark *Waldesruh* gebaut habe. Sie sollten sich unbedingt auch die anderen ansehen. Dieses hier zum Beispiel" – er wies auf die Parzelle gegenüber – „habe ich für meine Frau gebaut. Inzwischen haben wir bereits fünf dieser kleinen Häuser hier im Park."

Karla fand es merkwürdig, dass Mathias Reifner von einem *Campingpark* sprach. Objektiv betrachtet handelte es sich um einen alten Campingplatz am Waldrand.

Ehe sie ihr Anliegen vortragen konnte, holte Reifner zu einem umfassenden Vortrag über Tiny Houses aus, indem er mehrfach betonte, wie stressig sein Leben vor dem Umzug auf den Campingplatz war. Die Einsilbigkeit, die Karla bei ihrer ersten Begegnung mit Mathias Reifner unangenehm aufgefallen war, kehrte sich ins Gegenteil. Er erklärte, dass er hier endlich die Zeit fand, sich den Geheimnissen des Lebens zu widmen und sich ausgiebig in Physik und andere naturwissenschaftliche Gebiete einzulesen. Das machte ihn seiner Meinung nach zu einer Art Universalgelehrten.

Karla nutzte einen Moment, in dem er Luft holte, um endlich zum Punkt zu kommen.

„Herr Reifner, Sie haben sich heute mit Alexander Novak vor seinem Wohnwagen unterhalten, richtig?"

Reifner sah sie überrascht an. Sie hatte ihn aus dem Konzept gebracht. Ehe er antworten konnte, stürmte eine junge Frau auf die Veranda. Lena Schubert.

„Sie hat es wieder getan", rief sie, ihre Augen glitzerten vor Wut. Das Baby saß im Tragegurt vor ihrer Brust und schrie, die kleine Emma hielt sich an ihrem Rock fest. Lena wiegte ihren Oberkörper hin und her, um das Baby zu beruhigen, während sie Reifner wutentbrannt ansah. Die beiden Polizisten ignorierte sie vollkommen. Reifner war die Situation sichtlich unangenehm.

„Meine Liebe, ich bitte dich", beschwichtigend legte er ihr die Hand auf die Schulter. „Das bildest du dir ein. So etwas würde sie niemals tun. Warum auch? Das ist kindisch."

Wütend schüttelte sie seine Hand ab.

„Warum?" Sie schnaubte. „Du fragst *warum*? Wirklich?"

Zornestränen standen in ihren Augen. Sie schluckte.

„Sie hat meine Sachen in den Müll geworfen", fuhr sie etwas sachlicher fort. „Schon wieder. Die Sachen, die ich in den Waschräumen brauche. Für meine Kinder. Emmas Lieblingshandtuch, das rosafarbene mit dem kleinen Hasen. Und die Windeln für Jona."

Das Baby hieß Jona. Karla hatte den Namen in der *Fischerstube* gehört, sich eben aber beim besten Willen nicht mehr daran erinnern können.

„Das muss ein Missverständnis sein", bemerkte Mathias Reifner kühl, er warf den Polizisten einen entschuldigenden Blick zu.

Lena Schubert ging nicht darauf ein.

„Du musst mit ihr reden. Bitte."

„Du musst mir nicht sagen, was ich zu tun habe. Das entscheide ich besser selbst." Er lächelte überlegen. „Aber gut, ich werde mit ihr sprechen. Du wirst sehen, dass alles ein Missverständnis ist. Sicherlich hat die Putzfrau die Sachen für Müll gehalten und entsorgt."

Sie sah ihn ungläubig an.

„Die Windeln waren neu …"

„Du siehst abgespannt aus", wechselte er das Thema und streichelte ihr über die Wange. Sie schlug die Hand weg und funkelte ihn zornig an. „Wie du vielleicht bemerkt hast, haben wir Besuch", sagte er von oben herab. „Von der Polizei."

Erst jetzt schien sie zu realisieren, dass Karla Sommerfeld und Henning Meyer schon die ganze Zeit auf der Veranda standen und alles mit angesehen hatten.

Energisch wischte sie sich die Tränen aus dem Gesicht.

„Tut mir leid, ich war so außer mir …"

„Kein Problem, Frau … Schubert, richtig?" Karla tat die junge Frau leid. Was auch immer geschehen war, es hatte sie völlig aus der Fassung gebracht.

„Lena Schubert. Ich war auch in der *Fischerstube.*"

„Lena, bitte lass mich jetzt in Ruhe mit der Polizei sprechen. Ich nehme an, es ist wichtig", mahnte Reifner in dem belehrenden Ton, der Karla inzwischen gewaltig auf die Nerven ging.

„Wer hat Ihre Sachen weggeschmissen, Frau Schubert?" Karla hoffte, dass sie hier nicht nur ihre Zeit verschwendete.

„Das ist doch jetzt wirklich nicht wichtig", antwortete Mathias Reifner an ihrer Stelle.

„Was hier wichtig ist, entscheiden immer noch wir", wies ihn Henning Meyer zurecht. „Also?"

„Ilse", sagte Lena Schubert leise. „Es war Ilse. Wieder einmal."

Karla ließ die Anwesenden der Befragung in der *Fischerstube* noch einmal vor ihrem inneren Auge vorbeiziehen. Ilse Reifner. Sie hatte neben Mathias Reifner am Tisch gesessen. Das Mädchen, Emma, saß währenddessen auf Reifners Schoß.

„Ilse Reifner?"

„Ja, Ilse Reifner." Der Tonfall, in dem sie den Namen aussprach, klang bitter.

„Und warum wirft Ilse Reifner Ihre Sachen in den Müll?", erkundigte sich Karla. Sie bemühte sich, die Situation auf eine sachliche Ebene zuführen.

„Ja, weil …" Lena Schubert deutete unbeholfen auf Emma und den kleinen Jona, der endlich aufgehört hatte zu schreien und trotz der Aufregung um ihn herum eingeschlafen war.

Karla brauchte einen Moment, bis sie begriff. Lena Schubert brauchte es nicht auszusprechen. Mathias Reifner war der Vater ihrer Kinder. Und Ilse Reifner wusste das ganz genau. Mit einem Seitenblick auf Meyer vergewisserte sie sich, dass er es auch so verstanden hatte.

Erschöpft ließ sich Lena Schubert in den Hängesessel auf der Veranda fallen, in dem eben noch Reifner gesessen und gelesen hatte.

„Gott sei Dank ist er eingeschlafen", murmelte sie. Sie schloss die Augen und wiegte sich sanft hin her. Die kleine Emma saß auf den Stufen, die zur Veranda hinaufführten, und spielte mit Playmobilfiguren, die sie aus Reifners kleinem Haus geholt hatte. Karla erkannte einen Drachen und einen Ritter, die dritte Figur konnte sie nicht zuordnen. Vielleicht ein Charakter aus einer Kinderserie, die sie nicht kannte.

Nichts war zu hören, außer dem Plätschern des kleinen Baches und dem Summen der Insekten.

Karla überlegte, wie sie mit der Befragung fortfahren sollte. Es sprach nichts dagegen, dass Lena Schubert dabei war, wenn sie Mathias Reifner befragten. Vielleicht wusste sie ja, um was es in dem Gespräch zwischen Reifner und Novak gegangen war.

Sie entdeckte Ilse Reifner, die sie durch eine lichte Stelle in der hohen Hecke von dem gegenüberliegenden Grundstück aus beobachtete. Karla beschloss, sie zu ignorieren. Vermutlich stand sie schon die ganze Zeit dort. Eine Minute später ertönte der ohrenbetäubende Lärm eines Jahrzehnte alten Benzinrasenmähers und riss das Baby aus dem Schlaf. Lena fuhr erschrocken hoch. Ilse Reifner mähte den winzigen Rasen in ihrer Parzelle. Karla war sicher, dass das kein Zufall war. Henning Meyer warf ihr einen vielsagenden Blick zu.

„Herr Reifner, können wir uns in ihrem Haus unterhalten?“ Karla bemühte sich, den Rasenmäher zu übertönen.

„Da ist es etwas ruhiger“, warf Meyer nachdrücklich hinterher.

„Natürlich." Mathias Reifner ließ sich nicht aus der Ruhe bringen.

„Ihr geht jetzt am besten nach Hause", wies er Lena und die Kinder an.

Ohne ihr weiter Beachtung zu schenken, öffnete Mathias Reifner die Haustür seines Tiny Houses, bat die Polizisten herein und legte seinen Hut auf einem Regal neben der Tür ab, das aussah, als wäre es eigens dafür angebracht worden. Meyer schloss die Tür hinter sich und das Brummen des Rasenmähers wurde augenblicklich auf eine erträgliche Lautstärke herabgedrosselt.

Vielleicht würde sie Lena Schubert noch einmal einzeln befragen, überlegte Karla, während sie sich in dem kleinen Haus umsah. Möglicherweise wäre das ohnehin aufschlussreicher. Sie hatte nicht den Eindruck, dass die junge Frau in Reifners Gegenwart frei zu sprechen wagte. Durch das Fenster sah Karla, wie Lena Schubert mit ihren Kindern langsam in Richtung Hauptweg ging.

Mathias Reifners kleines Haus war einfach eingerichtet: Eine kleine Küche, ein Tisch mit einer Eckbank und einem Stuhl, ein Schlafbereich. Ein einladender Lesesessel war das einzige Möbelstück, das dem Ganzen einen Hauch von Gemütlichkeit vermittelte. Alles war aufgeräumt und auffällig sauber. Karla fühlte sich beinahe, als wäre sie in einem Musterhaus gelandet. Auf einem kleinen Regal aus Holz standen eine Flasche Hennessy Cognac und zwei Gläser, daneben eine zerlesene Ausgabe von Stephen Hawkins *Das Universum in der Nussschale.* Reifner war ihrem Blick gefolgt.

„Ich trinke nur Hennessy Cognac", klärte er sie auf. „Das Unternehmen wird in achter Generation von der Familie Hennessy geführt. Der Offizier Richard Hennessy hat es im Jahr 1765 gegründet. Eine traditionsreiche Erfolgsgeschichte. Ich war auch einmal Geschäftsführer eines Mittelständlers. Und wenn diese Schwachköpfe von der Bank nicht so dumm gewesen wären, würde das Unternehmen heute besser dastehen als je zuvor. Was soll ich sagen? Möchten Sie ein Glas Cognac?"

Karla schüttelte den Kopf und auch Meyer lehnte dankend ab, allerdings hatte sie den Eindruck, dass es ihm schwerfiel.

„Herr Reifner, um was ging es bei Ihrem Streit mit Alexander Novak?"

„Streit?"

„Sie sagten, *ich weiß, was du getan hast* – oder so ähnlich. Was hat Alexander Novak getan?"

„Ich weiß nicht, wovon Sie reden."

„Herr Reifner, bitte." Karla war kurz davor, die Geduld zu verlieren. „Möchten Sie, dass wir Sie offiziell vorladen?"

„Bitte, tun Sie das." Reifner nahm ein Glas vom Regal und goss zwei Fingerbreit von dem Hennessy Cognac hinein. Zufrieden betrachtete er, wie sich das Licht in der bernsteinfarbenen Flüssigkeit brach.

„Wir haben noch ein paar Fragen zu Sophia Bergmann."

Henning Meyer ließ sich nicht aus der Ruhe bringen. Ausnahmsweise war Karla einmal froh darüber.

„Es tut mir leid, aber ich fürchte, da kann ich Ihnen nicht weiterhelfen."

„Vielleicht ja doch", entgegnete Meyer höflich. Karla versuchte einzuschätzen, ob Reifner die Situation nervös machte. „Haben Sie Frau Bergmann gestern Abend, also an dem Abend, an dem Sie verschwunden ist, gesehen?"

„Ja sicher. Die jungen Leute haben gegrillt" – er deutete in Richtung der Campingwiese – „und mich zu einer Wurst und einem Bier eingeladen."

„Sie haben Sie eingeladen? Einfach so?"

Das erschien Karla doch einigermaßen merkwürdig.

„Einfach so", bestätigte Reinfer.

„Über was haben Sie sich unterhalten?"

„Dies und das."

„Herr Reifner, bitte!"

Der letzte Rest Geduld, den die Hauptkommissarin noch aufgebracht hatte, war aufgebraucht. Sie würde sich nicht noch mehr der wertvollen Zeit von Mathias Reifner stehlen lassen, der anscheinend noch nicht wirklich verstanden hatte, um was es hier ging.

„Also gut", lenkte er ein. „Sie haben mir von ihrem Studium erzählt, sie studieren alle Medizin. Das ist doch interessant. Mark Bergmann, Benjamin Friedrich und Miriam Winkler spezialisieren sich auf den Fachbereich Chirurgie. Sophia nicht. Sie will Kinderärztin werden.

Irgendwie passt sie nicht so recht zu den anderen. Sie ist ein nettes Mädchen und sollte besser aufpassen, mit wem sie sich einlässt. Das habe ich ihr auch gesagt. Und ich habe ihr auch gesagt, dass alle Chirurgen Psychopathen sind … Wussten Sie das?“

Karla seufzte, Reifner war wirklich unerträglich.

„Nein, aber danke, dass Sie mich aufklären. Und weiter?“

„Dann habe ich ihnen erklärt, was aus diesem schönen Campingpark in naher Zukunft werden soll: das erste Tiny-House-Dorf Deutschlands. Der Campingpark *Waldesruh* soll nicht nur ein Ort zur Erholung sein, sondern auch Heimat.“

Henning Meyer trat einen Schritt nach vorne.

„Das ist ja interessant. Was kostet denn so ein Tiny House?“

In Mathias Reifners Augen leuchtete Interesse auf.

„Zwischen fünfundzwanzig- und fünfundsechzigtausend Euro, abhängig von Größe und Ausstattung.“

„Und das kann man wirklich überall hin mitnehmen?“

„Kommt ein bisschen darauf an, was Sie mit überall meinen. Aber ja, man kann es jederzeit bewegen.“

„Hm, hm.“ Henning Meyer strich sich nachdenklich übers Kinn. „Kann man das energieautark bauen?“

„Na klar.“ Jetzt kam Reifner richtig in Fahrt. „Mit Photovoltaik können Sie enorm viel Energie gewinnen und wenn das nicht ausreicht, können Sie theoretisch auch ein Windrad zur Stromgewinnung nutzen.“

Ehe Meyer weiterfragen konnte, ging Karla dazwischen.

„Herr Reifner, was haben Sie gemacht, nachdem Sie die Campingwiese verlassen haben?"

Einen Moment lang hatte er Mühe, den Faden wieder aufzugreifen.

„Ich bin nach Hause gegangen", sagte er dann. Sichtlich verärgert darüber, dass Karla das Tiny-House-Gespräch mit Meyer so abrupt beendet hatte.

„In Ihr Tiny House?"

„Nein, zu meiner Frau."

„Sie sind also nicht in Ihr Haus, sondern in das Haus Ihrer Frau gegangen, richtig?"

„Richtig. Und dort habe ich auch die ganze Nacht verbracht. Sie können meine Frau gerne danach fragen."

„Sie sind Sophia Bergmann in dieser Nacht also nicht noch einmal begegnet. Ist das richtig?"

„Ja, das ist vollkommen richtig."

„So, und bevor wir Sie wieder verlassen, möchte ich jetzt gerne wissen, um was in dem Streit mit Alexander Novak ging."

Karla klang so bestimmt, dass Mathias Reifner nicht noch einmal den Versuch machte, auszuweichen. Ein anerkennendes Lächeln flog über Meyers Gesicht. Es war so schnell wieder verschwunden, wie es aufgetaucht war. Karla wusste, was sie tat. Was sie in München gelernt hatte, hatte sie in Birkenweiler bisher noch nicht anwenden müssen. Das hatte sich mit dem Verschwinden von Sophia Bergmann allerdings geändert.

„Ich wollte nur sichergehen, dass Novak nichts mit dem Verschwinden des Mädchens zu tun hat", erklärte Reifner mit unerschütterlichem Selbstbewusstsein.

„Warum sollte Alexander Novak etwas mit dem Verschwinden von Sophia Bergmann zu tun haben?"

Reifner strich sich bedächtig übers Kinn, gerade so, als überlege er, ob er seine wertvolle Information den Polizisten preisgeben sollte.

„Er wurde schon einmal verdächtig, ein Mädchen umgebracht zu haben. Er war im Gefängnis."

Wenn das stimmte, war das in der Tat eine wichtige Information. Sie würde das nachprüfen, das sollte nicht allzu schwer sein.

„Aha." Karla gab sich unbeeindruckt. Sie wollte Mathias Reifner den Triumph nicht gönnen, den er offensichtlich empfand. Das Glitzern in seinen kleinen grauen Augen hatte ihn verraten.

„Alles klar, Herr Reifner. Vielen Dank fürs Erste."

Karla öffnete die Tür, blieb stehen und drehte sich noch einmal um.

„Was haben sie eigentlich für ein Problem mit Alexander Novak? Warum stiften Sie Yannick Kaminsky dazu an, ihn zu beobachten?"

Reifner holte Luft und verschluckte sich. Er wirkte aufgebracht.

„Er ist ein Verbrecher. In unserem Campingpark. Gefährlich für jede junge Frau, sehr gefährlich."

Mit einem Mal war Karla klar, um was es hier tatsächlich ging.

„Auch für Lena Schubert?"

„Natürlich. Sie muss sich von ihm fernhalten, das sage ich ihr immer wieder. Aber sie will ja nicht hören."

Das hatte sie sich gedacht. Mathias Reifner hatte Angst, dass Alexander Novak seiner jungen Geliebten zu nahekam.

„Gut, wir werden das überprüfen", entgegnete sie knapp. „Einen schönen Tag, Herr Reifner." Sie stieß die Tür auf.

Karla war froh, endlich wieder im Freien zu sein. Draußen herrschte Stille. Offenbar hatte Ilse Reifner ihren Rasen fertig gemäht.

„Er ist eifersüchtig", stellte Meyer fest, als sie sich von Reifners kleinem Haus entfernten. „Hat Angst, dass er seine junge Freundin an einen anderen verliert."

„Sieht ganz danach aus. Trotzdem müssen wir überprüfen, was an der Sache mit Novak dran ist."

Karla ging zügig weiter.

„Also sprechen wir noch mit dem Imker Fernando Cortez", sagte sie. Meyer blieb stehen und hob die Augenbrauen.

„Ich nehme an, sie wollen ihn zu seiner Frau befragen?"

„Ja. Es wäre doch möglich, dass Maike Wagner auf die gleiche Weise verschwunden ist wie Sophia Bergmann."

Sein zweifelnder Blick sagte ihr mehr als deutlich, dass er das für wenig wahrscheinlich hielt.

„Auszuschließen ist es nicht", brummte er und schlug den Weg zu den Treppen ein, die am Rande des Campingplatzes auf die Terrassenebenen hinaufführten. Um diese Tageszeit lagen sie in tiefem Schatten. Die Hitze des Tages war verschwunden, die Verheißung eines lauen Sommerabends lag in der Luft.

KAPITEL 8

Auf der obersten Ebene des Campingplatzes *Waldesruh* öffnete Karla das kleine Tor in dem Staketenzaun aus unbehandeltem Holz, der das Grundstück des Imkers Fernando Cortez umgab, und trat in den paradiesischen Garten. Tief unten erstreckte sich das weite Tal voller Wiesen und Felder, in der Ferne lag Birkenweiler. Sie atmete den schweren Duft der sommerlichen Blüten ein. Insekten schwirrten über einem Blütenmeer aus gelbem Sonnenhut und Chrysanthemen in Ocker, Orange, Rot und Violett.

Gefolgt von Meyer ging sie hinab zu der ausladenden Terrasse vor dem kleinen Haus, die sich perfekt in das scheinbar zufällige Arrangement aus Blumen, Büschen und Nutzpflanzen einfügte. Karla wusste von ihrer Mutter genug über Gartenarbeit, um sich im Klaren darüber zu sein, dass Pflanzen, die so üppig und prachtvoll wuchsen, keineswegs zufällig angeordnet sein konnten, sondern in der Regel dem klugen Plan eines erfahrenen Gärtners folgten. Jede Pflanze brauchte den richtigen Nachbarn und den perfekten Standort, um so wachsen zu können. Ihre Mutter hätte die reinste Freude an diesem Garten gehabt. Früher hatte sie auf dem großen Grundstück, das ihr Elternhaus umgab, Obst und Gemüse angebaut. Ihre Blumenbeete hatte sie gehegt und gepflegt und war jedes Mal zutiefst betrübt gewesen, wenn widrige Wetterumstände oder Schädlinge ihr einen Strich durch die Rechnung gemacht hatten.

Der prachtvolle Garten erinnerte Karla daran, dass sie unbedingt noch bei ihrer Mutter vorbeischauen musste, ehe sie später nach Hause fuhr. Normalerweise war sie um diese Zeit schon längst dort und aß mit ihr zu Abend, wenn es die Zeit zuließ. Feste Regeln und Rituale waren für Demenzkranke wichtig. Es war etwas, an dem sie sich festhalten konnten. Immerhin war ihre Mutter vorhin ans Telefon gegangen, als sie sie nach der Befragung in der *Fischerstube* kurz angerufen und erklärt hatte, dass sie heute später kommen würde.

In Fernando Cortez' Garten blühten Lupinen in den verschiedensten Blau- und Lilatönen, Ringelblumen leuchteten in sattem Gelb und Orange. Das Summen der Bienen erfüllte die Luft, und Schmetterlinge saßen auf den weit geöffneten Blüten.

Sie trafen den Imker auf der Terrasse an, wo er barfuß, mit freiem Oberkörper, nur mit einer leichten Leinenhose bekleidet, etwas ausführte, von dem Karla annahm, dass es Yogaübungen waren. Er dehnte seinen sehnigen Körper erstaunlich weit und nahm Posen ein, die sie aus anatomischen Gründen nicht für möglich gehalten hatte.

„Kommen Sie näher", rief er, während er seinen sonnengebräunten Oberkörper nach hinten bog und sich mit den Armen abstützte.

„Passen Sie auf, dass sie sich nicht verletzen", riet Meyer ihm trocken.

„Keine Sorge." Fernando Cortez richtete sich auf und bat sie mit einer großzügigen Bewegung auf die Terrasse. „Möchten Sie Tee?"

Er goss aus einem tönernen Krug eine grünliche Flüssigkeit in ein Glas. Die Polizisten lehnten ab. Der Imker trank das Glas in großen Zügen aus.

„Grüntee", dozierte er, „enthält besonders viele Polyphenole, das schützt vor Krebs und Herzkreislauferkrankungen. Das sollten Sie täglich trinken."

„Sind Sie Arzt?" Meyer wirkte wenig überzeugt.

„Natürlich nicht." Fernando Cortez lächelte. „Man muss kein Arzt sein, um ein gesundes Leben zu leben."

Karla beschloss, zum Punkt zu kommen.

„Herr Cortez, wo hält sich Ihre Frau zum jetzigen Zeitpunkt auf?"

Er sah sie erstaunt an.

„Das weiß ich nicht. Ich nehme an, sie ist noch immer Wald. Was wollen Sie von meiner Frau?"

„Im Wald?" Karla glaubte, sich verhört zu haben. „Sie meinen, Sie ist hier im Wald?"

Sie deutete zu den dunklen Wipfeln hinüber, deren Schatten sich immer weiter über den Campingplatz legten.

„Ich vermute das", stellte er klar. „Sie wollte zum Frauenfelsen. Er liegt etwa fünf Kilometer nordöstlich von hier. Der Legende nach ist die heilige Mutter Gottes dort einer Frau erschienen, die direkt unter dem Felsen Zwillinge zur Welt gebracht hat. Sie wäre beinahe gestorben und die Kinder auch, aber dann …"

„Ich kenne den Frauenfelsen", unterbrach Karla ihn. Jeder, der in Birkenweiler aufgewachsen war, kannte die Geschichten, die sich um den Felsen rankten, der mitten im Wald aufragte, als hätte ihn ein Riese zufällig dort hingeworfen.

Als Kind hatten sie diese Geschichten fasziniert. Nach der Marienerscheinung vor einigen Hundert Jahren sollen dort der Legende zufolge immer wieder Wunderheilungen stattgefunden haben. Karla glaubte natürlich nicht daran. Aber steckte nicht in jeder Legende auch ein Funken Wahrheit? In ihrer Jugend hatte sie sich vorgenommen, herauszufinden, was der Ursprung dieser Legende war und sogar in verschiedenen Bibliotheken nach historischen Dokumenten und Geschichtsbüchern geforscht, mit wenig Erfolg. Dann wurde ihr Leben von einem Tag auf den anderen auf den Kopf gestellt, und sie hatte nie mehr einen Gedanken an die Geschichten, die sich um den Frauenfelsen rankten, verschwendet.

„Direkt unter dem Frauenfelsen entspringt eine Quelle", fuhr Fernando Cortez fort. „Ihr Wasser ist heilsam. Es ist ein magischer Ort."

„Ich dachte, Ihre Frau hätte den Campingplatz verlassen." Karla runzelte die Stirn.

„Sie ist zurückgekehrt."

„Wann?"

„In der letzten Nacht. Ich stand auf der Terrasse und habe zugesehen, wie sich die Dämmerung über die Wiesen legte, als sie Treppen heraufgestiegen kam. Sie ist zurück."

Ein warmes Lächeln breitete sich auf seinem Gesicht aus. Karla kam der Gedanke, dass er sehr gut in diesen wundervollen Garten passte.

„Die letzte Nacht … die Nacht, in der Sophia Bergmann verschwand?", fragte sie. „In dieser Nacht kam Ihre Frau zurück? Und warum war sie dann nicht bei der Befragung in der *Fischerstube*?"

„Sie hat geschlafen. Die lange Reise hat sie müde gemacht."

„Sie hätten uns sagen müssen, dass sich Ihre Frau wieder auf dem Campingplatz aufhält."

„Wozu?"

„Weil wir mit allen sprechen müssen, die sich in dieser Nacht hier aufgehalten haben. Auch mit Ihrer Frau."

Karla war verärgert. Die entspannte Art des Imkers schien ihr in Anbetracht der Tatsache, dass eine junge Frau verschwunden war, mehr als unangebracht.

„Wo war Ihre Frau in den letzten Monaten?"

„Auf La Gomera, der Insel der Glücklichen."

„Herr Cortez, wir müssen so schnell wie möglich mit Ihrer Frau sprechen." Karla reichte ihm ihre Karte. „Bitte richten Sie ihr aus, dass Sie sich bei uns melden soll."

Wenn Maike Wagner in der Nacht zurückgekommen war, in der Sophia Bergmann verschwand, war es durchaus möglich, dass sie etwas gesehen hatte, was ihnen bei der Suche nach Sophia weiterhelfen würde.

Die Polizisten verabschiedeten sich und gingen durch das Blütenmeer zurück zu dem Tor im Staketenzaun, das auf den Weg hinausführte.

„Magisch also", Meyer deutete mit dem Kinn in eine schattige Ecke des Gartens. Kräftige, hochgewachsene Pflanzen mit handförmig angeordneten grünen Blättern drängten sich dicht aneinander.

„Hanf."

Die beachtliche Höhe der Pflanzen deutete darauf hin, dass Fernando Cortez den idealen Standort für sie gewählt hatte. Allerdings war Hanf auch keine besonders anspruchsvolle Pflanze. Da ihre Wurzeln bis zu drei Meter in die Erde reichten, brauchte sie kaum zusätzliches Wasser. Außerdem war die Pflanze nicht sehr krankheitsanfällig.

„Sieht so aus, als hätte Fernando Cortez neben der Imkerei noch eine weitere Einkommensquelle“, bemerkte Meyer.

„Vielleicht ist es auch nur für den Eigenbedarf“, entgegnete Karla, auch wenn sie das aufgrund der Menge der Pflanzen eher für unwahrscheinlich hielt. Fernando Cortez’ Drogenkonsum war im Moment nicht ihr größtes Problem. Langsam setzte die Dämmerung ein, und Sophia Bergmann war noch immer verschwunden. Ihre Hoffnung, die junge Frau noch vor Einsetzen der Nacht zu finden, schwand mit jeder Minute. Inzwischen war die Sonne hinter die Wipfel des Waldes gesunken und der Campingplatz lag im Schatten. *Waldesruh*, der Name passte zu dem Ort, dachte Karla, als sie die Treppen zum Eingang hinabstieg.

„Was halten Sie von Novak?“, fragte Meyer.

„Dem Platzwart?“ Karla überlegte. „Er war der Letzte, der Sophia Bergmann lebend gesehen hat. Das macht ihn zu unserem Hauptverdächtigen, würde ich sagen. Was meinen Sie?“

„Sieht ganz so aus“, stimmte Meyer ihr zu. „Trotzdem dürfen wir andere Möglichkeiten nicht außer Acht lassen.“

Da gab Karla ihm völlig recht. Theoretisch konnte Sophia Bergmann alles Mögliche zugestoßen sein. Bisher hatten sie keinen handfesten Hinweis darauf, was in der Nacht von Sophie Bergmanns Verschwinden geschehen war.

KAPITEL 9

Nachdem sie sich von Fernando Cortez verabschiedet hatten, gingen die Polizisten zurück zum Parkplatz. Mark Bergmann, Benjamin Friedrich und Miriam Winkler saßen vor dem Multivan und dem Wohnmobil auf der Campingwiese im Schatten. Sie hoben die Köpfe, als Karla und Meyer über den geschotterten Hauptweg an ihnen vorbeigingen. Mark Bergmann machte eine Bewegung nach vorn, es wirkte, als wolle er aufstehen, aber Benjamin Friedrich hielt ihn mit einer Bemerkung zurück, die Karla aufgrund des Abstands nicht hören konnte. Sie fühlte sich an die Situation in der *Fischerstube* erinnert, in der Mark Bergmann wohl auf Alexander Novak losgegangen wäre, wenn Benjamin Friedrich ihn nicht zurückgehalten hätte.

Sie würde heute noch mit Mark Bergmann, Benjamin Friedrich und Miriam Winkler sprechen müssen. Aber erst nachdem sie mit Joachim Reinhard gesprochen hatte, dessen Leute noch immer auf dem Campingplatz nach Sophia Bergmann suchten. Da sie Joachim auf dem Parkplatz nicht antraf, öffnete sie die Tür des Dienstwagens und erkundigte sich über Funk nach dem Stand der Dinge. Sie hatte ihn zuletzt bei der Befragung in der *Fischstube* gesehen, seither war einige Zeit vergangen, vielleicht gab es etwas Neues.

„Wir brechen jetzt ab", hörte sie ihn sagen. „Hier ist sie nicht. Ich verstehe nicht, warum die Hunde am *Fischteich* angeschlagen haben. Wir haben keine Leiche gefunden."

„Habt Ihr den Teich schon durchsucht?"

„Ja, negativ."

„Okay, alles klar."

Karla seufzte. Einerseits war sie froh, dass keine Leiche gefunden wurde. Andererseits waren sie mit ihren Ermittlungen keinen Schritt weitergekommen. Zudem war es äußerst unwahrscheinlich, dass ein Leichenspürhund falschen Alarm schlug.

Sie öffnete das Handschuhfach und brach eine Kopfschmerztablette aus der Verpackung. Mit einem großen Schluck Wasser spülte sie die Tablette hinunter. Sie verzog das Gesicht. Das Wasser war warm und schmeckte nach Plastik. Die Flasche hatte den ganzen Nachmittag bei praller Sonne im Auto gelegen.

Sie setzte sich auf einen großen Stein im Schatten, beobachtete das Schwirren der Insekten in den großen Sommerfliederbüschen und dachte nach, während sie auf die Kollegen wartete. Ihre Fähigkeit, analytisch zu denken, und ihr feines Gespür für Menschen hatten ihr in den vergangenen Jahren oft geholfen, die richtige Spur im Dschungel dutzender Hinweise und Informationen zu finden.

Die Tablette wirkte schnell, und die Kopfschmerzen verschwanden beinahe vollständig. Henning Meyer hatte sich nur wenige Meter von ihr entfernt niedergelassen und verzehrte ein Käsebrötchen, das er sich vorsorglich eingepackt haben musste. Erst jetzt bemerkte sie, dass sie Hunger hatte. Vielleicht war im Handschuhfach des Autos noch ein Müsliriegel deponiert. Sie konnte sich nicht daran erinnern, wann sie den Vorrat zum letzten Mal aufgefüllt hatte. Ehe sie nachsehen konnte, ertönte Hundegebell, und die Kollegen bogen um die Ecke.

Sie stand auf und ging Joachim Reinhard ein paar Schritte entgegen. Holly stupste mit der Schnauze vorsichtig, aber bestimmt gegen ihre Hand. Karla kannte die Schäferhündin gut genug, um den Hinweis zu verstehen und kraulte sie ausgiebig im Nacken.

„Sophia Bergmann hat sich auf dem Campingplatz weiträumig bewegt, die Hunde haben an verschiedenen Stellen Spuren gefunden, aber nichts, was uns weiterhelfen würde. Sieht so aus, als wäre sie einfach herumgelaufen. Am *Fischteich* hat der Leichenspürhund angeschlagen, aber das weißt du ja. Du hast dir die Stelle ja selbst angesehen“, fasste Joachim die mageren Erkenntnisse der Suchaktion zusammen.

Sie würden die Suche ausweiten müssen. Nur wie?

Abermals stupste Holly Karla sanft mit der Nase an, als sie das Kraulen für einen Moment unterbrach. Die Hauptkommissarin kam der Aufforderung gerne nach, ging in die Hocke und sprach dabei leise auf die Schäferhündin ein. Sie merkte, wie sehr sie das Tier vermisste, seit sie sich nicht mehr mit Joachim traf. Anscheinend ging es Holly genauso. Sie rückte ein Stück näher an Karla heran und legte den Kopf auf ihrem Knie ab. Henning Meyer steckte den letzten Bissen seines Käsebrötchens in den Mund und beobachtete sie missmutig. Mochte er keine Hunde? Oder wollte er einfach nur nach Hause?

Die Kollegen verabschiedeten sich langsam und stiegen in ihre Autos, nachdem sie die Hunde mit Wasser versorgt hatten.

Karla stand auf, ignorierte Hollys sehnsüchtigen Blick und wandte sich Meyer zu.

„Wir müssen noch einmal mit Mark Bergmann sprechen."

„Karla, warte …" Joachim berührte sie sanft am Arm. Wieder schoss ein Stromstoß durch ihren Körper. Sie fragte sich, ob das jetzt für immer so sein würde. „Hier stimmt irgendwas überhaupt nicht."

Sie sah ihn an.

„Was meinst du?"

„Am *Fischteich* muss eine Leiche gelegen haben. Vielleicht die Leiche von Sophia Bergmann. Jemand hat sie fortgeschafft. Die Hunde irren sich nicht."

Sie wusste, dass er davon fest überzeugt war, und zog diese Möglichkeit durchaus in Betracht. Joachim war ein ausgezeichneter Polizist, trotzdem hatte sie sich in der Vergangenheit oft gefragt, ob nicht der Umgang mit den Hunden seine wahre Berufung war. Er schien sie wirklich zu verstehen – und sie ihn.

„Jemand müsste sie vom *Fischteich* mit dem Auto weggeschafft haben. Ansonsten hätten die Hunde eine weitere Spur entdeckt. Irgendetwas …“ überlegte sie laut.

„Genau so ist es.“ Er schien erleichtert darüber zu sein, dass sie seiner Theorie folgte.

Sie fuhr sich mit der Hand über die Stirn.

„Das heißt, jemand muss gestern Nacht mit dem Auto über den Campingplatz gefahren sein. Vermutlich vom Eingangstor zum *Fischteich* und wieder zurück“, überlegte sie. „Das muss doch jemand bemerkt haben. Irgendjemand muss den Motor gehört haben.“

Ein Kribbeln breitete sich in ihrem Nacken aus. Sie hatten einen neuen Ansatz. Doch trotz aller Hinweise wehrte sich etwas in ihr, die junge Frau schon jetzt für tot zu erklären. Möglicherweise hatten sie doch noch eine Chance, Sophia Bergmann lebend zu finden, und es gab eine andere Erklärung dafür, dass der Leichenspürhund angeschlagen hatte. Nur welche?

Nachdem sich schließlich auch Joachim Reinhard mit seiner Schäferhündin verabschiedet hatte, ging Karla gemeinsam mit Henning Meyer zurück auf den Campingplatz, um noch einmal mit Mark Bergmann und seinen Freunden zu sprechen. Die Eichen und Buchen, die die Campingwiese umrandeten, warfen lange Schatten auf das gelbliche Gras. Es war Abend geworden. Ein ganzer Tag war vergangen, und sie hatten Sophia Bergmann nicht gefunden.

Die beiden Männer saßen auf Campingstühlen vor dem Multivan, Miriam Winkler ging unruhig auf und ab. Als sie die beiden Polizisten kommen sahen, erhoben sie sich. Mark Bergmann wirkte gefasst.

„Wir haben Ihre Frau nicht gefunden."

Karla hielt es für das Beste, ihn direkt mit dem erfolglosen Ende der Suchaktion zu konfrontieren. Seine Reaktion darauf überraschte sie. Er wirkte irritiert. Sein Blick wanderte fragend erst zu Benjamin Friedrich und dann zu Miriam Winkler.

„Nicht gefunden?", fragte er. „Sie haben Sophia nicht gefunden?"

„Nein, es tut mir leid." Sie machte eine Pause.

„Überrascht Sie das?", fragte sie dann.

„Ja", er begann, unruhig auf und ab zu gehen.

Seine Stirn lag in Falten, er wirkte konzentriert und gleichzeitig irritiert. Karla hatte schon einige Male erlebt, wie nahe Angehörige in solchen Situationen reagierten. Die Anspannung und die Angst förderten alle möglichen Gefühlsregungen zutage. Ihr entging nicht, dass Benjamin

Friedrich, der sich in einem Campingstuhl niedergelassen hatte, sie aufmerksam beobachtete. Miriam Winkler stand blass neben ihm und spielte nervös mit ihren Haaren.

„Warum überrascht Sie das so sehr?", hakte Meyer nach. „Vielleicht hat sich Ihre Frau ja doch nur eine Auszeit genommen."

„Auszeit?" Mark Bergmann sah die Polizisten verständnislos an.

„Ist das so undenkbar?" Karla fragte sich, ob er einen Schock erlitten hatte.

„Undenkbar?", wiederholte er tonlos.

„Herr Bergmann, soll ich einen Arzt rufen? Brauchen sie ein Beruhigungsmittel?"

Benjamin Friedrich erhob sich und legte seinen Arm um Marks Schultern.

„Er braucht keinen Arzt", entschied er.

„Sind sie sicher?"

Mark Bergmann nickte ergeben.

„Okay. Haben Sie in der letzten Nacht ein Auto bemerkt, das über den Campingplatz gefahren ist?"

„Solange wir hier am Feuer saßen, kam kein Auto vorbei", antwortete Benjamin Friedrich.

„Ganz sicher nicht", stimmte Miriam Winkler zu. „Warum fragen Sie das?"

„Vielleicht waren Sie so ins Gespräch vertieft, dass Sie es nicht bemerkt haben", gab Meyer zu bedenken. Die Frage von Miriam Winkler überhörte er geflissentlich. Auch

Karla hielt es für angemessen, zum jetzigen Zeitpunkt nicht zu viele Informationen preiszugeben.

„Das hätten wir auf jeden Fall bemerkt." Benjamin Friedrich deutete auf den Hauptweg, den nur ein paar Meter entfernt am Ende der großen Campingwiese vorbeiführte.

„Und nachdem Sie sich zur Nachtruhe zurückgezogen hatten? Haben Sie Motorengeräusche gehört?"

Die drei schüttelten den Kopf, sie hatten keine Motorengeräusche wahrgenommen. Karla sah Meyer an. Das passte alles nicht zusammen. Wenn eine Leiche am *Fischteich* gelegen hatte, möglicherweise die Leiche von Sophia Bergmann, dann musste sie jemand weggeschafft haben. Jemand mit einem Auto.

„Haben Sie gestern Abend Alkohol getrunken?"

„Klar." Wieder war es Benjamin Friedrich, der antwortete. „Wir saßen die halbe Nacht am Feuer und haben die Sterne beobachtet. Das ein oder andere Bier haben wir dabei schon getrunken."

Natürlich hatten sie Alkohol getrunken, darauf hätte sie gleich kommen können. Vermutlich hatten sie danach so tief geschlafen, dass sie es gar nicht gehört hätten, wenn ein Auto den Hauptweg entlanggefahren wäre.

Karla beschloss, es für heute gut sein zu lassen, und verabschiedete sich.

Als sie sich von der Gruppe entfernten, hörte Karla, wie sich Mark Bergmann an seine Freunde wandte.

„Wo ist sie?“, fragte er. Sie nahm an, dass er davon ausging, dass sie bereits außerhalb der Hörweite war. Sie blieb stehen und drehte sich um.

Benjamin Friedrich hob die Schultern.

„Sie haben nicht gründlich genug gesucht.“

„Das glaube ich nicht“, entgegnete Mark.

Karla beschleunigte ihre Schritte.

„Haben Sie das gehört?“, fragte sie Meyer, als sie den Hauptweg betraten.

„Das habe ich“, entgegnete er.

Dank der Schatten, die sich auch über den Parkplatz ausgebreitet hatten, war es im Wagen nicht ganz so stickig wie am Nachmittag. Trotzdem öffnete Karla die Fenster, als sie losfuhr.

Sie brachte Meyer nach Hause und fuhr von dort direkt in die Finkenstraße, um ihre Mutter zu besuchen. Sie fand sie schlafend auf dem Sofa. Mit leicht geöffnetem Mund atmete sie ruhig ein und aus, während sich draußen vor dem Fenster das Abendlicht über den weitläufigen Garten legte. Sie wirkte zerbrechlich. Der Anblick rührte Karla. Vorsichtig breitete sie eine dünne Decke über ihrer schlafenden Mutter aus und ging hinaus in den Garten. *Wo bist du, Sophia Bergmann,* dachte sie. Ihr Blick schweifte über den Rasen, die blühenden Büsche und die Blumenbeete, die längst nicht mehr so gepflegt wirkten wie noch vor wenigen Jahren.

Auf dem großen Tisch auf der Terrasse vor dem Haus lagen der ausgeblichene Sonnenhut ihrer Mutter, Gartenhandschuhe, an denen kleine Klümpchen mit Erde hingen, die in der Sonne getrocknet waren, eine grüne Gartenschaufel und eine Harke. Karla sah, dass ihre Mutter in einem der Beete zwischen den Rosenstöcken begonnen hatte, Unkraut zu jäten. Neben dem Beet lagen kleine Haufen mit inzwischen lahmen Grashalmen, Löwenzahn, Breitwegerich und anderen Pflanzen, die sich unerwünschterweise im Rosenbeet ausgebreitet hatten. Die Rosen lagen ihrer Mutter besonders am Herzen. Obwohl es schon langsam dunkel wurde, griff Karla nach Schaufel und Harke, kniete sich vor das Rosenbeet und führte die Arbeit ihrer Mutter vom Nachmittag weiter. Sie verzichtete darauf, die Handschuhe anzuziehen. Sie spürte die warme Erde an den Händen, während sich die Nacht herabsenkte, und ließ die Eindrücke des Tages noch einmal vor ihrem geistigen Auge vorüberziehen.

Was hatte sie übersehen? Sie *musste* etwas übersehen haben. Eine Kleinigkeit konnte den entscheidenden Hinweis darauf geben, was mit Sophia Bergmann geschehen war. Sie hatte Meyer gesagt, Alexander Novak sei ihr Hauptverdächtiger. Aber wäre das nicht zu einfach? Zu offensichtlich? Nein, entschied Karla. Den meisten Verbrechen lag kein dunkles Geheimnis zugrunde. Die meisten Verbrechen geschahen aus eher banalen Gründen. Eine Tatsache, die sie in Karlas Augen umso grausamer machten. Es war erstaunlich, welche Eigenschaften in Menschen zutage traten, wenn man unter der Oberfläche kratzte. Was war mit Fernando Cortez und seiner Frau? War es nicht merkwürdig, dass er sie in dem Glauben gelassen hatte, sie sei nicht auf dem Campingplatz? Warum war sie nicht zur Befragung in der *Fischerstube* erschienen? Je länger sie darüber nachdachte, umso weniger konnte sie sich einen Reim auf das machen, was sie heute auf dem Campingplatz gesehen und gehört hatte.

Karla legte die Geräte zurück auf den Tisch und sah ein letztes Mal nach ihrer schlafenden Mutter, dann fuhr sie nach Hause.

Der Blick in den Kühlschrank erinnerte sie daran, dass sie sich vorgenommen hatte, heute unbedingt einzukaufen. Aber das war, bevor Sophia Bergmann verschwunden war. Neben einem einsamen Stück Butter stand ein angefangenes Glas Joghurt und in der Tür eine halbe Flasche Chardonnay. Ansonsten herrschte gähnende Leere. Karla ließ die Kühlschranktür zufallen und griff nach dem letzten Obst, das sie in ihrem Obstkorb fand. Aus einer etwas zu weichen Birne, einer Kiwi und einer überreifen Banane mixte sie sich einen Smoothie, der erstaunlich gut schmeckte. Noch während sie trank, breitete sich eine bleierne Müdigkeit in ihr aus. Doch obwohl ihrer Glieder immer schwerer wurden und ihre Augen beinahe zufielen, arbeitete ihr Gehirn auf Hochtouren. Seufzend ließ sie sich aufs Bett fallen, wohl wissend, dass sie in dieser Nacht nicht viel Schlaf finden und schon im Morgengrauen wieder aufstehen würde, um weiter nach Sophia Bergmann zu suchen.

KAPITEL 10

Nach einer kurzen Nacht wurde Karla schon um halb sechs vom Klingeln des Weckers aus dem Bett geholt. Sie rieb sich den Schlaf aus den Augen, zog ihre Sportklamotten über und lief los. Noch vor ein paar Jahren war sie regelmäßig Halbmarathon gelaufen. Inzwischen war ihr das zu anstrengend. Manchmal fühlte sie sich alt, obwohl sie noch keine vierzig war. Ihre übliche Runde, seit sie wieder in Birkenweiler war, betrug etwa zehn Kilometer. Sie führte durch das Tal, am Bach entlang und in den Wald. Dann den Berg hinauf und vom oberen Ende wieder nach Birkenweiler hinein.

Die Morgenluft war angenehm kühl, obwohl es wieder ein heißer Tag werden würde. Die Natur war bereits erwacht, die Vögel sangen und die Grillen zirpten. Über Birkenweiler und dem Campingplatz *Waldesruh* jedoch herrschte noch Stille. Vom Schindler-Hof, der eingebettet in Wiesen und Felder in dem kleinen Tal lag, trug der leichte Wind ein paar Geräusche herüber.

Karla lief schneller. Sie spürte die kühle Morgenluft in ihren Lungen und hörte das gleichmäßige Geräusch ihrer Schritte auf dem Boden. Das Laufen war seit ihrer Jugend ihre Leidenschaft. Während sich ihre Füße scheinbar mühelos über den Boden bewegten, hatte sie das Gefühl zu fliegen. Sie fühlte sich leicht und stark zugleich, ihre Probleme wurden mit jedem Schritt kleiner. Das Laufen hatte ihr über die schwierigsten Zeiten in ihrem Leben hinweggeholfen. In den Monaten, nachdem ihr Vater verschwunden war, war sie jeden Tag kilometerweit gelaufen, bis zur Erschöpfung. Nur so war es ihr gelungen, die innere Spannung auf einem erträglichen Maß zu halten.

In weniger als einer Stunde war sie zurück in ihrer Wohnung. Zufrieden sah auf ihre Laufuhr. Die beste Zeit seit fünf Monaten. Sie machte ein paar Dehnübungen, dann stellte sie sich unter die Dusche.

Obwohl sie es eilig hatte, in die Dienststelle zu kommen, holte sie unterwegs in der Bäckerei Albrecht ein paar Brötchen. Sie wollte noch einen kurzen Abstecher zum Haus ihrer Mutter machen, um mit ihr zu frühstücken. Sie hatte sich angewöhnt, mindestens zweimal am Tag bei ihr vorbeizuschauen, meistens waren es dreimal. Morgens, mittags, abends. Gestern Abend hatte sie schon geschlafen, als Karla vorbeigekommen war. Die Suche nach Sophia Bergmann hatte sie den ganzen Tag auf Trab gehalten, jetzt hatte sie ein schlechtes Gewissen.

Es klingelte leise, als sie die Tür zur Bäckerei öffnete und eintrat. Marion Albrecht stand hinter der Verkaufstheke und musterte sie neugierig. Es roch nach frischem Brot und Kaffee. Die Auslage war üppig bestückt mit unterschiedlichsten Broten, Brötchen und Kuchen. Karla überlegte, ob sie zwei Stück von dem Apfelstreusel mitnehmen sollte, er roch herrlich. Angesichts der Uhrzeit entschied sich aber dann doch für zwei Vollkornbrötchen, eine Laugenstange und ein Hefehörnchen.

„Schrecklich, die Sache mit der jungen Frau auf dem Campingplatz", bemerkte Marion, während sie die Brötchen in eine Tüte packte. Also hatte sich im Dorf bereits herumgesprochen, was gestern geschehen war. Karla hatte nichts anderes erwartet. Sie kannte Marion Albrecht aus ihrer Schulzeit. Schon damals hatte sie über alles und jeden getratscht, offenbar hatte sich daran bis heute nicht viel geändert. Karla hatte sie noch nie gemocht, trotzdem zog sie es vor, freundlich zu sein.

„Ja, schlimme Sache", stimmte sie zu und legte das Geld in die kleine Schale auf dem Tresen.

„Ihre Freundin war gestern noch hier, um Kaffee zu kaufen", redete Marion weiter, während sie das Geld abzählte und in die Kasse legte.

Karla wurde hellhörig.

„Miriam Winkler?"

„Gut möglich. Sie hat sich nicht vorgestellt." Marion Albrecht kicherte. „Aber hier kommt ja eigentlich nie ein Fremder vorbei. Außerdem habe ich sie vorgestern auch schon gesehen, gemeinsam mit zwei Männern und einer Frau. Sie haben dort drüben geparkt und eine Kiste Bier gekauft." Sie deutete auf den kleinen Getränkemarkt auf der gegenüberliegenden Seite. „Die andere Frau war Sophia Bergmann, oder?"

„Vermutlich."

Marion schüttelte bedauernd den Kopf.

„Die arme Frau", seufzte sie.

Karla griff nach der Tüte mit den Brötchen.

„Grüß deine Mutter von mir", rief ihr Marion Albrecht in fröhlichem Ton hinterher, als sie zur Tür ging.

„Das mache ich gerne. Tschüss, Marion."

Karla beeilte sich, aus dem Laden zu kommen. Sie stieg ins Auto, startete den Motor und fuhr los. Ein paar Straßen weiter, nach wenigen Minuten Fahrtzeit, parkte sie vor ihrem Elternhaus. Sie hoffte, dass ihre Mutter auch heute so wach und klar war wie gestern. Vielleicht hatten sie Glück und es wurde ein guter Tag.

Karla traf ihre Mutter vollständig angezogen in der Küche an, auf dem Tisch standen Gedecke für zwei Personen und die Kaffeemaschine blubberte. Sie wertete das als gutes Zeichen, begrüßte ihre Mutter mit einem Kuss auf die Wange und legte die Tüte mit den Brötchen auf den Tisch.

„Du hast schon gedeckt ...", stellte sie fest und ließ sich am Tisch nieder.

„Natürlich." Ihre Mutter wirkte irritiert und beeilte sich, ein drittes Gedeck aus dem Schrank zu holen. Nervös sah sie zur Tür. „Ich weiß nicht, wo er bleibt, wenn er noch länger braucht, kommt er zu spät zur Arbeit oder verpasst sein Frühstück. Er hasst es, wenn er ohne Frühstück aus dem Haus muss."

Sie stellte das dritte Gedeck auf den Tisch und warf einen weiteren Blick zur Tür.

„Kannst du nicht vorher Bescheid sagen, wenn du zu Besuch kommst?", fragte sie ungehalten.

Karla atmete tief durch.

„Für wen ist das dritte Gedeck?"

„Für deinen Vater natürlich, für wen denn sonst?"

Dieser Frühstücksbesuch würde länger dauern als geplant. Karla stand auf und legte liebevoll den Arm um ihre Mutter.

„Mama, wir müssen reden."

„Ja?"

Auf einmal wirkte sie unsicher und kindlich.

„Papa ist schon lange weg, erinnerst du dich?"

„Ach ja, ach ja."

Eilig schob sie den Arm beiseite und räumte das dritte Gedeck in den Schrank zurück.

„Manchmal vergesse ich das."

„Ich weiß."

Lange würde das nicht mehr so weitergehen können. Karla würde einen Betreuungsplatz für ihre Mutter finden müssen. Aber es widerstrebte ihr zutiefst, sie aus ihrem gewohnten Umfeld herauszureißen, und sie schob den Zeitpunkt so weit wie möglich hinaus.

Sie blieb länger, als sie vorgehabt hatte, und fuhr dann aufs Polizeirevier. Später würde sie sich noch einmal auf dem Campingplatz *Waldesruh* umsehen müssen. Irgendeinen Hinweis musste es geben, niemand konnte verschwinden, ohne eine Spur zu hinterlassen. Das war eine Tatsache. Es gab immer eine Spur, und sie würde so lange danach suchen, bis sie sie gefunden hatte. Karla versuchte, nicht daran zu denken, dass von ihrem Vater, seit er an dem Tag vor über zwanzig Jahren das Haus verlassen hatte, jede Spur fehlte. Hier ging es nicht um ihn, hier ging es um Sophia Bergmann, und sie würden sie finden.

Auf dem Polizeirevier schaltete Karla ihren Computer an und gab Alexander Novaks Namen in die Polizeidatenbank ein. Es dauerte nur ein paar Sekunden, bis das System ein Ergebnis ausspuckte. Sie wollte wissen, was es mit Mathias Reifners Anschuldigungen auf sich hatte. Wenn Alexander Novak wirklich schon einmal straffällig geworden war, würde sie sich das genauer ansehen müssen. Sie wurde schnell fündig.

Alexander Novak saß vor vier Jahren für ein paar Wochen in Untersuchungshaft wegen des Verdachts auf gemeinschaftliche Vergewaltigung und Mord. Sie überflog den Eintrag. Wie sich herausstellte, war er zwar an dem besagten Abend am Tatort und kannte die beiden anderen Täter, jedoch konnte ihm keine Tatbeteiligung nachgewiesen werden. Das Opfer hieß Sarah Meinhard. Zum Tatzeitpunkt war sie sechsundzwanzig Jahre alt, genauso alt wie Sophia Bergmann zum Zeitpunkt ihres Verschwindens. Auch sie war schlank, sportlich, hatte blondes Haar und blaue Augen. Die beiden Frauen waren sich vom Typ her extrem ähnlich.

Karla lehnte sich in ihrem Stuhl zurück und kaute gedankenverloren auf ihrem Kugelschreiber herum. Das passte. Ziemlich gut sogar. Sie beschloss, mit den Kollegen, die in dem Fall vor vier Jahren ermittelt hatten, zu sprechen. Aber vorher wollte sie sich Alexander Novak noch einmal genauer anschauen.

Sie gab seinen Namen in eine Suchmaschine im Internet ein und fand erstaunlich wenig. Kein Profil bei Facebook, Instagram oder LinkedIn – wobei sie Letzteres auch nicht unbedingt erwartet hätte. Keine Bilder oder sonstigen Einträge.

Henning Meyer hatte sich hinter ihr positioniert und sah ihr über die Schulter.

„Die Arbeit können Sie sich sparen."

Er legte ihr ein paar Seiten Papier auf den Schreibtisch, die er umständlich zusammengetackert hatte.

„Ich verstehe zwar nichts von dem da" – er wies mit dem Kinn auf ihren Bildschirm, der die Suchergebnisse zu Alexander Novaks Namen anzeigte. Allesamt unbrauchbar. – „Aber ich weiß, wie man an relevante Informationen über Verdächtige kommt."

Karla griff nach dem Papier, das vor ihr auf dem Schreibtisch lag. *Alexander Vladislav Novak* stand darauf in großen Buchstaben.

„*Vladislav ...*", murmelte sie.

„Die Eltern kommen aus dem ehemaligen Jugoslawien. Sie stammen aus einem kleinen Dörfchen namens Tribanj in der Nähe von Zadar, Kroatien. Die Großeltern leben heute noch dort. Alexander Novak ist allerdings in Deutschland geboren, genau genommen in Dortmund. Er hat einen ziemlich schlechten Hauptschulabschluss gemacht und ein paar Jahre später den Realschulabschluss. Den hat er beim zweiten Anlauf mit einer ganz guten Note bestanden. Er hat drei Lehren angefangen und wieder abgebrochen." Er hielt das Papier etwas näher ans Gesicht und las vor. „Kfz-Mechaniker, Mechatroniker und Industriekaufmann. Danach hat er in der Abendschule Abitur gemacht, Abschlussnote 1,3." Er ließ das Blatt sinken.

„Alexander Novak hat Abitur?"

Warum rodete jemand mit einem so guten Abitur Gestrüpp und Dickicht auf einem Campingplatz? Zudem noch auf einem, der so heruntergekommen war wie der Campingplatz *Waldesruh*. Alexander Novak war Platzwart. Ein Platzwart mit Abiturnote 1,3.

„Hat er nicht studiert?"

„Sieht nicht so aus."

Meyer deutete auf das Geburtsdatum.

„Er ist drei Jahre älter als Sophia Bergmann. Bei der Tat vor vier Jahren war er fünfundzwanzig Jahre alt."

„Er wurde freigesprochen."

„Das muss nichts heißen."

Da war Karla anderer Meinung. Andererseits …

„Die beiden Opfer sind sich erstaunlich ähnlich."

„Auch das muss nichts heißen", wiederholte Meyer. „Außerdem wissen wir nicht einmal, ob Sophia Bergmann einem Verbrechen zum Opfer gefallen ist oder ob sie sich einfach aus dem Staub gemacht hat." Sie schlug mit der flachen Hand auf den Schreibtisch. „Verdammt, wir kommen einfach nicht weiter."

Was, wenn die junge Frau noch am Leben war. Wenn sie gefangen gehalten wurde und dringend Hilfe brauchte? Was, wenn sie verletzt war? Karla stand auf und ging unruhig auf und ab. Sie konnten es sich nicht leisten, einen Fehler zu machen. Dass die Hunde gestern auf dem Campingplatz nichts gefunden hatten, ließ zumindest die Möglichkeit offen, dass Sophia Bergmann noch am Leben war.

Apropos Campingplatz. Sie öffnete auf ihrem Tablet die Website, die sie bei ihrer Recherche gespeichert hatte. „Wussten Sie, dass so viele Menschen in Deutschland dauerhaft auf einem Campingplatz wohnen?", fragte sie Meyer.

„Die Wohnkosten steigen“, entgegnete er knapp.

Ja, richtig. Trotzdem hätte Karla nicht damit gerechnet, dass so viele Menschen auf Campingplätze auswichen.

„Sie haben gedacht, die wohnen da aus Idealismus? Weil Camping so schön idyllisch ist?“, fragte Meyer, als Karla nichts entgegnete. Das klang sarkastisch. Sie fühlte sich ertappt.

„Ich wusste gar nicht, dass das in Deutschland möglich ist.“ Sie musste sich nicht rechtfertigen.

Meyer lehnte sich in seinem Stuhl zurück.

„Ob die Anmeldung eines Erstwohnsitzes auf einem Campingplatz möglich ist, ist abhängig vom Bundesland und der Lage des Platzes.“

Genau das hatte Karla bei ihrer Recherche auch gelesen.

„Sie kennen sich aus?“

„Ich habe selbst schon mit dem Gedanken gespielt, im Ruhestand auf einen Campingplatz zu ziehen. Die monatlichen Fixkosten sinken enorm.“

Jetzt war Karla wirklich überrascht. War Meyer deswegen in dem Gespräch mit Mathias Reifner so interessiert an den Informationen über Tiny Houses gewesen?

„*Waldesruh*?“, fragte sie.

„Ganz sicher nicht“, antwortete er. „Etwas komfortabler müsste es schon sein.“

Karla fiel auf, wie wenig sie über ihren Kollegen wusste, obwohl sie inzwischen seit einiger Zeit zusammenarbeiteten.

„Ich habe mir übrigens auch Mark Bergmann mal genauer angesehen", verkündete Henning Meyer und wedelte mit einem Blatt Papier. „Er passt überhaupt nicht zu Sophia Bergmann. Wie wir ja bereits wissen, kommt sie aus der gehobenen Gesellschaft, der Vater war ein renommierter Kinderneurologe, die Mutter engagierte sich für wohltätige Zwecke. Privatschule, Musikunterricht – Geige und Klavier – Fernreisen. Mark Bergmann hingegen ist in Berlin aufgewachsen, Kreuzberg, ganz in der Nähe vom Kottbusser Tor. Problemviertel. Vier Geschwister, alleinerziehende Mutter. Er hat als Einziger Abitur gemacht, und zwar ein ziemlich gutes. Danach ist er nach Würzburg zum Studieren, Humanmedizin. Da hat er vermutlich Sophia Bergmann kennengelernt." Er legte das Papier vor sich auf dem Schreibtisch ab und sah Karla eindringlich an.

Sie wusste, auf was er hinauswollte.

„Wenn Sophia Bergmann tot sein sollte, ist Mark Bergmann vermutlich der einzige Erbe."

Sie würden sich Mark Bergmann und sein Verhältnis zu seiner Frau genauer ansehen müssen.

KAPITEL 11

Als Karla Sommerfeld und Henning Meyer ankamen, lag bereits eine träge Hitze über dem Campingplatz. Karla wollte kurz nach Lena Schubert sehen, bevor sie sich weiter mit Mark Bergmann und seinen Freunden auseinandersetzte. Die Szene, die sich gestern vor Mathias Reifners kleinem Haus abgespielt hatte, war ihr nicht aus dem Kopf gegangen. Sie wollte sichergehen, dass die junge Frau in Ordnung war, außerdem konnte sie von ihr vielleicht mehr über Mathias Reifner und Alexander Novak erfahren. Wenn Reifners Eifersucht nicht gänzlich unbegründet war, schienen sich Lena Schubert und Alexander Novak ja zumindest etwas besser zu kennen. Sie wollte alleine mit Lena sprechen, von Frau zu Frau – sozusagen. Meyer sah sich währenddessen ein weiteres Mal auf dem Campingplatz um.

Sie war nicht ganz sicher, wo Lena Schubert wohnte. Wenn sie sich richtig erinnerte, hatte Alexander Novak gestern berichtet, dass sie auf der dritten Ebene des Campingplatzes lebte. Also stieg sie die Stufen hinauf. Sie war noch nicht oben angekommen, als sie ein leises Wimmern hörte. Nachdem sie innegehalten und versucht hatte zu lokalisieren, woher das Geräusch kam, bog sie auf der zweiten Ebene nach links ab.

Der Weg führte ins Dickicht. Entschlossen ging sie weiter. Das Wimmern wurde lauter, dann verstummte es. Sie schob die Zweige des Gebüschs beiseite, die ihr den Weg versperrten, und ging einen weiteren Schritt vorwärts. Und da sah sie ihn. Unwillkürlich hielt sie inne.

Alexander Novak hieb mit einer Axt auf das dichte Gestrüpp am Ende des Campingplatzes ein, auf dem Boden neben ihm glänzte die Klinge einer Sense in der Sonne. Der Schweiß rann in Strömen über seinen nackten Oberkörper. Die Sonne brannte herab und seine Haut verfärbte sich bereits rötlich. Karla tastete nach dem Handy in ihrer Hosentasche. Sie überlegte Meyer dazu zurufen, entschied sich dann aber dagegen. Sie holte tief Luft und trat aus dem Gebüsch heraus. Alexander Novak fuhr erschrocken herum. Die Ader unter der Schlangentätowierung an seinem Hals pochte.

„Hallo, Herr Novak."

„Frau Hauptkommissarin, was machen Sie denn hier?"

Sie wünschte, er würde die Axt endlich auf den Boden legen. Stattdessen hielt er den Griff fest umklammert, die Muskeln in seinen kräftigen Armen waren angespannt.

„Ich …“, begann sie, als sie das Geräusch wieder hörte. Auf einmal war das Wimmern wieder da. „Hören Sie das auch?“

„Was?“

„Ein Wimmern oder ein Winseln, ganz leise.“

„Da ist nichts.“

Mit voller Wucht hieb er auf den Stamm einer jungen Birke ein. Sie neigte sich zur Seite, stand aber noch stabil genug, um nicht zu brechen.

„Doch, da ist etwas“, beharrte Karla.

Alexander Novak hielt inne.

„Sie haben recht.“ Seine Muskeln entspannten sich, die Axt sank zu Boden. „Vielleicht ein verletztes Tier.“

Er stand ganz still und lauschte. Die flirrende Luft lag heiß über den Feldern, außer dem Zirpen der Grillen herrschte absolute Stille. Da war es wieder. Es klang eher wie ein Weinen. Vorsichtig ging er ein paar Schritte in die Richtung, aus der das Geräusch kam. Karla folgte ihm. Inzwischen war sie sicher, dass es sich um ein unterdrücktes Weinen handelte. Es war eine Frau, die sie da weinen hörten. Ihr Puls beschleunigte sich.

Sie gingen ein paar Meter weiter ins Dickicht, dann sahen sie sie. Sie kauerte auf dem Boden, drückte beide Fäuste gegen ihr Gesicht und wiegte sich langsam vor und zurück. Weinen und Schluchzen durchschüttelten ihren Körper, während sie versuchte, möglichst wenig Geräusche zu machen. Alexander Novak ließ die Axt fallen und kniete neben ihr nieder.

„Lena“, vorsichtig legte er seine Hand auf ihre Schulter.

Sie zuckte erschrocken zusammen und schrie leise auf.

„Hey, es ist alles gut“, sagte er unbeholfen, obwohl ganz offensichtlich das Gegenteil der Fall war. Lena schniefte und beruhigte sich tatsächlich etwas. Er setzte sich neben sie auf das warme Gras und reichte ihr ein Taschentuch. Umständlich schnäuzte sie die Nase.

„Reifner?“, fragte Alexander Novak.

Sie nickte und betrachtete die gelblichen Grashalme, die sich zu ihren Füßen aus der trockenen Erde kämpften.

„Er ist ein Arschloch“, stellte Novak fest.

„Das haben Sie bestimmt auch schon festgestellt, oder?“, wandte er sich an Karla.

Lena Schubert wischte sich rasch mit dem Handrücken über die Augen, als sie die Hauptkommissarin bemerkte, und rang um Fassung

Karla hätte Alexander Novak gerne recht gegeben, was seine Meinung zu Reifner betraf, aber das wäre unprofessionell gewesen. Sie musste objektiv sein. Es war völlig egal, wer ein guter Mensch war und wer ein schlechter. Als Polizistin interessierte sie nur, wer eine Straftat begangen hatte oder wie sie eine Straftat verhindern konnte. Leider begingen auch gute Menschen böse Taten. Darüber versuchte sie, so wenig wie möglich nachzudenken. Trotzdem lag sie manchmal Nächte lang wach und grübelte. Das Leben war einfach ungerecht.

„Was macht sie denn hier?“ Lena Schubert sah Alexander Novak mit großen Augen fragend an.

„Ich wollte sichergehen, dass es Ihnen gut geht“, antwortete Karla an seiner Stelle. „Nach der unerfreulichen Begegnung vor Mathias Reifners Haus“, fügte sie hinzu.

„Mathias hat auch eine gute Seite“, erklärte die junge Frau, die sich langsam wieder im Griff hatte.

„Die versteckt er aber ziemlich gut.“ Alexander Novak zerriss einen gelblichen Grashalm zwischen seinen Fingern in kleine Stücke.

„Er ist ein Arschloch“, wiederholte er und hob die Schultern. „Wo sind die Kinder eigentlich?“

„Emma ist bei Mathias und Jona habe ich zu Frau Lorenz gebracht. Ich weiß nicht, was ich ohne sie machen würde.“

Plötzlich durchbrach ein leises Geräusch die Ruhe, die schwer über dem dösenden Campingplatz lag. Lena zuckte zusammen und sah sich erschrocken um. Zweige knackten, jemand schlich durchs Gebüsch. Karla spähte ins Dickicht, konnte aber nichts erkennen.

„Das ist bestimmt wieder der Penner, den Reifner überall herumschnüffeln lässt.“ Alexander Novak stand auf. „Komm raus, Kaminsky!“

„Ich glaube, du leidest unter Verfolgungswahn“, stellte Lena Schubert fest. „Das war bestimmt nur eine Katze. So langsam werden hier alle verrückt.“

Unsicher sah sie in die Richtung, aus der das Geräusch gekommen war. Karla war sich da nicht so sicher. Eine junge Frau war verschwunden, hier auf dem Campingplatz *Waldesruh*. Was, wenn ein Psychopath da draußen herumlief und nach weiteren Opfern suchte? Vorsorglich behielt sie ihre Gedanken für sich. Es hatte keinen Sinn, der jungen Frau Angst zu machen.

Sie bot Lena Schubert an, sie zu Mathias Reifners Haus zu begleiten, um Emma abzuholen.

Mathias Reifner kam ihnen bereits auf dem Hauptweg entgegen, ohne Emma. Lena beschleunigte ihre Schritte.

„Wo ist Emma?"

Reifner sah sie verständnislos an.

„Wie meinst du das?"

„Ist sie denn nicht bei dir?"

„Warum sollte sie denn bei mir sein?"

„Sie wollte zu dir. Vor über einer halben Stunde."

„Vor über einer halben Stunde", wiederholte Reifner. „Warum lässt du das Kind überhaupt alleine über den Campingplatz laufen?"

„Das macht sie immer, und das weißt du. Sie kennt hier jeden, das ist ihr Zuhause. Es sind nur ein paar Meter von meinem Haus bis zu deinem. Sie ist den Weg schon tausend Mal allein gegangen."

Lenas Augen glitzerten verdächtig.

„Sie meinen, Emma ist nicht bei Ihnen?", mischte sich Karla ein.

„Genau das meine ich", antwortete Mathias Reifner giftig.

Karla fuhr sich mit der Hand über die Stirn. Eine vermisste Frau, jetzt noch ein vermisstes Kind. Die Situation drohte außer Kontrolle zu geraten. Hoffentlich tauchte das Kind schnell wieder auf.

„Schon gut, schon gut", beschwichtigte Reifner. „Wir suchen sie. Weit weg kann sie ja nicht sein. Du gehst zu Gloria Lorenz", wies er Lena an, „und schaust, ob sie dort ist. Ich suche hier unten, im Waschhaus fange ich an."

„Okay." Lena Schubert wischte sich die Tränen aus den Augen. Dann machte sie auf dem Absatz kehrt und wollte die Treppen hinaufstürmen.

Karla hielt sie am Arm zurück.

„Warten Sie, ich begleite Sie."

Sie zückte ihr Handy und wählte Henning Meyers Nummer. Es dauerte ewig, bis er abnahm. Als er sich meldete, klang seine Stimme schläfrig.

„Meyer?"

„Ja?"

„Haben Sie geschlafen?"

Kaum hatte sie die Frage gestellt, wurde ihr klar, wie unwahrscheinlich das war. Es sei denn, er wäre noch einmal zum Wagen zurückgegangen und hätte sich dort ein Nickerchen gegönnt. Zutrauen würde sie es ihm.

„Nein, natürlich nicht", erwiderte er unwirsch.

„Ist ja auch egal. Wir haben hier ein vermisstes Mädchen, Emma …"

„Die Kleine von Lena Schubert?"

„Genau."

„Ich komme. Weit kann sie ja nicht sein. Wo sind Sie?"

„Ich suche mit Lena Schubert auf der oberen Ebene nach dem Mädchen, sehen Sie unten nach."

Karla suchte mit Lena die gesamte obere Ebene ab, aber Emma war nicht zu finden. Mit jeder Minute wuchsen ihre Sorgen. Sie dachte an die verschwundene Sophia Bergmann und hoffte inständig, dass hier kein Zusammenhang bestand.

Alexander Novak, der wieder mit der Rodung des Dickichts am Ende des Campingplatzes beschäftigt war, musste die Rufe der Frauen gehört haben. Mit schnellen Schritten kam er aus dem verwilderten Teil des Campingplatzes auf sie zu.

„Was ist los?", fragte er, als er sie erreicht hatte.

„Emma ist verschwunden." Lena Schuberts Stimme drohte zu kippen, sie zitterte.

„Was?" Novak schien alarmiert.

„Seit über einer Stunde hat sie niemand mehr gesehen."

„Okay, beruhige dich. Ihr wird nichts passiert sein."

Karla fand, dass er nicht sehr überzeugend klang. Lena Schubert empfand offensichtlich ähnlich.

„Wie kannst du dir da sicher sein? Erst gestern ist hier eine Frau spurlos verschwunden, erinnerst du dich?"

„Ich bin sicher, es geht ihr gut", wiederholte Novak mit Nachdruck. Dieses Mal klang er etwas überzeugender.

„Ihr sucht hier weiter und ich suche dort.“ Er deutete auf das Dickicht.

„Einverstanden?“, schob er an Karla gewandt hinterher.

Anscheinend war ihm aufgefallen, dass es eigentlich sie sein sollte, die hier die Anweisungen gab. Allerdings hatte sie nichts dagegen einzuwenden, auch wenn es ihr nicht gefiel, dass er die Anweisung gegeben hatte. Im Moment gab es Wichtigeres.

„Einverstanden.“

„Warum? Warum dort?“ Lena war außer sich vor Sorge. Novaks Aussage, im Dickicht nach Emma zu suchen, schien ihre Angst noch zu vergrößern.

„Weil Emma ein kleines Mädchen ist und kleine Kinder gerne Abenteuer erleben. Okay?“

„Okay.“ Sie beruhigte sich ein wenig.

Obwohl sie etliche Meter von Gloria Lorenz’ Haus entfernt war, konnte Karla den kleinen Jona, den Lena bei der älteren Dame in Obhut gegeben hatte, schreien hören. Sie überzeugte die junge Frau davon, es Gloria Lorenz zu überlassen, sich um den Kleinen zu kümmern und stattdessen zu den Sanitäranlagen hinabzusteigen und zu sehen, ob Mathias Reifner bei seiner Suche etwas erreicht hatte. Auf der Treppe kam ihnen Yannick Kaminsky entgegen. Auch er hatte Emma nicht gesehen.

Karlas Hoffnung, Reifner könnte Emma inzwischen gefunden haben, löste sich in Luft auf, als sie ihn auf der Campingwiese entdeckte, wo er sich mit Benjamin

Friedrich unterhielt. Emma war nicht dabei. Auch von den anderen Studenten war nichts zu sehen.

„Hast du sie gefunden?“, fragte Lena Mathias Reifner überflüssigerweise, als sie die Campingwiese erreichte.

„Nein, das habe ich nicht.“ Reifner verzog verärgert das Gesicht. „Vielleicht hättest du besser auf sie aufpassen sollen, anstatt dich mit zwielichtigen Typen im Gebüsch herumzutreiben.“

Lena war so überrascht von dem Angriff, dass sie einen Moment lang sprachlos war. Sie hatte wahnsinnige Angst um ihre kleine Tochter. Nach dem Verschwinden von Sophia konnte man es ihr kaum verdenken. Jetzt trat jedoch etwas anderes anstelle der Angst in ihre Augen. Und das war Wut.

„Wovon redest du?“

„Davon, dass du mit diesem Verbrecher zusammen warst, während unsere Tochter verschwunden ist“, empört deutete Reifner in Richtung der Parzelle des Platzwartes.

„Was hat das eine mit dem anderen zu tun?“

„Wie bitte?“ Er machte einen Schritt auf Lena zu. „Du gibst es also zu?“

Er wandte sich an Karla. „Sie gibt es zu.“

„Was gebe ich zu?“

„Dass du mit diesem …“ Er schnappte nach Luft. „Mit diesem …“ Wieder deutete er in Richtung des Wohnwagens.

„Wir haben uns unterhalten. Was glaubst du denn?“ Karla konnte sehen, wie es in Lena arbeitete.

„Du schickst Kaminsky, um mir nachzuspionieren?“, fragte sie schließlich ungläubig.

„Doch nicht dir, diesem Verbrecher. Der Mann ist gefährlich“, hilflos rang Mathias Reifner mit den Händen. „Ich konnte ja nicht ahnen, dass du dich mit ihm triffst.“

„Ich bitte dich, wir haben uns zufällig getroffen und Alex ist nicht gefährlich. Wir können uns hier im Campingplatz *Waldesruh* alle gegenseitig vertrauen, das sagst du doch selbst immer.“

„Nicht ihm.“ Reifner schüttelte den Kopf. „Der war schon mal wegen Vergewaltigung angeklagt. Wer so etwas einmal tut, tut es auch wieder.“

Was für ein unangenehmer Mensch, dachte Karla.

„Wer sagt denn so was?“, fragte Lena fassungslos.

„Ebi.“

Karla nahm an, dass es sich dabei um den Campingplatzbesitzer Eberhard Schulte handelte.

„Aha. Er wurde aber nicht verurteilt, oder?“

„Nein, aber du weißt doch, wie das ist …“

„Ich weiß nicht, wie das ist. Ich weiß nur, dass unsere Tochter verschwunden ist.“ Lenas Stimme klang hysterisch. „Genau wie diese Frau gestern. Sie ist einfach verschwunden.“

„Beruhigen Sie sich, Frau Schubert.“ Karla legte die Hand auf ihren Arm. „Wir werden Emma finden.“

KAPITEL 12

Die Hauptkommissarin wies Lena Schubert und Mathias Reifner an, auf dem Campingplatz weiterzusuchen, und ging selbst durch das eiserne Tor hinaus in den Wald. Vielleicht war das Mädchen hier irgendwo. Die Möglichkeit bestand auf jeden Fall, das Tor war weit geöffnet. Karla war noch keine zehn Meter in den Wald hineingegangen, als sie eine Stimme hörte. Eine hohe Kinderstimme, sie klang weinerlich und verängstigt. Anscheinend hatte sie die richtige Eingebung gehabt. Sie folgte der Stimme tiefer in den Wald hinein, vorbei an Brombeerhecken, bemoosten Baumstämmen und den wenigen Wald-Windröschen mit ihren leuchtend weißen Blütenblättern, die sich auf dem schattigen Boden ausgebreitet hatten. Sie fand Emma im dichten Grün der Büsche, zwischen hohen Bäumen mit großen Ästen, die nur selten den Blick auf den blauen Sommerhimmel freigaben. Das Mädchen trug ein leichtes Sommerkleid, weiß mit kleinen Herzen in Pastellfarben. Blau, rosa, grün.

Es war übersät mit hässlichen braunen Flecken und Blut. Mit zerkratzten Armen und schmutzigem Kleidchen saß Emma inmitten von Brombeerhecken und sah sich hilflos um.

„Mama", rief sie, so laut sie konnte. Und dann noch einmal: „Mama!"

Sie begann zu weinen.

„Emma?"

Mitten in einem großen Schluchzer hielt das Kind inne, als es Karlas Stimme hörte und lauschte mit weit aufgerissenen Augen in die sommerliche Stille. Dann entdeckte sie Karla zwischen den Bäumen, und Tränen strömten über ihr Gesicht. Ein paar Zweige knackten, als sich Karla einen Weg zu dem Mädchen bahnte und es in die Arme schloss.

„Was machst du denn hier?", fragte sie behutsam.

„Da war eine Katze …" Emma schluchzte so laut, dass sie unmöglich weitersprechen konnte.

„Na, na, es ist alles gut. Hast du dich verlaufen?"

„Ja", antwortete Emma mit tränenerstickter Stimme. Es klang jämmerlich.

Erleichtert stellte Karla fest, dass das Blut an ihrem Kleidchen lediglich von einer aufgeschürften Stelle an ihrem rechten Knie stammte.

„Bist du gestürzt?" Sie deutete auf die Schürfwunde.

Emma nickte, während die Tränen über ihre Wangen kullerten.

„Darum kümmern wir uns gleich. Der Campingplatz ist dort drüben." Sie deutete in die Richtung, aus der sie gekommen war. „Es ist nicht weit. Wollen wir zusammen zurückgehen? Kannst du laufen?"

Wieder nickte die Kleine und ergriff vertrauensvoll ihre Hand. Sie humpelte ein wenig, ging aber tapfer weiter, sichtlich erleichtert, dass Karla sie aus ihrer misslichen Lage befreit hatte.

Um Emma weitere Kratzer an den Beinen zu ersparen, trat Karla das Gestrüpp nieder und ließ das Kind darüber treten. Sie spürte die kleine warme Hand in der ihren, als sie zügig auf den Eingang des Campingplatzes zuging. Als sie merkte, dass Emma Mühe hatte, mit ihr Schritt zu halten, ging sie etwas langsamer.

„Emma!" Lena rannte auf ihre Tochter zu, als sie an Karlas Hand durch den großen eisernen Torbogen mit der Aufschrift *Waldesruh* trat. Sie kniete vor ihr nieder und schloss sie in die Arme.

„Ich habe sie im Wald gefunden. Nicht weit von hier entfernt. Sie ist wohl einer Katze nachgerannt und hat sich dabei verlaufen", berichtete Karla.

Sie war unglaublich erleichtert, dass die Kleine so schnell wieder aufgetaucht war. Sie hatte die Möglichkeit, dass Emmas Verschwinden etwas mit dem Verschwinden von Sophia Bergmann zu tun hatte, durchaus in Betracht gezogen. Hätte das Kind möglicherweise etwas gesehen, was auf den Täter hinweisen könnte, wäre es nicht auszuschließen, dass er versuchen würde, sicherzustellen, dass es nichts von seinem Wissen preisgab.

Ihr Blick fiel auf eine Frau mittleren Alters, die neben Lena Schubert stand.

„Und Sie sind?“ Karla konnte sich nicht daran erinnern, die Frau bei der Befragung in der *Fischerstube* gesehen zu haben.

„Maike Wagner.“

Die Frau von Fernando Cortez. Obwohl Karla ihn gestern gebeten hatte, seiner Frau auszurichten, sie solle sich bei ihr melden, hatte sie das bislang nicht getan. Die unterschiedlichen Nachnamen hatten sie anfangs irritiert, aber anscheinend hatten beide Ehepartner darauf bestanden, den eigenen Namen auch nach der Hochzeit zu behalten. Unüblich, aber warum auch nicht?

„Hauptkommissarin Karla Sommerfeld“, stellte sich Karla vor und reichte Maike Wagner die Hand. „Frau Wagner, Sie waren nicht bei der Befragung in der *Fischerstube*. Ich habe Ihren Mann gebeten, Ihnen auszurichten, sich bei uns zu melden.“

„Das hat er wohl vergessen.“

Sie lächelte liebenswürdig. Ihre sehnigen, schlanken Beine waren gebräunt von der südländischen Sonne und ihr Haar war durchzogen von hellen Strähnen.

„Ich bin gerade erst aus Spanien zurückgekehrt. Ich war für eine längere Zeit im Ausland.“ Ihre Augen nahmen einen verträumten Ausdruck an. „Ich habe fast die gesamte erste Jahreshälfte auf der Insel verbracht. La Gomera. Ich habe im warmen Meer gebadet, bin mit den Fischen geschwommen und habe auf den Klippen den Möwen zugesehen, wie sie in endlosen Kreisen den blauen Himmel über den Wellen durchqueren. Ich musste mich selbst finden, verstehen Sie das?"

Karla war nicht sicher, ob sie das verstand. Sie wollte im Moment einfach nur Sophia Bergmann finden. Es ärgerte sie, dass Fernando Cortez seiner Frau nicht ausgerichtet hatte, sich bei der Polizei zu melden. Eine Unachtsamkeit, die sie wertvolle Zeit auf der Suche nach Sophia Bergmann kosten konnte.

„Wann genau sind Sie zurückgekommen?"

„In der vorletzten Nacht."

Das war die Nacht, in der Sophia Bergmann verschwunden war.

Henning Meyer gesellte sich zur Gruppe, Karla hatte ihn über Handy darüber informiert, dass sie Emma gefunden hatte.

„Wir haben da ein paar Fragen an Sie, Frau Wagner", sagte sie und wies auf die Baumstämme, die um die Grillstelle auf der Campingwiese als Sitzplätze angeordnet waren. „Vielleicht dort drüben?"

Lena Schubert verstand den Hinweis und zog sich zurück. Maike Wagner folgte den Polizisten und ließ sich auf einem der Baumstämme nieder. Karla setzte sich ihr gegenüber, Meyer blieb stehen.

Hier musste Sophia Bergmann auch mit ihren Freunden gesessen haben, in der Nacht, in der sie verschwand. Und mit Mathias Reifner. Karla erinnerte sich daran, dass er erzählte, die jungen Leute hätten ihn zu Bier und Bratwurst eingeladen. Ob er ihnen auch einen Vortrag über Tiny Houses gehalten hatte? Sie konnte sich kaum vorstellen, dass Mark Bergmann und Benjamin Friedrich daran interessiert waren.

Maike Wagner war äußerst kooperativ. Sie erzählte wortreich von ihrer Rückkehr auf den Campingplatz *Waldesruh*. Karla nahm ihr ab, dass sie diesen Ort tatsächlich liebte und ihn als ihr Zuhause ansah. Angesichts des blühenden Paradieses, das Fernando Cortez auf seinem Grundstück geschaffen hatte, war es nicht schwer, sich vorzustellen, dass sie gerne hierher zurückgekommen war.

„In der Nacht, in der Sie auf den Campingplatz zurückgekehrt sind, ist eine junge Frau verschwunden. Sophia Bergmann. Wir suchen seit gestern nach ihr, bisher leider ohne Erfolg. Ist Ihnen irgendetwas Ungewöhnliches aufgefallen?"

„Ich konnte ja nicht ahnen, welches Unheil in der Luft lag, als ich zurückkam", sagte Maike Wagner bedeutungsschwer und sah in den wolkenlosen Sommerhimmel.

„Natürlich nicht."

„Nein, mir ist nichts Ungewöhnliches aufgefallen, alles war ganz ruhig. Sophia Bergmann wirkte ganz normal.

Sie ist eine Suchende, so wie ich es war, bevor ich nach La Gomera aufgebrochen bin."

Karla starrte sie an.

„Sie sind Sophia Bergmann begegnet? In der Nacht?"

„Ja, wir sind uns in den Sanitäranlagen begegnet. Der Tag war unglaublich heiß. Ich wollte eine Dusche nehmen, bevor ich mich zu Bett legte. Sophia stand an einem Waschbecken und hat sich kaltes Wasser über die Unterarme laufen lassen. Sie meinte, ihr Kreislauf würde in letzter Zeit manchmal verrücktspielen und das würde immer helfen. Kein Wunder, bei der Hitze."

„Und Sie haben es nicht für nötig gehalten, uns das zu erzählen?"

Karla konnte es nicht glauben. Auf Meyers Stirn bildeten sich Falten, auch er war verärgert. Warum hatte sie sich nicht von selbst bei der Polizei gemeldet? Sie musste doch gewusst haben, dass Sophia Bergmann verschwunden war. Jeder hier auf dem Campingplatz wusste das.

„Wie spät war es, als Sie Sophia Bergmann getroffen haben?"

Maike Wagner überlegte.

„Kurz vor zwölf."

„Sind Sie sicher?"

„Ja, ich habe kurz zuvor noch auf die Uhr gesehen."

Karla notierte die Uhrzeit in ihrem Notizbuch. Laut Maike Wagners Aussage waren sich die beiden Frauen auf Anhieb sympathisch gewesen. Maike Wagner hatte Sophia Bergmann von ihrer Zeit auf La Gomera erzählt.

„Sophia war begeistert“, berichtete Maike Wagner, „sie wollte mich beim nächsten Mal begleiten.“

„Sie wollte Sie begleiten? Wohin?“

„Nach La Gomera.“

„Darüber haben Sie sich in den Sanitäranlagen unterhalten?“

Meyer konnte sich das anscheinend nicht vorstellen. Karla schon, das Getratsche in Toiletten und Umkleideräumen kannte sie aus ihrer Jugend zu Genüge. Auch wenn sie sich nie daran beteiligt hatte.

„Sophia hatte es nicht eilig, wieder nach draußen zu gehen. Sie hatte gerade eine Begegnung der etwas unangenehmeren Art mit Reifner und wollte sichergehen, dass er nicht mehr da war, wenn sie das Gebäude verließ“, erklärte Maike Wagner.

„Mathias Reifner war die ganze Nacht bei seiner Frau.“

Maike Wagner lächelte.

„Ganz sicher nicht.“

„Okay.“ Karla machte sich eine Notiz. Das würden sie überprüfen müssen. „Was für eine Begegnung hatte Sophia Bergmann denn mit Mathias Reifner? Sie sagten, es war eine unangenehme Begegnung.“

„Nun ja, er wollte, dass sie mit ihm nach Hause geht. Angeblich wollte er ihr ein Buch zeigen. Über eine Nussschale.“

Stephen Hawkins *Das Universum in der Nussschale*, Karla hatte es in Reifners gelbem Haus gesehen. Es stand auf dem Regal mit der Hennessy-Flasche.

Maike Wagner biss sich auf die Unterlippe.

„Was Reifner für ein Typ ist, weiß ich spätestens, seit er mir in den Sanitäranlagen von hinten an die Brust gegriffen hat. Ich gehe ihm aus dem Weg, wann immer es möglich ist."

Karla warf Meyer einen Blick zu. Warum wunderte sie das nicht?

„Haben Sie und Sophia Bergmann die Sanitäranlagen gemeinsam verlassen?", fragte sie.

„Ja, ich dachte, sie geht zurück zur Campingwiese. Ich bin dann nach Hause."

Vorher hatten die beiden Frauen ihre Handynummern ausgetauscht, um in Kontakt zu bleiben. Das passte nicht zu dem Eindruck, den Karla in den Gesprächen mit Mark Bergmann, Benjamin Friedrich und Miriam Winkler erhalten hatte. Warum sollte jemand, der vorhatte, sich umzubringen, Handynummern austauschen? Und Reisepläne schmieden.

„Erschien Ihnen Sophia Bergmann depressiv?"

„Depressiv? Nein, warum?"

„Wir müssen alle Möglichkeiten in Betracht ziehen."

Maike Wagner schüttelte den Kopf.

„Ich glaube nicht, dass sie sich umgebracht hat, wenn Sie darauf hinauswollen."

„Halten Sie es für möglich, dass sich Sophia Bergmann nach Ihrem Gespräch allein auf den Weg nach La Gomera gemacht hat? Oder an einen anderen Ort Ihrer Träume?" Karla hielt das zwar für unwahrscheinlich, aber es war eine Möglichkeit.

Maike Wagners Einschätzung war ernüchternd.

„Nein, das glaube ich nicht. Sie wollte mit ihrem Mann und ihren Freunden nach Italien, sie hat erst vor Kurzem geheiratet."

Karla beendete das Gespräch und stand auf. Sie wollte mit Meyer über seinen Eindruck sprechen. Sie hatte so langsam das Gefühl, nicht zu wenige Informationen zu bekommen, sondern zu viele. Wer, auf diesem Campingplatz, war Sophia Bergmann in der Nacht, in der sie verschwand, eigentlich nicht begegnet?

„Warten Sie!" Maike Wagners Stimme riss sie aus ihren Gedanken. Karla drehte sich um.

„Ich habe Sophia vom Frauenfelsen und der Quelle erzählt. Sie wollte vielleicht dorthin, jedenfalls hat sie sich von mir den Weg erklären lassen. Es ist ein magischer Ort."

Diesen magischen Ort kannten sie schon aus den Erzählungen von Fernando Cortez. Jetzt, in diesem Moment, hatte er allerdings eine neue Bedeutung bekommen. Zumindest im Fall Sophia Bergmann.

Ein Kleinbus ratterte über den geschotterten Hauptweg, Karla bedeutete dem Fahrer mit einem Handzeichen, den

Wagen anzuhalten. Er stoppte und öffnete die Scheibe. In dem Kleinbus saß die fünfköpfige Familie, von der Eberhard Schulte bei der Befragung in der *Fischerstube* gesagt hatte, sie würden den Campingplatz *Waldesruh* heute verlassen. Familie Pahlke. Karla wollte noch kurz mit ihnen sprechen, auch wenn sie die Kontaktdaten und die neue Wohnadresse hatte und sie zu einem späteren Zeitpunkt ausführlicher befragen könnte, wenn das nötig sein sollte.

„Haben Sie die junge Frau gefunden?", erkundigte sich Timo Pahlke freundlich, während er sich aus dem Fenster lehnte.

„Leider nicht."

„Das tut mir leid, bitte sagen Sie uns Bescheid, wenn wir irgendwie helfen können."

„Ja, natürlich. Warum verlassen Sie den Campingplatz *Waldesruh* eigentlich? Ich habe ihr Haus auf der obersten Terrassenebene gesehen. Ein schönes Grundstück mit einem herrlichen Ausblick. Sie haben einen hübschen, kleinen Garten angelegt."

Pahlke machte eine wegwerfende Handbewegung.

„Die Idylle trügt."

„Was meinen Sie damit?"

„Reifner. Der Mann ist krank. Er versucht, sich hier so eine Art eigenes Imperium aufzubauen. Nur dass ihm die Leute so langsam davonlaufen. Und wenn ihm Gloria Lorenz irgendwann den Geldhahn zudreht, dann ist es vorbei mit dem Campingpark *Waldesruh*."

„Mathias Reifner bekommt Geld von Gloria Lorenz?"

„Nicht direkt. Irgendwie hat er sie davon überzeugt, dass es eine gute Idee wäre, hier zu investieren und das erste Tiny-House-Dorf Deutschlands aufzubauen. Keine Ahnung, wie er das gemacht hat. Ich denke, sie ist einfach einsam."

„Und Sie? Was hat Sie überzeugt, hier draußen zu leben?"

„Vor allem die Nähe zur Natur. Ein kleines Haus in einer funktionierenden Gemeinschaft, wenig Besitz, viel Zeit. Aber dafür brauchen Sie die richtigen Leute."

„Alles klar, Herr Pahlke. Sie müssen los, Sie haben heute bestimmt noch viel Arbeit vor sich."

Er lachte und hob grüßend den Arm aus dem Fenster, ehe er aufs Gaspedal trat und der Kleinwagen durch das eiserne Eingangstor des Campingplatzes verschwand.

„Danke, Frau Wagner, Sie haben uns wirklich weitergeholfen. Bitte halten Sie sich zu unserer Verfügung", verabschiedete sich Karla daraufhin von Maike Wagner.

„Natürlich, Sie wissen ja, wo Sie mich finden."

Jetzt schon, dachte Karla und wunderte sich noch immer, dass Maike Wagner sich nicht von sich aus gemeldet hatte. Wenn es stimmte, was sie über die nächtliche Begegnung von Mathias Reifner und Sophia Bergmann erzählt hatte, bekam der Fall eine völlig neue Wendung.

„Haben wir einen neuen Hauptverdächtigen?", fragte Meyer, nachdem Maike Wagner auf der Treppe, die hinauf zum Grundstück des Imkers führte, verschwunden war.

„Möglich. Wenn es stimmt, dass Mathias Reifner versucht hat, Sophia Bergmann mit in sein Haus zu nehmen, und sie abgelehnt hat, ist nicht auszuschließen, dass er noch einmal zurückgekommen ist und sich mit Gewalt genommen hat, was er anders nicht bekommen konnte."

Das wäre nicht das erste Mal, das ein Verbrechen aus verletztem Stolz begangen worden wäre.

„Allerdings hat er ein Alibi", fügte sie hinzu.

„Von seiner Frau", entgegnete Meyer zweifelnd. „Vielleicht war er doch nicht die ganze Nacht bei ihr."

„Sophia Bergmann hat von Maike Wagner vom Frauenfelsen erfahren", überlegte Karla weiter. „Was, wenn sie dorthin gegangen ist, um …" Sie sprach den Gedanken nicht aus. Bisher war sie davon ausgegangen, dass Sophia Bergmann diesen Ort nicht kannte. Immerhin stammte sie nicht aus der Gegend.

„Sehen wir nach."

Meyer war schon auf dem Weg zum Parkplatz. Karla folgte ihm. Sie hoffte inständig, dass sie am Frauenfelsen nichts finden würden. Aber es war leider nicht auszuschließen, dass Sophia Bergmann dort hingegangen ist, nachdem sie von Maike Wagner von dem Ort erfahren hatte. Immerhin hatte sie sich die Wegbeschreibung geben lassen. Vielleicht war ihr dort etwas zugestoßen, vielleicht hatte sie auch dort ihr Leben selbst beendet. Sie wäre nicht die Erste. *Ein magischer Ort*, die Worte von Fernando Cortez und Maike Wagner klangen noch immer in Karlas Ohr. Sie konnte dem Ort nicht viel Magisches abgewinnen. Sie kannte die Legende und war oft genug beeindruckt gewesen von der Schönheit der Natur, die hier so offensichtlich wurde. Trotzdem blieb es ein Ort, an dem in den letzten Jahren und Jahrzehnten immer wieder Menschen ihr Leben selbst beendet hatten. Ein trostloser Ort.

Jedes Jahr begingen zwischen neun- und zehntausend Menschen in Deutschland Suizid, die Mehrzahl davon waren Männer. Das wusste Karla, seit sie vor ein paar Jahren zum ersten Mal mit dem Thema konfrontiert worden war. Die Anzahl der Selbstmorde hat sich seit den Achtzigerjahren beinahe halbiert, eine positive Entwicklung. Und dennoch … Die meisten Suizide fanden durch Erhängen, Strangulieren und Ersticken statt. Selbstmord durch Sturz in die Tiefe lag auf Platz zwei. Sie hoffte inständig, dass Sophia Bergmann nicht in diese Gruppe gehörte.

Der Weg durch den Wald war länger, als sie ihn in Erinnerung hatte. Sie fuhren durch ein dunkles Waldstück, das so dicht mit Tannen bewachsen war, dass selbst an diesem Hochsommertag nur wenige Sonnenstrahlen bis auf den bemoosten Boden hinabgelangten. Nach einer scharfen Rechtskurve lichtete sich das Dunkel des Waldes ein wenig, die dicht gedrängten Tannen gingen langsam in einen Mischwald über. Hochgewachsene Buchen und Eichen bildeten ein dichtes Blätterdach, das die hellen Sonnenstrahlen in den wunderbarsten Grüntönen zum Leuchten brachten. Inmitten der größten und kräftigsten Eichen wand sich der schmale Pfad am Rücken des Felsens hinauf zum Gipfel. Karla parkte den Wagen am Wegrand und stieg aus.

Anstatt den schmalen Pfad hinaufzusteigen, umrundete sie den Felsen und suchte das Gebiet unterhalb der Steilwand ab, die sich auf der gegenüberliegenden Seite unwirtlich in den Sommerhimmel streckte. Der Felsen ragte weit über die Wipfel der Bäume hinaus, wieder musste Karla an das Bild eines Riesen denken, der ihn zufällig an dieser Stelle abgelegt hatte. Er wirkte, als gehöre er nicht hierher. An seinem Fuße entdeckte sie die kleine Quelle, von der Fernando Cortez gesprochen hatte. Bisher war sie ihr noch nie aufgefallen.

Nach etwa einer halben Stunde hatten sie den Felsen umrundet und alles abgesucht.

„Hier ist sie nicht“, stellte Meyer fest.

Karla gab ihm recht. Wenigstens konnten sie diese Möglichkeit jetzt ausschließen. Wäre Sophia Bergmann vom Gipfel des Frauenfelsens in die Tiefe gestürzt, so hätten sie sie gefunden.

Karla wäre gerne noch den kleinen Pfad bis zum Gipfel hinaufgestiegen, in Anbetracht der fortgeschrittenen Zeit fuhr sie lieber mit Meyer zurück aufs Polizeirevier. Sie hatte Mark Bergmann, Benjamin Friedrich und Miriam Winkler dort hinbestellt.

KAPITEL 13

Eigentlich hätte Karla gerne direkt im Anschluss an das Gespräch mit Maike Wagner auf Campingplatz mit Mark Bergmann, Benjamin Friedrich und Miriam Winkler gesprochen. Allerdings hatten sie dort nur Benjamin Friedrich angetroffen, der ihnen mitteilte, dass Miriam Winkler und Mark Bergmann zum Schwimmen an einen nahe gelegenen See gefahren waren. Zur Ablenkung. Einigermaßen merkwürdig fand Karla das schon. Andererseits, wie sagte Meyer immer, Menschen tun alle möglichen merkwürdigen Dinge. Also hatte sie die drei zur Befragung am Nachmittag aufs Polizeirevier bestellt.

Karla beobachtete durchs Fenster, wie der grün-weiße Multivan auf den Parkplatz vor dem Polizeirevier fuhr und die drei jungen Leute ausstiegen. Wenig später betraten sie die kleine Wache.

Die Hauptkommissarin bot ihnen einen Sitzplatz und ein Glas Wasser an, das alle drei ablehnten. Henning Meyer saß an seinem Schreibtisch, trank Filterkaffee und wirkte nicht so, als hätte er vor, sich dabei stören zu lassen. Trotzdem ließ er die drei nicht aus den Augen. Wenn sie den entscheidenden Hinweis darauf liefern sollten, wo sich Sophia Bergmann befand, würde ihm das nicht entgehen, da war Karla sicher.

Mark Bergmann wirkte deutlich gefasster als am gestrigen Abend nach der erfolglosen Suchaktion. Nichts deutete auf den extremen Stress hin, unter dem er stehen musste, seitdem seine Frau spurlos verschwunden war. Keine dunklen Ringe unter den Augen, kein nervöses Zucken der Lider. Wie am Tag zuvor war er tadellos gekleidet, genauso wie Benjamin Friedrich und Miriam Winkler. Die junge Frau war perfekt geschminkt und ihre Haare glänzen wie in einem Werbevideo für vitaminhaltiges, exorbitant teures Shampoo. Karla wunderte sich immer wieder darüber, wie es Menschen gelang, im echten Leben so auszusehen wie in einer Modesendung im Fernsehen. Sie legte ihr Notizbuch auf den Tisch, öffnete es und notierte das Datum und die Uhrzeit. Ehe sie etwas sagen konnte, beugte sich Mark Bergmann nach vorne.

„Bitte suchen Sie meine Frau. Sophia wäre niemals einfach weggegangen. Sie war labil und oft völlig verzweifelt. Seit dem Tod ihrer Eltern habe ich Angst, dass sie sich etwas antut. Und jetzt …“ Seine Stimme klang dringlich und flehend. Es gelang Karla nicht, sie mit seinem ausgeruhten Erscheinungsbild und dem Badeausflug vom Vormittag in Einklang zu bringen. Beides schien nicht zusammenzupassen und stand in merkwürdiger Dissonanz zueinander.

„Wir werden Ihre Frau finden." Karla war keineswegs so sicher, wie sie sich gab. Es gab Tausende von unaufgeklärten Vermisstenfällen in den Aktenschränken der Polizeibehörden.

Karla fand es mit einem Mal so stickig im Raum, dass sie das Gefühl hatte, kaum mehr atmen zu können. Sie stand auf und öffnete das Fenster. Frische Luft durchflutete den Raum, Vogelgezwitscher drang herein. Ein Auto fuhr vorbei, dann war wieder Ruhe. Sie blieb einen Moment am geöffneten Fenster stehen, dann räusperte sie sich.

„Sie waren schwimmen, Herr Bergmann?"

Mark Bergmanns Augen weiteten sich vor Erstaunen, ebenso wie die von Miriam Winkler. Benjamin Friedrich zeigte keine Reaktion.

„Ja, warum fragen Sie das?"

„Ich finde es …" Karla zögerte „… ungewöhnlich." Beinahe hätte sie ungehörig gesagt, hatte sich aber in letzter Minute auf die Zunge gebissen.

„Ich musste mich abreagieren", erklärte Mark Bergmann. „Der Druck ist unerträglich. Meine Frau ist verschwunden. Wenn ich noch länger vor dem Wohnmobil auf diesem Campingplatz gesessen hätte, wäre ich verrückt geworden."

Das konnte sie nachvollziehen. Henning Meyer sah nicht überzeugt aus.

Karla wechselte das Thema.

„Ihre Frau, Sophia Bergmann, geborene von Weißenstein, hat von ihren Eltern ein beachtliches Vermögen geerbt, richtig? Das heißt, sie ist sehr wohlhabend."

Das war ein Anhaltspunkt, dem sie nachgehen mussten. Wenn viel Geld im Spiel war, lag die Möglichkeit einer Entführung mit Erpressung immer auf dem Tisch. Sie fragte sich, warum Mark Bergmann nicht selbst darauf gekommen war. Er hätte die Polizei darauf hinweisen können, dass die Möglichkeit bestand. Vielleicht hätten sie damit wertvolle Zeit gespart. Außerdem wollte sie sehen, wie Mark Bergmann auf die Konfrontation mit dem Vermögen seiner Frau reagierte. Wie Meyer vorhin ganz richtig bemerkt hatte, wäre er vermutlich der einzige Erbe, wenn Sophia Bergmann etwas zugestoßen sein sollte. Und davon mussten sie leider ausgehen.

„Sie hat sich aus Geld nichts gemacht", antwortete er knapp. Wusste er wirklich nicht, worauf sie hinauswollte?

„Ich habe gelesen, was die Boulevardpresse nach dem Tod von Sophia Bergmanns Eltern geschrieben hat", sie ging zum Tisch und blätterte in ihrem Notizbuch ein paar Seiten zurück. „Heribert und Carola Louise von Weißenstein." Sie setzte sich und sah Mark Bergmann nachdenklich an. „Wenn sie wirklich so vermögend ist … Halten sie es für möglich, dass sie entführt wurde?"

Nachdem der Leichenspürhund angeschlagen hatte, hielt sie selbst das für eher unwahrscheinlich, aber sie wollte zum jetzigen Zeitpunkt keine Möglichkeit ausschließen. Außerdem hatten sie keine Leiche gefunden. Ein Umstand, den sie sich immer noch nicht erklären konnte. Vielleicht sollten sie sich mit dem Gedanken anfreunden, dass der Hund falschen Alarm gegeben hatte. Über diese Möglichkeit sollte sie noch einmal mit Joachim sprechen. Bisher hatte er das zwar ausgeschlossen, aber nichts war unmöglich. Von jeder Regel gab es auch eine Ausnahme. Sie mussten weiterhin in alle Richtungen ermitteln und durften keine Möglichkeit außer Acht lassen.

„Das kann ich mir nicht vorstellen. Wie gesagt, sie war psychisch labil, depressiv …“ Mark Bergmann schien davon auszugehen, dass sich seine Frau das Leben genommen hatte. Wie konnte er da so sicher sein?

„Ich habe schon seit Monaten Angst, dass sie sich etwas antut“, schluchzte Miriam Winkler. Sie wischte sich eine Träne aus dem Gesicht und atmete tief durch. Benjamin Friedrich legte seinen Arm um ihre Schulter.

„Eine Entführung halte ich wirklich für mehr als unwahrscheinlich“, sagte er.

„Wir müssen alle Möglichkeiten in Betracht ziehen“, sagte Karla bestimmt. Anscheinend waren auch Benjamin Friedrich und Miriam Winkler davon überzeugt, dass sich Sophia Bergmann etwas angetan hatte. Nun ja, sie kannten die junge Frau am besten. Vielleicht hatten sie recht.

Karla versuchte, von den dreien so viel wie möglich über Sophia Bergmann zu erfahren. Sie stellte Fragen zu ihren Alltagsgewohnheiten, und bemühte sich herauszufinden, wie risikobereit und offen gegenüber Fremden Sophia war.

Henning Meyer hielt sich die ganze Zeit im Hintergrund und hörte aufmerksam zu. Karla hoffte, dass er mit etwas Abstand zum Gespräch Dinge wahrnehmen würde, die ihr möglicherweise entgingen. Kleinigkeiten, die aber wichtige Hinweise liefern konnten. Ein kleines Zögern, ein Zucken im Gesicht, ein nervöses Spielen mit den Fingern.

Meyer hatte sich in seinem altmodischen Schreibtischstuhl zurückgelehnt, machte sich Notizen und schaltete sich nur einmal in das Gespräch ein. Er stellte die Frage nach der Hilfsbereitschaft von Sophia Bergmann. Eine gute Frage. Hilfsbereite Menschen fielen leider besonders oft in die Hände von Verbrechern. Sie waren meistens wenig argwöhnisch und dachten erst einmal an das Wohl der anderen, bevor sie ihr eigenes Risiko in die Waagschale warfen.

„Sie war sehr hilfsbereit." Mark Bergmann zeichnete insgesamt ein sehr positives Bild von seiner Frau. Sophia Bergmann musste ein angenehmer, warmherziger Mensch sein. Umso mehr hoffte Karla, endlich den entscheidenden Hinweis zu finden.

„Hilfsbereit? Sie hatte ein Helfersyndrom“, entfuhr es Miriam Winkler. Es klang verächtlich. Erschrocken sah sie Benjamin Friedrich an. „Ich meine, das war schon extrem“, sagte sie kleinlaut.

Karla warf Meyer einen Blick zu. Er runzelte die Stirn.

„Ich würde sagen, sie war einfach hilfsbereit“, stellte Benjamin Friedrich klar. „Das kann man ja nicht von jedem behaupten.“

Er sah Miriam Winkler abschätzig an. Sie senkte den Blick.

„Was meinen Sie damit, Frau Winkler?“ Karla hatte nicht vor, diesen Punkt so einfach abzuhaken, auch wenn Benjamin Friedrich versuchte, ihn glattzubügeln.

„Na ja“, antwortete Miriam Winkler vorsichtig. Hatte sie solchen Respekt vor Benjamin Friedrich? Oder war das Angst? „Sie hat eben immer geholfen, ob sie danach gefragt wurde oder nicht.“

„Sie meinen, es war manchmal zu viel?“

„Ja, manchmal schon.“

„Was glauben Sie, warum das so war?“

„Ich nehme an, sie wollte ihre Eltern beeindrucken.“

„Sie hat ihre Eltern vergöttert“, fügte Mark Bergmann hinzu. „Deshalb ist sie auch nach ihrem Tod psychisch vollkommen abgestürzt, sie hat das nicht verkraftet.“

Daher die Vermutung, Sophia Bergmann hätte Selbstmord begangen und wäre ihren Eltern nachgefolgt. Karla sah auf die Uhr. Die Befragung dauerte schon über eine Stunde.

„Erzählen Sie uns doch bitte, wie Sie Sophia Bergmann kennengelernt haben“, forderte Karla Mark Bergmann auf.

„Bitte?“ Er reagierte sichtlich irritiert auf den plötzlichen Themenwechsel.

„Ich verstehe nicht, wie uns das helfen soll, Sophia zu finden“, mischte sich Benjamin Friedrich ein.

„Jeder Hinweis kann wichtig sein“, erklärte Karla geduldig. „Je mehr wir über Sophia Bergmann wissen, umso größer ist die Wahrscheinlichkeit, dass wir einen Hinweis finden, der uns auf die richtige Spur bringt.“

Benjamin Friedrich verschränkte die Arme vor der Brust und sah sie zweifelnd an. Sie beschloss, ihm zunächst keine weitere Beachtung zu schenken, und forderte Mark Bergmann erneut auf, von dem Kennenlernen mit Sophia Bergmann zu berichten.

„Herr Bergmann, bitte …“

„Ich habe Sophia im Studium kennengelernt, an der Uni. Wir haben ein paar Mal etwas gemeinsam unternommen und waren dann recht schnell zusammen. Worauf wollen sie hinaus?“

„Sie sind aus Berlin nach Würzburg zum Studieren gekommen, richtig?“

„Richtig.“

„Herr Friedrich, Frau Winkler, kommen sie auch aus Berlin?“

„Ich weiß wirklich nicht, was das zur Sache tut", begehrte Miriam Winkler auf.

„Beantworten sie einfach meine Frage."

„Ja, ich komme auch aus Berlin."

„Herr Friedrich?"

„Ich ebenfalls."

„Kannten sie drei sich schon, bevor sie nach Würzburg gekommen sind?"

Mark Bergmann und Benjamin Friedrich wechselten einen kurzen Blick.

„Wir kannten uns flüchtig."

„Aha." Karla machte sich eine Notiz.

„Sie drei haben in Würzburg in einer Wohngemeinschaft gewohnt, als sie Sophia Bergmann kennengelernt haben?"

„Ja, das ist richtig. Ich verstehe immer noch nicht, warum das relevante Informationen sein sollen."

Karla musste zugeben, dass er nicht ganz unrecht hatte. Sie wollte lediglich die Beziehung zwischen Mark Bergmann und seiner Frau etwas klarer sehen.

„Eine letzte Frage noch, Herr Bergmann. Hat Ihre Frau ein Testament?"

„Nicht dass ich wüsste. Warum fragen Sie das?"

„Das heißt, Sie wären im Todesfalle Ihrer Frau der alleinige Erbe?"

Mark Bergmann sah sie entgeistert an.

„Sie glauben, dass ich …" Er stockte. „Das kann nicht Ihr Ernst sein."

„Ich glaube gar nichts, Herr Bergmann. Ich muss nur alle Möglichkeiten in Betracht ziehen."

Nach beinahe zwei Stunden beendete Karla die Befragung und geleitete Mark Bergmann, Benjamin Friedrich und Miriam Winkler zur Tür. Sie hatte das Gefühl, keinen Schritt weitergekommen zu sein, als die drei die Polizeiwache verließen und sie in ihr Büro zurückkehrte. Gedankenverloren sah sie aus dem Fenster und beobachtete, wie der Multivan den Parkplatz verließ und links auf die Hauptstraße in Richtung Campingplatz abbog. Vielleicht hatte sie die relevante Information nicht gesehen? War sie in dem Gespräch gefallen und hatte sich irgendwo in ihrem Hinterkopf festgesetzt, ohne ins Bewusstsein zu dringen?

„Warum spricht er eigentlich in der Vergangenheitsform von ihr?" Meyers Stimme holte sie aus ihren Gedanken zurück in die Realität.

„Wie meinen Sie das?"

„Mark Bergmann spricht so von seiner Frau, als wäre sie schon tot. Oft fällt es den Angehörigen schwer, in der Vergangenheitsform von den Opfern zu sprechen, sogar wenn der Tod längst festgestellt wurde. In diesem Fall haben wir nur eine junge Frau, die seit gestern Nacht verschwunden ist."

Karla hob die Schultern.

„Sie sprechen alle drei in der Vergangenheitsform von ihr. Vermutlich, weil sie davon ausgehen, dass Sophia Bergmann Selbstmord begangen hat."

Vielleicht war es auch genau so. Doch wo war dann Sophia Bergmanns Leiche?

Fast tat es ihr leid, Mark Bergmann mit dem Erbe konfrontiert zu haben. Er wirkte ehrlich geschockt. Trotzdem konnte sie ihm das nicht ersparen.

KAPITEL 14

Karla rieb sich mit dem Handrücken über die Stirn. Sie spürte schon wieder das leichte Pochen, mit dem sich die Kopfschmerzen ankündigten, die sie regelmäßig in Stresssituationen heimsuchten. Bisher hatte sie keine Gelegenheit gehabt, den Morgen mit ihrer Mutter zu verarbeiten. Das sorgfältig aufgetischte Gedeck für ihren Vater geisterte durch ihren Kopf und wollte sich nicht verdrängen lassen. Sie griff nach ihrer Wasserflasche, schraubte den Deckel ab und leerte die halbe Flasche in einem Zug. Sie dachte nach. Ein Tag und eine Nacht waren vergangen, seit Sophia Bergmann verschwunden war, und auch ein großer Teil des zweiten Tages seit ihrem Verschwinden war ohne einen Hinweis auf ihren Verbleib verstrichen. Inzwischen hielt sie eine Entführung für immer unwahrscheinlicher. Der oder die Entführer hätten sich mit allergrößter Sicherheit inzwischen mit einer Lösegeldforderung gemeldet. Trotzdem blieben noch einige Möglichkeiten offen. Sophia Bergmann konnte einem Gewaltverbrechen zum Opfer gefallen sein.

Oder sie hatte einen Unfall, das hatte Karla bisher kaum in Betracht gezogen. Sie notierte es in ihrem kleinen Buch, hielt es aber nach wie vor eher für unwahrscheinlich. Ein Selbstmord war durchaus denkbar, aber dann hätten sie in der Nähe des Campingplatzes die Leiche finden müssen, vorausgesetzt Sophia Bergmann hatte den Campingplatz nicht mit dem Auto verlassen. Und davon war auszugehen.

Eine weitere Möglichkeit war, dass Sophia Bergmann sich einfach aus dem Staub gemacht hatte. Das hielt Karla jedoch auch für eher unwahrscheinlich. Ohne Auto. Auf der Fahrt in den Urlaub. Sie schrieb ein paar Bemerkungen zu den einzelnen Möglichkeiten auf ein großes Blatt Papier und betrachtete sie eingehend. Ihrer Meinung nach kristallisierte sich eine Option deutlich als die wahrscheinlichste heraus.

Schwungvoll stieß sie ihren Stuhl zurück, stand auf und legte das Papier auf Henning Meyers Schreibtisch. Wortlos betrachtete er ihre Notizen, griff nach einem Bleistift und fügte ein paar Anmerkungen dazu.

„Was glauben Sie?", fragte Karla.

Er deutet mit dem Finger auf Option Nummer eins: Gewaltverbrechen. Karla seufzte.

„Das glaube ich auch."

Henning Meyer fuhr sich mit der Hand durch das schüttere Haar.

„Wir müssen irgendetwas übersehen haben."

„Ganz genau. Niemand verschwindet spurlos. Das ist unmöglich."

Das war der Satz, den sie in den letzten Jahren unzählige Male wiederholt hatte. Laut und manchmal auch leise, nur in ihrem Inneren. Niemand verschwindet spurlos. Auch nicht ihr Vater. Gerade nicht ihr Vater. Auch ihn würde sie finden, vorher würde sie nicht aufgeben. Karla begann, unruhig auf und ab zu gehen.

„Wir fangen noch mal von vorne an. Zuerst sprechen wir noch einmal mit Alexander Novak."

Es ließ ihr keine Ruhe, dass sich Sarah Meinhard, das Opfer von vor drei Jahren, und Sophia Bergmann so ähnlich sahen. Das konnte doch kein Zufall sein. Oder vielleicht doch?

Karla war gerade im Begriff aufzustehen, als sich die Tür öffnete und eine ältere Dame in einem schlichten, aber eleganten Sommerkleid den Raum betrat. Ihre Haare waren ordentlich frisiert und ihr Make-up makellos, zeitlos dezent. Gloria Lorenz.

Karla sah verblüfft auf. Ein Blick zu Meyer verriet ihr, dass er genauso überrascht war wie sie selbst.

Frau Lorenz grüßte höflich und reichte erst ihr, dann Meyer die Hand. Ihr Händedruck war sanft, aber bestimmt.

„Guten Tag, Frau Lorenz," sagte Karla freundlich. „Sie leben auf dem Campingplatz *Waldesruh*, richtig? Wir sind uns dort schon begegnet."

„Ich bewohne ein Tiny House auf der obersten Terrassenebene“, antwortete Gloria Lorenz. „Leider hatten wir bisher keine Gelegenheit, miteinander zu sprechen.“

Die Besprechung in der *Fischerstube* wäre eine Gelegenheit gewesen, dachte Karla, verbiss sich aber die Bemerkung. Sie erinnerte sich an das kleine Haus auf der obersten Etage, das in unmittelbarer Nähe zu dem Häuschen von Lena Schubert lag. Wie das Haus von Mathias Reifner, verfügte auch Gloria Lorenz’ Haus über eine kleine überdachte Veranda. Außer einem runden Tisch mit zwei Stühlen standen darauf noch etliche bunt bepflanzte Blumentöpfe. Auch vor dem Haus wuchsen Blumen. Astern, Sommerhyazinthen und Sonnenhut standen in voller Blüte. Gloria Lorenz schien eine Pflanzenliebhaberin zu sein.

„Ich erinnere mich an ihr Haus. Sie haben wundervolle Blumen davor angepflanzt. Bitte setzen Sie sich doch.“

Mit einer einladenden Handbewegung bot Karla Gloria Lorenz den Stuhl gegenüber ihres Schreibtischs an und setzte sich.

„Ich habe leider keinen grünen Daumen, Fernando bringt mir netterweise ab und zu ein paar Pflanzen aus seinem herrlichen Garten und pflanzt sie vor mein Haus“, erklärte Gloria Lorenz und nahm Platz.

„Worum geht es, Frau Lorenz?“

„Die Zustände auf dem Campingplatz sind unhaltbar.“ Sie legte die gefalteten Hände auf Karlas Schreibtisch und sah sie eindringlich an. Henning Meyer zog seinen Stuhl näher heran.

„Was genau meinen Sie damit?", forderte Karla sie auf, die Bemerkung weiter auszuführen. Vielleicht störte sich die ältere Dame an Fernando Cortez Hanfpflanzen, auch wenn sie seine Blumen mochte, oder an Manuel Schindlers lauter Musik.

„Sie kennen Mathias Reifner?", fragte Gloria Lorenz.

„Ja, wir haben mit Herrn Reifner bereits gesprochen. Außerdem war er auch bei der Befragung in der *Fischerstube*."

Das schien nicht in die Richtung zu gehen, die Karla vermutet hatte. Sie fragte sich, auf was dieses Gespräch hinauslaufen würde.

„Ja, natürlich", sagte Gloria Lorenz entschuldigend.

„Was ist mit Herrn Reifner, Frau Lorenz?"

Gloria Lorenz holte tief Luft.

„Er sorgt für eine Menge Ärger", sagte sie mit bedeutungsschwerer Stimme. Das hatten die Polizisten so ähnlich auch schon von Maike Wagner gehört.

„Ärger, der mit dem Verschwinden von Sophia Bergmann zu tun hat?", fragte Henning Meyer.

Gloria Lorenz hob die Hände.

„Wer weiß das schon?"

Es fehlte nicht viel und Karla hätte die Augen verdreht. Sie zwang sich zur Geduld. Jeder Hinweis konnte wichtig sein. Das hatte sie eben noch selbst Mark Bergmann erklärt.

„Bitte führen Sie doch etwas genauer aus, was Sie damit meinen“, forderte sie die ältere Dame auf.

„Gerne.“ Gloria Lorenz ließ sich nicht beirren. Offensichtlich hatte sie es nicht eilig. „Mathias Reifner hat Yannick Kaminsky dazu angestiftet, Alexander Novak zu beobachten.“

„Das wissen wir bereits“, warf Meyer ein.

„Außerdem kümmert er sich nicht genug um seine Kinder, Emma und Jona. Er lässt Lena alleine und nutzt Ilse aus. Er ist immer noch mit Ilse verheiratet, wissen Sie, obwohl er zwei Kinder mit Lena Schubert hat. Jeden Tag kocht Ilse für ihn, sie wäscht seine Wäsche und putzt sein Haus. Lena lässt er völlig alleine mit den beiden Kindern, ich unterstütze sie, so gut ich kann. Sie wissen ja, ich wohne direkt gegenüber. Und jetzt ist dieses Mädchen verschwunden und Ilse gibt ihrem Mann ein Alibi, finden Sie das nicht seltsam.“

„Eigentlich nicht.“

Dass Ehefrauen ihren Männern ein Alibi gaben, war eher die Regel. Auch wenn die Konstellation hier etwas merkwürdig war.

Wenn es allerdings stimmte, was Maike Wagner erzählte, dann war das Alibi nicht echt. Dass Mathias Reifner mit den beiden Frauen auf diese Art und Weise umsprang und beide dabei offenbar mitmachten, war unschön, aber nicht strafbar. Außerdem stand es in keiner Verbindung zu dem Fall.

„Woher wissen Sie eigentlich von dem Alibi?“, fragte Karla.

Gloria Lorenz senkte die Stimme.

„Ich habe es zufällig gehört. Ich wollte Ilse nur ein Glas Marmelade vorbeibringen, da habe ich gehört, wie sie sich unterhalten haben. Sie saßen beim Essen in Ilses Haus. Das Fenster stand offen. Es gab Bratkartoffeln und Backfisch. Mit selbst gemachter Remoulade, das mag er ganz besonders. Viel Schnittlauch und wenig Petersilie. Genau so viele Gürkchen wie nötig, um einen säuerlichen Geschmack zu erreichen, die Remoulade aber nicht zu aufdringlich nach den Gürkchen schmecken zu lassen. Er sagt, die Remoulade in Restaurants und aus dem Kühlregal im Supermarkt schmeckt ihm nicht.“

Meyer sah sie perplex an. Auch Karla war von der detaillierten Information über Reifners Mittagessen überrascht und wusste nicht, was sie damit anfangen sollte.

„Und das wissen Sie woher?“

„Ilse hat es mir erzählt.“

Aha. Offensichtlich war Gloria Lorenz eine hervorragende Zuhörerin und Beobachterin. Vielleicht konnte sie wirklich etwas zur Aufklärung des Falles beitragen.

„Sie wollten Ilse Reifner also Marmelade bringen“, nahm Karla den Faden wieder auf.

„Genau. Erdbeermarmelade. Die koche ich immer selber ein, mit etwas Vanille und Chili. Dadurch bekommt sie einen leicht scharfen Geschmack. Ilse schmeckt sie ganz hervorragend. Wie auch immer." Sie schüttelte den Kopf, als wolle sie den Gedanken abwerfen und sich auf das Wesentliche konzentrieren.

„Und da haben Sie von dem Alibi gehört?"

„Richtig."

„Was hat Herr Reifner denn gesagt?"

„Nicht er, Ilse hat etwas gesagt." Gloria Lorenz blickte erst Karla und dann Meyer tief in die Augen. „Sie hat gefragt, ob die junge Frau wieder aufgetaucht ist. Nein, hat er gesagt. Und dann hat sie gesagt, dass sie ihn gesehen hat. Mit ihr. In der Nacht, in der sie verschwunden ist."

„Sie hat ihn mit Sophia Bergmann gesehen?" Karla war wie elektrisiert. Das deckte sich mit der Aussage von Maike Wagner. Zusammen mit dem falschen Alibi machte das Mathias Reifner zu einem möglichen Täter.

„Das hat sie gesagt", bestätigte Gloria Lorenz. „Dann hat sie gefragt, ob er ein Alibi braucht. Ich geb dir eins, hat sie gesagt. Und wollen Sie wissen, warum sie das getan hat?"

In der Tat war das die Frage, die sich Karla stellte. Warum um alles in der Welt sollte Ilse Reifner ihrem Mann ein falsches Alibi anbieten, nachdem er sie so behandelte?

„Warum?"

„Weil dann jeder denken würde, dass Mathias Reifner die Nacht bei seiner Frau verbracht hatte, in ihrem kleinen Haus direkt am Fluss. Auch Lena." Sie seufzte. „Lena wird am Boden zerstört sein, wenn sie davon erfährt."

„Und was hat Ilse Reifner Ihrer Meinung nach davon?“, fragte Henning Meyer.

„Sie hofft immer noch, dass Mathias zu ihr zurückkommt und Lena mit den Kindern verschwindet.“

„Woher wissen Sie das so genau?“

Karla konnte nicht glauben, dass Ilse Reifner ihren Mann zurückgewinnen wollte. Andererseits bekochte sie ihn jeden Tag und wusch seine Wäsche, wenn es stimmte, was Gloria Lorenz erzählte.

„Wir trinken jeden Mittwoch um sechzehn Uhr Kaffee in ihrem Haus. Sie spricht jedes Mal darüber. Letzte Woche war sie beim Friseur und hat sich die Haare färben lassen. Normalerweise macht sie das immer selbst mit der Haarfarbe aus dem Supermarkt. Außerdem hat sie sich einen neuen Haarschnitt gegönnt, die Friseurin hat ihr gesagt, sie würde um Jahre jünger wirken. Na ja. Ilse hat ein großzügiges Trinkgeld gegeben und auf der Rückfahrt eine Flasche Sekt und Knabbereien gekauft, die sie mit Kerzen und Gläsern auf ihrem Esstisch festlich arrangiert hatte. Dann hatte sie Reifner eingeladen, den Abend in ihrem Haus zu verbringen. Sie hat ihn überreden müssen. Schließlich hatte er dann aber doch zugestimmt, später noch auf einen Drink herüberzukommen. Als er da gewesen ist, hatte er sie nur beleidigt. Dumm sei sie, hatte er gesagt, und hässlich. Der Mann ist zerstörerisch.“

Karla hätte gewettet, dass Ilse Reifner sich die Haare selbst gefärbt hatte. Die merkwürdige Haarfarbe war ihr bei der Befragung in der *Fischerstube* direkt ins Auge gesprungen. Ilse Reifner sollte dringend den Friseur wechseln, wenn sie ihren Mann mit ihrer Frisur beeindrucken wollte.

„Warum leben Sie eigentlich auf dem Campingplatz *Waldesruh*?", fragte sie.

„Mathias Reifner hat früher Geschäfte mit meinem Mann gemacht", erzählte Gloria Lorenz. „Das ist lange her. Wir waren damals ein paar Mal zusammen essen, hauptsächlich um Geschäftliches zu besprechen. Danach habe ich beinahe fünfzehn Jahre nichts mehr von ihm gehört. Etwa zwei Jahre nach dem Tod meines Mannes meldete er sich bei mir und erzählte mir von seinem Plan, den alten Campingplatz in eine moderne Tiny-House-Siedlung umzubauen. Ein generationenübergreifendes Wohnprojekt nannte er es. Ich fühlte mich so einsam, die Aussicht auf Gemeinschaft war verlockend. Also investierte ich einen großen Teil meines Geldes." Sie hielt inne. „Leider entwickelt sich das Projekt nicht so, wie ich es erwartet hatte."

„Verstehe", ließ sich Henning Meyer vernehmen.

Karla fragte sich, was genau er damit meinte. Offensichtlich hatte Mathias Reifner die Einsamkeit von Gloria Lorenz skrupellos ausgenutzt, um an ihr Geld zu kommen. Sie stand auf.

„Danke, Frau Lorenz. Es war wichtig, dass Sie zu uns gekommen sind, um uns all das zu erzählen."

Gloria Lorenz reichte den Polizisten die Hand zum Abschied.

„Sie können sich gerne an mich wenden, wenn Sie Fragen haben."

„Das werden wir." Meyer öffnete ihr die Tür. Karla ließ sich in ihren Schreibtischstuhl fallen und dachte nach.

„Was meinen Sie?", fragte sie Meyer, nachdem auch er hinter seinem Schreibtisch Platz genommen hatte.

„Hört sich so an, als hätte auch Ilse Reifner ein Motiv. Vorausgesetzt, es stimmt, dass sie ihren Mann in der Nacht des Verschwindens mit Sophia Bergmann gesehen hat."

„Eifersucht." Karla klopfte mit einem Kugelschreiber auf ihren Notizblock. „Genau das denke ich auch. Sie hat ihrem Mann ein Alibi angeboten und so praktischerweise selbst eines bekommen. Wirklich clever. Was, wenn Sie Sophia Bergmann aus dem Weg geräumt hat, um nicht noch einmal so etwas erleben zu müssen wie mit Lena Schubert. Bleibt die Frage: Wo ist die Leiche?" Sie seufzte. Das war der springende Punkt. Sie würden nie herausfinden, was geschehen war, solange sie Sophia Bergmann nicht fanden. „Trotzdem dürfen wir Mathias Reifner nicht aus den Augen lassen. Wenn er Sophia Bergmann in der Nacht getroffen hat, hatte er zumindest die Gelegenheit. Außerdem hat er versucht, sie in sein Haus zu locken, vorausgesetzt es stimmt, was Maike Wagner sagt."

„Und er hat das Angebot für ein falsches Alibi seiner Frau angenommen", ergänze Meyer. „Er hätte ablehnen können."

Das war in der Tat ein wichtiger Punkt. Wenn Mathias Reifner mit dem Verschwinden von Sophia Bergmann nichts zu tun hatte, dann hätte er das falsche Alibi doch einfach ablehnen können. Oder dachte er, es sei praktisch, ein Alibi zu haben, um von der Polizei im Zuge der Ermittlungen nicht weiter belästigt zu werden. Falls das seine Absicht gewesen war, hatte er nun genau das Gegenteil davon erreicht. Mit dem falschen Alibi rückten sowohl er als auch Ilse Reifner auf der Liste möglicher Tatverdächtiger ein ganzes Stück nach oben.

KAPITEL 15

Zum wiederholten Male versuchte Karla Alexander Novak zu erreichen. Dieses Mal hatte sie Glück. Novak nahm den Anruf entgegen.

Nach eigenen Angaben befand er sich im Fitnessstudio *Athletics* in Meinhofen und erklärte sich sofort bereit, mit der Polizei zu sprechen. Karla gab Meyer Bescheid, stieg ins Auto und startete den Motor. Sie fuhr so schnell wie möglich, ohne die Geschwindigkeitsbeschränkungen zu übertreten. Sie hatte Angst, dass er es sich anders überlegte und längst über alle Berge war, wenn Meyer und sie in Meinhofen eintrafen. Doch ihre Sorgen stellten sich als unbegründet heraus.

Das Fitnessstudio *Athletics* lag im Industriegebiet zwischen dem Gelände eines Großhändlers für Motorradteile und einer Burger-King-Filiale. Auf dem Parkplatz parkten einige Autos, die meisten waren älteren Baujahres, mit breiten Reifen und blank polierter Karosserie.

Ein durchtrainierter Mann in seinen späten Vierzigern stand hinter dem Tresen am Eingang und begrüßte die Polizisten freundlich, als sie das Gebäude betraten. Sein Gesicht war voller Falten und seine Haut zeigte die Folgen jahrelanger Solariumbesuche auf. Das schüttere Haar war kurz geschnitten und unnatürlich blond gefärbt.

„Was kann ich für euch tun?"

„Wir möchten mit Alexander Novak sprechen."

Er ging um den Tresen herum und machte ein paar Schritte in den Raum hinein.

„Alex, dein Typ wird verlangt."

Alexander Novak ließ die Hanteln sinken, mit denen er bis eben trainiert hatte, und griff nach einem schwarzen Handtuch, um sich den Schweiß aus dem Gesicht zu wischen.

„Komme."

Er legte sich das Handtuch um den Nacken und griff nach seiner Wasserflasche.

„Alles klar?", fragte der Solariumgebräunte leise, aber laut genug, dass Karla ihn verstehen konnte.

„Alles klar."

Novak klopfte ihm im Vorbeigehen freundschaftlich auf die Schulter.

„Die Jungs hier halten zusammen", bemerkte Henning Meyer.

Karla hatte nichts anderes erwartet.

Alexander Novak zog sich eine dunkelblaue Trainingsjacke über und begrüßte die Polizisten mit Handschlag.

„Geht es um Sophia Bergmann?", fragte er ohne Umschweife.

„Ja, wir hätten da noch einige Fragen. Können wir uns irgendwo ungestört unterhalten?"

Novak wies auf die halb geöffnete Tür rechts neben der Theke und ging voran. Dahinter befanden sich die Duschen und Umkleideräume. Die Einrichtung war nicht mehr neu, aber in einem guten Zustand und wirkte sehr gepflegt. In einem kleinen Vorraum standen ein runder Metalltisch und vier Stühle.

„Setzen Sie sich, Herr Novak", forderte Karla ihn auf und nahm ebenfalls Platz. Henning Meyer schloss die Tür.

„Ich weiß wirklich nicht, wie ich Ihnen weiterhelfen kann. Alles, was ich zu dieser Nacht sagen kann, wissen Sie bereits."

„Herr Novak, Sie sind vor vier Jahren wegen gemeinschaftlicher Vergewaltigung und Mord angeklagt worden, ist das richtig?"

Alexander Novaks Augen verdunkelten sich. Mit einem Mal wirkte er misstrauisch.

„Ich wurde freigesprochen."

„Das ist Sarah Meinhard."

Karla legte ein Foto des Mordopfers von damals auf den Tisch. Novak warf unwillig einen kurzen Blick darauf.

„Fällt Ihnen etwas auf?", fragte sie.

„Nein. Ich weiß wirklich nicht, was das soll."

„Nein? Ihnen fällt nicht auf, dass sich Sarah Meinhard und Sophia Bergmann erstaunlich ähnlich sehen?"

Alexander Novaks Blick wanderte erneut zu dem Foto, dann von Karla zu Henning Meyer und wieder zurück.

„Das ist jetzt nicht Ihr Ernst, oder?"

Karla kamen Zweifel. Ihr fiel etwas ein.

„Sie wurden nicht verurteilt, weil sie ein Alibi für den Tatzeitpunkt vorweisen konnten. Allerdings waren Sie bis kurz vor der Tat mit dem Opfer und den Tätern zusammen. Wer hat Ihnen dieses Alibi gegeben? Wo sind Sie gewesen?"

Alexander Novak stand auf.

„Ich muss Ihnen diese Fragen nicht beantworten. Das können Sie alles in den Akten nachlesen."

Grußlos verließ er den Raum. Als Karla und Henning Meyer ihm folgten, war er bereits im hinteren Teil des Fitnessstudios verschwunden. Sie beschlossen, es für heute dabei zu belassen.

„Beantwortet er unsere Fragen nicht, weil er sich damit verraten würde? Oder beantwortet er sie nicht, weil er sich ungerecht behandelt fühlt? Immerhin wurde er damals freigesprochen. Was meinen Sie?", fragte Meyer sie, nachdem sie das *Athletics* verlassen hatten.

„Ich halte beides für möglich. Wir sollten uns den Fall Sarah Meinhard mal genauer ansehen. Vor allem, wie

Novak in letzter Minute an ein Alibi gekommen ist. Was ist eigentlich mit diesem Kaminsky?"

Henning Meyer legte die Stirn in Falten.

„Er hat Novak stark belastet, könnte auch ein Ablenkungsmanöver sein."

Nachdem Karla Sommerfeld ihren Kollegen Henning Meyer zu Hause abgesetzt hatte, fuhr sie zu ihrer Mutter, um mit ihr zu Abend zu essen. Ein Blick auf die Uhr verriet ihr, dass sie spät dran war. Später als gewöhnlich. Trotzdem blieb sie noch kurz im Wagen sitzen, nachdem sie vor ihrem Elternhaus in der Finkenstraße geparkt hatte, und wählte die Nummer des Kollegen, der im Fall Sarah Meinhard ermittelt hatte. Es klingelte.

Durch die Windschutzscheibe beobachtete sie die Kinder, die am Ende der Straße mit ihren Fahrrädern auf und ab fuhren. Wie alt mochten sie sein? Fünf, vielleicht sechs? Ein kleineres Kind saß auf einem Dreirad und weinte. Vielleicht, weil ihm die Großen davonfuhren. Es schien ewig her zu sein, dass sie selbst dort am Ende der Straße mit ihrem roten Fahrrad herumgefahren war. Ihr Vater hatte es ihr geschenkt und ihr hier am Ende der Sackgasse das Radfahren beigebracht. Heute wusste sie nicht einmal mehr, wer hier wohnte. Einige der Häuser waren verkauft und renoviert worden, junge Familien waren hergezogen. Den längeren Weg in die Stadt nahmen sie gerne in Kauf, hier war der Wohnraum noch bezahlbar.

Sie entdeckte ihre Mutter am Küchenfenster und winkte ihr zu.

Der Kollege nahm ab. Hauptkommissar Markus Lohner konnte sich noch gut an den Fall Sarah Meinhard erinnern.

„Sarah Meinhard wurde nach einer Party vergewaltigt und ermordet, die Täter waren schnell ermittelt. Ich erinnere mich so genau daran, weil es mich schockiert hat, wie wenig sie sich bemüht haben, ihre Tat zu verschleiern." Er machte eine Pause. „Vielleicht waren sie auch einfach nur dumm", schob er hinterher.

„Erinnern Sie sich noch an die Namen der Täter?"

„Nein, tut mir leid." Karla hörte Fahrgeräusche im Hintergrund. „Ich sitze gerade im Auto. Ich schicke Ihnen die Akte zu, dann können Sie nachsehen."

Karla bedankte sich.

„Sagt Ihnen der Name Alexander Novak etwas?"

„Wie gesagt, ich habe die Namen leider nicht mehr im Gedächtnis. Wie kommen Sie darauf, dass Ihr Vermisstenfall etwas mit dem Fall Sarah Meinhard zu tun hat?"

„Alexander Novak war im Fall Sarah Meinhard auch verdächtig und saß in Untersuchungshaft, wurde allerdings freigesprochen. Er war mit Sophia Bergmann in der Nacht, in der sie verschwand, zusammen. Die beiden Frauen sind sich äußerlich extrem ähnlich."

„Sie sagen, er wurde freigesprochen?" Sie hörte den Zweifel in seiner Stimme. „Denken Sie, wir haben einen Fehler gemacht?"

„Ich versuche nur, alle Möglichkeiten miteinzubeziehen."

„Ich schicke Ihnen die Akte", antwortete Lohner knapp und verabschiedete sich.

Karla biss sich auf die Lippe. Sie wollte dem Kollegen nicht auf die Füße treten. Aber sie musste alle Möglichkeiten in Betracht ziehen, um Sophia Bergmann so schnell wie möglich zu finden. Auch diese.

Sie steckte das Handy in die Tasche, öffnete die Fahrertür und trat ins Freie. Das Kind auf dem Dreirad hatte aufgehört zu weinen und fuhr den größeren Kindern auf den Fahrrädern so schnell wie möglich hinterher, das Lachen und Rufen drang durch die ganze Straße.

Ihre Mutter stand noch immer am Küchenfenster und verschwand erst, als Karla durch den Garten zur Haustür ging. Dort erwartete sie sie ungeduldig.

„Ich habe Hunger", erklärte sie vorwurfsvoll.

„Ich auch, Mama." Karla ging ins Haus und stellte die Tasche mit den Lebensmitteln auf den Tisch, die sie auf dem Rückweg von Meinhofen in einem kleinen Supermarkt erstanden hatte. Etwas Brot, Tomaten, Käse, ein paar Äpfel und den Orangensaft, den ihre Mutter so gerne trank.

Sie holte Teller und Gläser aus dem Schrank, stellte sie auf den Tisch und begann, das Brot aufzuschneiden.

Ihre Mutter saß auf einem Küchenstuhl und sah ihr zu. Die gefalteten Hände lagen ruhig in ihrem Schoß, in ihren Augen glitzerten Tränen. Karla hielt inne.

„Was ist los?"

„Ich habe mich verlaufen."

Ihre Mutter schlug die Hände vors Gesicht und schluchzte.

„Verlaufen?"

„Heute Nachmittag. Ich wollte nur zur Bäckerei, aber ich konnte mich nicht an den Weg erinnern. Und dann konnte ich mich nicht mehr an den Weg nach Hause erinnern."

„Ach, Mama."

Karla legte das Brotmesser zur Seite und nahm ihre Mutter in den Arm. „Wie bist du denn dann wieder nach Hause gekommen?"

„Sie hat mich nach Hause gebracht."

Karlas Mutter deutete auf das Haus gegenüber.

„Die Nachbarin?"

„Ja."

Karla hatte keine Ahnung, wer inzwischen in dem Haus gegenüber wohnte, wollte aber auch nicht nach dem Namen fragen, um ihre Mutter nicht noch mehr zu verunsichern. Wenn sie sich an den Namen erinnern könnte, hätte sie ihn bestimmt genannt. Sie stand auf.

„Lass uns essen."

Ihre Mutter wischte sich die Tränen aus dem Gesicht. Es musste furchtbar sein, zu erkennen, wie man Tag für Tag mehr an Kontrolle über das eigene Leben und die eigenen Erinnerungen verlor. Karla nahm sich vor, mehr mir ihrer Mutter zu unternehmen. Gleich nachdem sie Sophia Bergmann gefunden hatte, würde sie damit anfangen.

Das Abendessen verlief harmonisch und Karla freute sich darüber, ihre Mutter in einer relativ guten Verfassung zu erleben. Auch wenn das Erlebnis des Nachmittags sie sichtlich verunsichert hatte. Sie scherzten und lachten zusammen. Karlas Mutter hörte aufmerksam zu, wenn Karla aus der Vergangenheit berichtete. Karla konnte nicht einschätzen, wie viel ihrer Mutter noch präsent war. Aber der Schatten der Verwunderung, der immer wieder über ihr Gesicht huschte, ließ sie ahnen, dass sie sich an vieles nicht mehr erinnerte. Insbesondere an Geschichten aus der jüngeren Vergangenheit.

Nach dem Abendessen räumte Karla das Geschirr in die Spülmaschine und wischte den Küchentisch ab. Sie sah zu, wie es sich ihre Mutter auf der Couch vor dem Fernseher bequem machte. Es berührte sie, wie zerbrechlich sie wirkte. Sie setzte sich noch ein paar Minuten zu ihr, dann verabschiedete sie sich.

Ehe sie in ihr Auto stieg, klingelte sie an der Tür des gegenüberliegenden Hauses. Nach dem zweiten Klingeln wurde geöffnet, eine junge Frau mit unordentlich arrangiertem Pferdeschwanz sah sie fragend an. Sie wirkte abgehetzt.

„Ja?“

Aus dem Inneren des Hauses drang Kindergeschrei, ein Kind begann zu weinen.

„Moment bitte."

Bevor Karla etwas entgegnen konnte, war die Frau verschwunden. Sekunden später tauchte sie wieder an der Haustür auf, etwas außer Atem, ein etwa dreijähriges Kind auf dem Arm. Das Kind, das Karla vorhin auf dem Dreirad beobachtet hatte. Erst jetzt bemerkte sie, dass das Dreirad und die Kinderfahrräder neben der Haustür lagen.

„Ich bin Karla", stellte sie sich vor. „Ich möchte mich bedanken, dass du meine Mutter heute nach Hause gebracht haben."

Sie deutete auf ihr Elternhaus, das auf dem gegenüberliegenden Grundstück auf einer ausladenden, von blühenden Büschen umrandeten Rasenfläche stand.

„Das ist doch eine Selbstverständlichkeit." Das Kind auf dem Arm begann zu quengeln und zu strampeln, sie stellte auf es dem Boden ab. „Ich bin Nina." Sie zog den Haargummi heraus, ordnete ihr Haar, strich es glatt und band es blitzschnell wieder zu einem Pferdeschwanz zusammen. „Möchtest du einen Kaffee? Oder Tee?"

„Ein anderes Mal gerne", lehnte Karla ab. „Ich muss noch arbeiten."

„Du bist bei der Polizei, richtig? Ich habe gehört, auf dem Campingplatz am Waldrand soll eine Frau verschwunden sein. Es stimmt also?" Sie sah Karla mit großen Augen an.

„Ja, das stimmt."

„Wir haben lange überlegt, ob wir hierherziehen sollten. Wegen der alten Geschichten, du weißt schon …" Sie schlug sich die Hand auf den Mund. „Tut mir leid, wie unsensibel von mir, dein Vater …"

„Ist schon gut", unterbrach sie Karla. Die Geschichte war damals in allen Medien gewesen. Reporter waren nach Birkenweiler gekommen und hatten ihr Haus fotografiert. Auf einmal hatte sich jeder dafür interessiert, was in diesem gottverlassenen Nest passiert war. Sie erinnerte sich genau daran.

„Nina, bitte ruf mich an, wenn du bemerkst, dass irgendetwas mit meiner Mutter nicht in Ordnung ist, okay?" Sie reichte ihr ihre Visitenkarte.

„Ja, natürlich, das mache ich." Das Kindergeschrei aus dem Inneren des Hauses wurde wieder lauter. Nina deutete nach drinnen. „Ich muss dann …", sagte sie entschuldigend.

„Kein Problem."

„Komm vorbei, wenn du mal Zeit hast, dann trinken wir einen Kaffee zusammen."

„Das mache ich", versprach Karla, ehe sie sich umdrehte und zu ihrem Wagen ging. Das würde sie auf jeden Fall tun, nahm sie sich fest vor. Nina war wirklich nett. Sie hatte nicht mehr viele Freunde in Birkenweiler und schon gar nicht in direkter Nachbarschaft ihres Elternhauses. Es war, als wäre die Welt ihrer Kindheit einfach verschwunden. Oder von irgendetwas überwuchert, so wie der verrostete Spielplatz mit dem alten Pool auf dem Campingplatz am Waldesrand.

Als sie nach Hause fuhr, spürte Karla, wie müde sie war. Die Suche nach Sophia Bergmann war kräfteraubend, insbesondere da sie noch immer keinen Fortschritt verzeichnen konnten. Sie hatten einfach keine heiße Spur. Und der Zustand ihrer Mutter machte ihr zunehmend zu schaffen. Mehr als sie erwartet hatte. Es war eine ganz andere Sache, theoretisch zu wissen, was auf einen zukommen würde, als den Verfall dann wirklich mitzuerleben. Und das war erst der Anfang.

Spät am Abend öffnete Karla ihr Mailprogramm und fand darin eine Nachricht von Hauptkommissar Lohner mit der Akte zur gemeinschaftlichen Vergewaltigung und Tötung von Sarah Meinhard vor. Die Akte war dick, die Ermittlungen waren umfangreich. Die Kollegen hatten über die verschiedenen Täter viel Material zusammengetragen. Karla fiel auf, wie jung sie alle zum Tatzeitpunkt waren.

Sie öffnete ein Fenster und schenkte sich ein Glas Rotwein ein. Dann arbeitete sie sich durch die Akte, bis sie endlich fand, was sie gesucht hatte.

Sarah Meinhard war an einem Freitagabend im Spätsommer nach einer Party vergewaltigt und getötet worden. Sie hatte die Party mit einer Freundin und drei jungen

Männern verlassen. Laut der Akte hatte sich die Freundin bald darauf von der Gruppe getrennt, um nach Hause zu gehen. Einer der Männer gab an, sich kurz darauf, vor der Tat, ebenfalls von der Gruppe entfernt zu haben. Alexander Novak. Laut seiner Aussage von damals ging er jedoch nicht nach Hause, sondern zu einem Freund. Die Ermittler hielten das für wenig glaubwürdig, zumal Alexander Novak den Namen lange nicht preisgeben wollte. Erst als ihm klar wurde, dass er ohne Alibi zu einer mehrjährigen Haftstrafe verurteilt werden würde, gab er einen Namen an: Eberhard Schulte.

Mit einem Ruck stand Karla auf und begann, in ihrer Wohnung auf und ab zu gehen. Eberhard Schulte hatte Alexander Novak ein Alibi für die Tatzeit gegeben. Allerdings erst dann, als klar war, dass Novak bis zum Hals in Schwierigkeiten steckte und ohne Alibi möglicherweise schuldig gesprochen werden könnte. Der gleiche Eberhard Schulte, der ihn als Platzwart auf seinem Campingplatz angestellt hatte, auf dem jetzt die junge Frau verschwunden war. Das waren etwas zu viele Zufälle für Karlas Geschmack. Sie beschloss, gleich am nächsten Vormittag mit Schulte zu sprechen.

In dieser Nacht kam sie nur schwer zur Ruhe, obwohl sie erschöpft war. Es war die zweite Nacht, die verging, ohne dass sie eine Spur von Sophia Bergmann gefunden hatten. Sie mussten irgendetwas übersehen haben, nur was? Im Geiste ging sie alle Befragungen noch einmal durch, versuchte sich Gestik und Mimik der befragten Personen noch einmal ins Bewusstsein zu rufen. Ohne Erfolg. Irgendwann schlief sie ein, nur um kurz danach wieder hochzuschrecken und auf die Uhr zu sehen. Es war noch immer heiß. Sie öffnete das Fenster und legte sich wieder ins Bett. Sie schlief unruhig und erwachte früh am Morgen, als die ersten Sonnenstrahlen ins Zimmer fielen.

KAPITEL 16

Ehe Karla am nächsten Morgen zu Eberhard Schulte fahren konnte, klingelte das Telefon. Sie hatte Henning Meyer eben von ihrer Recherche am vergangenen Abend erzählt und war im Begriff, mit ihm zusammen Eberhard Schultes Wohnung aufzusuchen, um ihn zu seinem Verhältnis zu Alexander Novak und dem Alibi im Fall Sarah Meinhard zu befragen, als sich Manuel Schindler meldete. Er war aufgeregt. Seine Stimme klang abgehackt, als fiel es ihm schwer zu sprechen. *Er steht unter Schock*, dachte Karla.

„Herr Schindler, bitte versuchen Sie, ganz ruhig zu berichten, was passiert ist."

Sie erinnerte sich an Manuel Schindler von der Befragung in der *Fischerstube* auf dem Campingplatz und von der Begegnung im Wohnwagen seines Vaters auf der obersten Ebene, auf der auch die Tiny Houses von Lena Schubert, Gloria Lorenz und Fernando Cortez standen.

Der junge Mann beruhigte sich etwas. Karla hörte ihm aufmerksam zu.

„Alles klar, Herr Schindler. Sie bleiben, wo sie sind, wir sind in wenigen Minuten bei Ihnen."

Sie legte auf und ging zur Tür.

„Jetzt kommen Sie schon", rief sie Meyer zu, während sie hinauseilte. „Manuel Schindler sagt, er hätte eine Leiche gefunden."

„Wo?" Mit ein paar großen Schritten holte Meyer sie ein.

„Auf dem Schindler-Hof. In einem Misthaufen, wenn ich das richtig verstanden haben. Er war ziemlich aufgeregt."

„Das könnte Sophia Bergmann sein."

Genau das war auch Karlas erster Gedanke gewesen. Es war mehr als unwahrscheinlich, dass es sich um eine andere Person handelte als die verschwundene junge Frau. Nur, was machte Sophia Bergmann auf dem Schindler-Hof? Zuletzt war sie auf dem Campingplatz *Waldesruh* gesehen worden. Wenn nicht dort, dann hätte Karla erwartet, sie im Wald zu finden. Den Schindler-Hof hatte sie bisher noch nicht in ihre Überlegungen miteinbezogen. Warum auch? Wie war Sophia Bergmann dort hingekommen? Hatte Manuel Schindler etwas damit zu tun? Aber dann hätte er wohl kaum selbst die Polizei gerufen. Keine voreiligen Schlussfolgerungen, ermahnte sich Karla in Gedanken. Dadurch verengte sich das Sichtfeld und die Gefahr, wichtige Details zu übersehen, stieg. Das konnte sie sich nicht leisten. Es zerrte an ihren Nerven, dass sie noch immer im Dunkeln tappten.

Karla startete den Motor und trat aufs Gaspedal. Meyer hielt sich am Türgriff fest. Karla fand das übertrieben.

„Sie müssen sich nicht festhalten“, sagte sie und fuhr etwas langsamer.

Meyer sah sie zweifelnd an und lockerte seinen Griff ein wenig.

„Würde mich nicht wundern, wenn da noch mehr Leichen vergraben liegen“, brummte er.

Sie warf ihm einen verärgerten Blick zu.

„Schon gut, schon gut“, er hob abwehrend die Hände. „Ich mein ja nur …“

Karla wusste genau, was er meinte. Dass Bertold Schindler, Manuels Vater, mit seinen Mitmenschen nicht gerade zimperlich umging, war allgemein bekannt. Seine Frau war schon zweimal ausgezogen, aber aus unerfindlichen Gründen immer wieder zu ihm zurückgekehrt, obwohl ihr das mehr als einmal ein blaues Auge eingebracht hatte. Und seine Tochter Sandra, die fünf Jahre älter war als Manuel, hatte die erste Gelegenheit ergriffen und den Hof direkt nach der Schule verlassen. Nach allem, was Karla gehört hatte, lebte sie inzwischen in der Nähe von München.

„Der Manuel Schindler war doch auch bei der Befragung in der *Fischerstube*“, dachte Meyer laut nach.

„Ganz genau. Sein Vater hat einen Wohnwagen auf dem Campingplatz. Der wird aber hauptsächlich von Manuel und seinen Freunden genutzt.“

„Er könnte Sophia Bergmann dort begegnet sein.“

Daran hatte Karla auch schon gedacht. Sie setzte den Blinker und bog rechts in die schmale Straße ein, die zum Schindler-Hof führte. Der Hof lag idyllisch unten im Tal, umgeben von grünen Wiesen und Weiden. Kühe muhten, am Himmel zogen einzelne weiße Wölkchen vorbei. Nichts deutete darauf hin, dass hier ein Verbrechen geschehen sein könnte.

Bertold und Manuel Schindler erwarteten sie vor den Stallanlagen. Wortkarg begrüßten sie die Polizisten und führten sie zu dem Misthaufen hinter der großen Scheune. Karla fiel auf, wie gut gepflegt der Hof war. Die Gebäude waren gut in Schuss, das Wohnhaus wirkte frisch gestrichen und hatte vor Kurzem einen neuen Dachstuhl bekommen. Es sah ausgesprochen hübsch aus, mit der sauberen gelben Fassade, den grünen Fensterläden und den neuen roten Dachziegeln.

Schon von Weitem war der Arm, der aus dem Misthaufen herausragte, zu erkennen. Die helle Haut reflektierte das Sonnenlicht. Karla kniete nieder, um die Situation genauer zu betrachten. Es sah so aus, als wäre die Leiche nur notdürftig zugedeckt und nicht wirklich vergraben worden. Vermutlich könnte das oben liegende Stroh einfach abgestreift werden. Karla widerstand dem Impuls, nachzusehen, um keine Spuren zu verwischen. Die Kollegen von der Spurensicherung müssten jeden Moment eintreffen.

„Sie haben die Leiche so gefunden?“, wandte sie sich an Manuel Schindler und zog ihr Notizbuch aus der Tasche.

„Ja. Das heißt … nein. Sie lag da, aber es war noch mehr Stroh auf dem Arm. Ich habe nur etwas Weißes gesehen, da habe ich das Stroh etwas zur Seite geschoben …“ Er deutete auf den Arm.

„Herr Schindler, ich habe Sie das schon auf dem Campingplatz *Waldesruh* gefragt, und ich frage Sie jetzt noch einmal: Kannten Sie Sophia Bergmann?“

„Nein. Ist das die Frau, die auf dem Campingplatz verschwunden ist?“ Manuel Schindlers Augen weiteten sich. „Ist sie das?“

„Das können wir erst sagen, wenn wir den Rest der Leiche sehen. Aber der Verdacht drängt sich auf.“

Bertold Schindler verschränkte die Arme.

„Und wenn es nur ein Arm ist?“ Er reckte das Kinn in die Höhe und sah die Polizisten herausfordernd an.

„Wenn es nur ein Arm ist, dann suchen wir nach einer Leiche ohne Arm. Und zwar zuallererst auf Ihrem Grundstück.“

Damit brachte Henning Meyer Bertold Schindler zum Schweigen, auch wenn sein Gesicht deutlich zeigte, wie sehr es ihm missfiel, die Polizei auf seinem Hof zu sehen.

„Also, Herr Schindler“, nahm Karla den Faden wieder auf. „Sie waren in der Nacht, als Sophia Bergmann verschwunden ist, auf dem Campingplatz. Sind Sie ihr begegnet?“

„Natürlich nicht", blaffte Bertold Schindler.

„Bitte lassen Sie Ihren Sohn antworten, er kann für sich selbst sprechen", wies Karla ihn zurecht. Der Junge konnte einem wirklich leidtun.

„Nein, ich bin ihr nicht begegnet", antwortete Manuel Schindler.

„Sie haben sie nicht einmal gesehen?"

„Nein, ich weiß nicht, wie die Frau aussieht."

Manuel Schindler hob in einer hilflosen Geste beide Hände und ließ sie wieder fallen. Er wirkte zutiefst verunsichert.

Karla war froh, als sie an die Kollegen übergeben und den Schindler-Hof verlassen konnte. Die Sonne brannte bereits vom Himmel, obwohl es noch vor Mittag war, und die Hitze flirrte über den Feldern. Die wenigen weißen Wölkchen, die am Morgen über den blauen Himmel gezogen waren, waren verschwunden. Es war vollkommen windstill, nichts bewegte sich. Henning Meyer setzte sich auf den Beifahrersitz und wischte mit der Hand den Schweiß von seiner Stirn.

„Bringen wir es hinter uns."

Karla setzte den Blinker nach links und bog auf die Straße in Richtung Campingplatz ab. Sie wusste, dass es für das, was sie nun vor sich hatte, nicht die richtigen Worte gab.

Nach wenigen Minuten parkte sie ihren Wagen auf dem Parkplatz vor dem Campingplatz *Waldesruh* und stieg aus. Meyer folgte ihr. Langsam ging sie auf den verrosteten Torbogen zu, sie hatte es nicht eilig. Sie sog den betörenden Duft des Sommerflieders tief in ihre Lungen ein und fragte sich wieder einmal, warum sie sich ausgerechnet diesen Beruf ausgesucht hatte. Sie kannte die Antwort, und doch wünschte sie an Tagen wie diesen, sie wäre Architektin geworden oder Industriekauffrau. Irgendein Beruf, bei dem sie keine Todesnachrichten überbringen musste.

Die Polizisten fanden Mark Bergmann dösend auf einem Liegestuhl vor seinem Multivan. Von seinen Freunden war nichts zu sehen. Vorsichtig trat Karla näher, Meyer hielt sich im Hintergrund.

„Herr Bergmann?“

Sie wollte ihn nicht erschrecken. Er öffnete ein Auge, dann das andere. Gähnend setzte er sich auf und zog ein T-Shirt über.

Sie zog sich einen Campingstuhl heran und setzte sich ihm gegenüber.

„Wir haben Ihre Frau gefunden.“

Mark Bergmanns beugte sich nach vorne.

„Wo ist sie?“, fragte er.

„Herr Bergmann, Ihre Frau ist tot. Es tut mir leid.“

Er vergrub das Gesicht in seinen Händen. Karla wartete ab und gab ihm Zeit, die schreckliche Nachricht zu begreifen. Henning Meyer hielt sich diskret im Hintergrund. Er hatte die Arme vor der Brust verschränkt und beobachtete Mark Bergman aufmerksam. Nichts außer dem leisen Zirpen der Grillen war zu hören. Karla ging ein paar Schritte zur Seite und stellte sich in den Schatten.

Mark Bergmann hob den Kopf und sah in Richtung der Sanitäranlagen. Benjamin Friedrich und Miriam Winkler kamen von dort auf sie zu. Als Miriam Winkler die Polizisten entdeckte, beschleunigte sie ihre Schritte.

„Haben Sie Sophia gefunden?“, fragte sie etwas atemlos, als sie die kleine Gruppe erreichte.

„Ja. Es tut mir leid. Sophia Bergmann ist tot.“

Ein Ausdruck der Erleichterung huschte über ihr Gesicht. Es war nur ein Augenblick, bevor sich Bestürzung auf ihren Zügen breitmachte, aber er irritierte Karla zutiefst. Miriam Winkler legte Mark Bergmann die Hand auf die Schulter und streichelte ihn sanft.

„Wo haben Sie Sophia denn gefunden?“, fragte sie.

„Auf einem Bauernhof unten im Tal, nicht weit von hier.“

Sie sah zu Benjamin Friedrich. Beinahe unmerklich schüttelte er den Kopf. Was ging hier vor?

„Und jetzt?“ Mark Bergmann hob die Hände, eine hilflos wirkende Geste. „Was soll ich denn jetzt tun? Weiter auf diesem Campingplatz bleiben? Nach Hause fahren? Ohne Sophia?“, fragte er, ehe Karla über den merkwürdigen Blickwechsel zwischen seinen Freunden nachdenken konnte.

„Zunächst einmal müssen Sie Ihre Frau identifizieren." Karla sah ihn prüfend an. „Fühlen Sie sich dazu in der Lage?"

„Ja, natürlich." Mark Bergmann nickte schwerfällig.

„Auch danach müssen Sie auf jeden Fall für uns erreichbar bleiben", stellte sie klar. „Wir haben es höchstwahrscheinlich mit einem Gewaltverbrechen zu tun."

Selbstmord und einen Unfall konnten sie wohl ausschließen. Auch wenn über die Todesursache noch nichts bekannt war, sprach der Leichenfundort Bände. Jemand musste Sophia Bergmanns Leiche in dem Misthaufen auf dem Schindler-Hof abgelegt haben. Jemand, der sich nicht besonders viel Mühe gegeben hatte, die Leiche zu verstecken. Merkwürdig. Karla kamen Hauptkommissar Markus Lohners Worte in den Sinn. Er hatte sich darüber gewundert, dass die Täter im Fall Sarah Meinhard so wenig Aufwand betrieben hatten, um ihre Tat zu vertuschen.

„Gewaltverbrechen?" Miriam Winkler hob die Augenbrauen.

War ihr die Möglichkeit eines Gewaltverbrechens bisher noch gar nicht in den Sinn gekommen?

„Genaueres wissen wir nach der Obduktion", sagte Karla. Es lag ihr nichts daran, Spekulationen anzuheizen.

„Und wann wird das sein?", fragte Benjamin Friedrich.

„So bald wie möglich", erwiderte Karla wage.

Es war verständlich, dass die jungen Leute mit der Antwort nicht zufrieden waren, aber mehr Auskunft konnte sie ihnen zum jetzigen Zeitpunkt nicht geben. Mit einem kurzen Blick zu Meyer vergewisserte sie sich, dass er dem Gesagten nichts hinzuzufügen hatte, und verabschiedete sich.

Als Karla Sommerfeld und Henning Meyer die Campingwiese verließen, um zurück zu ihrem Auto zu gehen, eilte ihnen Miriam Winkler hinterher. Kurz vor dem Eingangstor holte sie sie ein.

„Frau Hauptkommissarin, entschuldigen Sie bitte, aber warum gehen Sie davon aus, dass es sich um ein Gewaltverbrechen handeln könnte? Ich wollte nicht fragen, als Mark dabei war." Sie machte eine kleine Pause. „Es ist auch so schon hart genug für ihn."

Karla blieb stehen.

„Das verstehe ich. Wie bereits gesagt, wir müssen die Obduktion abwarten."

„Sophia war depressiv, bestimmt hat sie sich etwas angetan."

„Das sagten Sie bereits", erwiderte Karla kühl. Die aufdringliche Art der jungen Frau war ihr unsympathisch. „Hat Frau Bergmann Ihnen gegenüber jemals angedeutet, Selbstmordgedanken zu haben?"

„Mehr als einmal." Miriam Winkler wirkte nervös. „Sie sprach immer wieder davon. Sie hat den Tod Ihrer Eltern nicht verkraftet."

Da fiel Karla etwas ein. Es war zwar nur eine Randnotiz in dem zweifelhaften Beitrag einer zweitklassigen

Boulevardzeitung, aber vielleicht sollte sie der Sache doch auf den Grund gehen.

„Es gab Gerüchte nach dem Tod von Sophia Bergmanns Eltern, richtig?“

„Was meinen Sie?“

„Es wurde gemunkelt, dass es kein Unfall war, sondern Mord.“

„Ach, du meine Güte. Es gab ein paar unseriöse Zeitungsartikel, in denen so etwas angedeutet wurde, das stimmt. Aber das ist absoluter Unsinn. Sophia hat das völlig fertiggemacht.“

„Was macht Sie da so sicher?“

„Wer hätte denn Sophias Eltern umbringen sollen? Und warum? Sophias Vater war ein renommierter Kinderneurologe. Deshalb wollte sie ja auch unbedingt Kinderärztin werden. Und ihre Mutter hat sich für alle möglichen wohltätigen Zwecke eingesetzt. Solche Menschen bringt doch niemand um.“

Karla dachte nach. Miriam Winkler hatte vermutlich recht. Vielleicht interpretierte sie zu viel in die ganze Sache hinein. Nach der Obduktion wusste sie mehr. Und wenn sich herausstellen sollte, dass Sophia Bergmann keinen Selbstmord begangen hatte, dann würde sie sich auch den Unfall ihrer Eltern noch einmal anschauen. Nur zur Sicherheit.

KAPITEL 17

„Wir haben einen Treffer“, Karla schlug mit der flachen Hand auf den Schreibtisch und drehte sich schwungvoll mit ihrem Drehstuhl zu Meyer um. Er zuckte zusammen.

„An der Leiche wurden Fingerabdrücke und DNA-Spuren gefunden und die Datenbank hat zwei Treffer ausgespuckt.“ Sie konnte es kaum erwarten, die Nachricht zu verkünden.

„Nun sagen Sie es schon“, fuhr Meyer sie ungehalten an.

„Eberhard Schulte und Alexander Novak.“

DNA-Profil und Fingerabdrücke von Alexander Novak und Eberhard Schulte waren seit dem Verbrechen an Sarah Meinhard im System gespeichert.

Henning Meyer lehnte sich in seinem Stuhl zurück und fuhr sich mit der Hand über das Gesicht. Er wirkte müde.

„Was ist?“ Karla hatte mit einer etwas euphorischeren Reaktion gerechnet. Immerhin hatten sie jetzt einen Anhaltspunkt. Zum ersten Mal, seit Sophia Bergmann verschwunden war.

„Ich wundere mich einfach nur. Schulte und Novak, das ist doch merkwürdig, oder nicht?"

„Warum ist das merkwürdig?"

„Ich hätte gewettet, dass diese arroganten Würzburger Jungs und das Mädchen Dreck am Stecken haben."

„Vielleicht haben sie das ja auch, aber dass sie etwas mit dem Tod von Sophia Bergmann zu tun haben, ist mehr als unwahrscheinlich."

Er verschränkte die Arme vor der Brust und atmete tief ein.

„Vielleicht haben Sie recht. Was haben die Kollegen als Todesursache angegeben?"

Karla wandte sich wieder dem Obduktionsbericht zu und schüttelte den Kopf. „*Das* ist merkwürdig."

„Was?"

„Als Todesursache ist hier die Vergiftung durch Benzodiazepin angegeben."

„Ein Schlafmittel?"

„Sieht so aus."

„Dann könnte es Selbstmord gewesen sein."

„Oder jemand hat es ihr eingeflößt ..."

„Gibt es Anzeichen äußerer Gewalt an der Leiche?"

„Nein, keine Anzeichen äußerer Gewalt."

Die Euphorie, die Karla eben noch bei der Identifikation der DNA-Spuren empfunden hatte, war verflogen. Sie schienen der Lösung des Falls ein ganzes Stück näher gekommen zu sein und doch ergab sich kein klares Bild.

Ganz im Gegenteil, der Obduktionsbericht warf wieder neue Fragen auf. Sie fuhr mit dem Finger die Zeilen nach, die vor ihr auf dem Bildschirm standen.

„Sie hat sich nicht umgebracht", sagte sie tonlos.

„Was?" Meyer sah auf.

„Sophia Bergmann war schwanger. In der neunten Woche. Wer bringt sich schon um, wenn er schwanger ist?"

„Hm … eher unwahrscheinlich", stimmte er zu. „Aber was, wenn sie selbst noch nicht wusste, dass sie schwanger war?"

Karla runzelte die Stirn.

„Sie war in der neunten Woche."

Meyer hob die Schultern.

„Es gibt Frauen, die bemerken eine Schwangerschaft monatelang nicht. Manche sogar bis zum Ende."

Davon hatte Karla auch schon gelesen, aber sie konnte es sich einfach nicht vorstellen.

„Was, wenn das Kind nicht von Mark Bergmann war und er von der Schwangerschaft wusste?"

„Dann hätte er zumindest ein Motiv."

Dieser Fall warf von Tag zu Tag mehr Fragen auf. Immerhin wusste sie jetzt, wem sie ein paar Fragen stellen konnte.

„Zuerst Schulte oder Novak?"

„Schulte."

„Warum?"

„Nur so ein Gefühl."

Um Mark Bergmann würden sie sich später kümmern. Er war mit Benjamin Friedrich und Miriam Winkler nach Würzburg zurückgefahren, nachdem er seine Frau identifiziert hatte. Die Fingerabdrücke von Eberhard Schulte und Alexander Novak waren an der Leiche sichergestellt worden, also lag der Schluss nahe, dass Novak gelogen hatte. Irgendetwas musste passiert sein, als er in der Nacht Sophia Bergmann durch das Dickicht in den verfallenen Teil des Campingplatzes führte. Hatte Alexander Novak Sophia Bergmann getötet? Und hatte sein alter Kumpel Eberhard Schulte ihm geholfen, die Leiche zu verstecken? So, wie er ihm schon einmal geholfen hatte? Im Fall Sarah Meinhard?

Hauptkommissarin Sommerfeld und Henning Meyer fuhren nach Meinhofen, parkten den Wagen direkt vor dem Mehrfamilienhaus, in dem Eberhard Schulte wohnte, und stiegen aus. In der Wohnung im zweiten Stock bewegte sich kaum merklich ein Schatten am Fenster.

„Er beobachtet uns", sagte Henning Meyer leise.

„Ich weiß." Karla hatte es auch bemerkt. „Wahrscheinlich ruft er gerade Novak an und warnt ihn."

Sie drückte den Klingelknopf. Wenige Sekunden später meldete sich Eberhard Schulte an der Gegensprechanlage.

„Ja bitte?"

„Hauptkommissarin Sommerfeld und Polizeioberkommissar Meyer. Wir möchten Ihnen ein paar Fragen zum Fall Sophia Bergmann stellen. Können wir hochkommen?“

„Ich kann Ihnen dazu nichts sagen“, klang Eberhard Schultes Stimme blechern durch die Gegensprechanlage.

„Herr Schulte, ich bitte Sie. Wir müssen dringend mit Ihnen sprechen.“

Keine Antwort. Karla fragte sich gerade, ob er so dumm wäre, einen Fluchtversuch zu starten, während die Polizei vor dem Haus stand, als der Türöffner summte.

Sie gingen durch das Treppenhaus drei Stockwerke nach oben. Hier drin war es angenehm kühl, ein starker Geruch nach Putzmitteln lag in der Luft. Meyer atmete schwer, als sie die Treppen hinaufstiegen. Karla wusste, dass ihm körperliche Anstrengung zuwider war. Wann immer möglich, benutzte er einen Fahrstuhl. Nun, etwas Bewegung würde ihm guttun.

Die Wohnungstür zu Eberhard Schultes Wohnung war geschlossen. Genervt betätigte Karla den Klingelknopf. Unmittelbar darauf ertönte lautes Bellen in der Wohnung und Eberhard Schulte öffnete die Tür. Mit dem rechten Fuß schob er einen aufgeregten weißen Terrier beiseite und sperrte ihn kurzerhand in einen Raum. Karla nahm an, dass es das Schlafzimmer war. Von dem kleinen Flur gingen nur wenige Türen ab, und die zum Wohnzimmer und zur Küche standen offen. Karla konnte von hier aus in die Räume sehen. Im Wohnzimmer flimmerte bläuliches Licht, der Fernseher lief. Offenbar war der Ton auf lautlos geschaltet.

Der Hund hinter der verschlossenen Tür bellte ununterbrochen. *Er ist genauso aufgeregt wie sein Herrchen*, dachte Karla und betrachtete Eberhard Schulte, dem die Schweißperlen auf der rotgefleckten Stirn standen.

„Herr Schulte, wir haben die Leiche von Sophia Bergmann gefunden", begann sie das Gespräch. Es war das Beste, ihn gleich damit zu konfrontieren. Sie wartete auf eine Reaktion, doch Schulte starrte sie nur reglos an.

„Auf der Leiche hat die Spurensicherung Ihre DNA-Spuren gefunden", fuhr Meyer fort. Da immer noch keine Reaktion folgte, klärte Karla Eberhard Schulte über seine Rechte auf und verkündete ihm, dass er aufgrund der Beweislage als einer der Hauptverdächtigen im Mordfall Sophia Bergmann galt.

„Und deshalb müssen wir Sie bitten, uns zur weiteren Vernehmung aufs Polizeirevier zu begleiten", schloss sie ihre Ausführungen.

Eberhard Schulte regte sich immer noch nicht.

„Herr Schulte, wir müssen Sie bitten, uns auf das Revier zu begleiten. Und zwar jetzt", wiederholte Karla etwas lauter.

Die roten Flecken auf seinem Gesicht waren verschwunden, er wirkte mit einem Mal besorgniserregend blass.

„Geht es Ihnen nicht gut?", fragte Karla vorsichtshalber.

Endlich kam Bewegung in Eberhard Schulte. Er machte einen Schritt vorwärts. Karla wollte instinktiv einen Schritt nach hinten gehen, zwang sich aber, stehen zu bleiben. Die Nähe zu Schulte war ihr unangenehm. Sie konnte seinen Atem riechen, er roch säuerlich.

„Ich habe mit der ganzen Sache nichts tun."

„Das klären wir auf dem Revier. Immerhin sind Ihre DNA-Spuren auf der Leiche."

Bereitwillig ging Eberhard Schulte zur Tür, er wirkte wie ein Mann, der sich seinem Schicksal ergeben hatte. Karla nahm es verwundert zur Kenntnis, sie hatte mehr Widerstand erwartet.

„Moment, was ist mit dem Hund?" Meyer deutete zur Schlafzimmertür. „Wollen Sie den da drin lassen?"

Schulte hob die Schultern und sah ihn fragend an.

„Na los, nehmen Sie ihn mit. Wir werden uns schon um ihn kümmern."

Karla sah Meyer halb überrascht halb verärgert an, während Eberhard Schulte eine Leine von der Ablage über der Garderobe nahm. Sie fragte sich, wen genau der Kollege mit *wir* meinte. Sie jedenfalls hatte keineswegs vor, sich um den Kläffer zu kümmern, sondern um Eberhard Schulte. Damit hatte sie zunächst mehr als genug zu tun und Meyer auch. Andererseits hatte er natürlich recht. Sie konnten das aufgeregte Tier wohl kaum allein in der Wohnung zurücklassen.

Eberhard Schulte öffnete die Schlafzimmertür, streichelte den Hund und redete beruhigend auf ihn ein. Dann leinte er ihn an. Das Tier leckte ihm über die Hände und wedelte freundlich mit dem Schwanz. Vielleicht ging das Ganze ja problemloser über die Bühne, als sie dachte.

Auf dem Weg durchs Treppenhaus zum Auto klingelte Karlas Handy. Es war Mathias Reifner. Er war außer sich.

„Meine Kinder sind verschwunden."

„Was genau meinen Sie mit *verschwunden*?"

„Sie sind weg. Sie hat sie mir weggenommen."

„Ganz langsam, Herr Reifner. Wer hat Ihnen ihre Kinder weggenommen?"

Neugier blitzte in Eberhard Schultes Augen auf. Sie wandte sich ab und sprach etwas leiser, während Meyer mit Schulte und dem Hund zum Auto ging.

„Lena", fauchte Mathias Reifner. „Sie ist mit den Kindern verschwunden."

„Was macht Sie da so sicher? Vielleicht sind sie auch nur einkaufen gegangen oder ins Schwimmbad."

„Nein, das sind sie nicht. Sie hat alles Wichtige mitgenommen. Sogar ihren Pass und die Pässe der Kinder."

„Woher wissen Sie das? Waren Sie in Ihrem ähm …" Sie suchte nach dem richtigen Wort. Ein Wohnwagen war es ja nicht direkt. „Waren sie in ihrem Haus?" Ein richtiges Haus allerdings auch nicht.

„Es ist *mein* Haus", keifte Reifner. „Ich habe es bezahlt, also gehört es mir."

Wieder einmal merkte Karla, wie außerordentlich unsympathisch ihr dieser Mann war. Sie bemühte sich, förmlich und professionell zu reagieren.

„Gut, Herr Reifner, ich komme, so schnell ich kann, zu Ihnen raus auf den Campingplatz und Sie erzählen mir genau, was passiert ist."

„Kommen Sie jetzt!"

„So bald wie möglich."

Sie legte auf und stieg ins Auto zu Henning Meyer und Eberhard Schulte. Der Hund saß neben Schulte auf der Rückbank und hechelte.

„Könnte sein, dass gerade ein kleines Haus für Sie frei geworden ist", sagte sie zu Meyer, während sie den Gurt über die Brust zog.

Schulte lachte auf, verstummte aber sofort wieder. Anscheinend hatte er verstanden, dass die Lage, in der er sich befand, alles andere als lustig war.

Das Verhör mit Eberhard Schulte verlief tatsächlich einfacher und aufschlussreicher, als Karla es erwartet hatte. Nachdem Sandy, die Terrier-Hündin, sich mit einer Frikadelle unter Meyers Schreibtisch zurückgezogen hatte und sie Schulte damit gedroht hatten, ihn für den Mord an Sophia Bergmann verantwortlich zu machen, war er mehr als bereit zu reden. Mord war in diesem Fall ein hartes Wort, immerhin bestand durchaus noch die Möglichkeit, dass Sophia Bergmann sich selbst das Leben genommen hatte. Allerdings konnte sie sich dann nicht erklären, warum die DNA-Spuren von Alexander Novak und Eberhard Schulte auf der Leiche waren.

Natürlich war ihr bewusst, dass es durchaus möglich war, dass Alexander Novak Sophia Bergmann berührt hatte. Immerhin hatte Kaminsky ausgesagt, er hätte gesehen, wie Alexander Novak sie geküsst hätte. Und warum sollte Kaminsky lügen?

Allerdings waren Novaks DNA-Spuren und Fingerabdrücke auch auf Sophia Bergmanns Schuhen und anderen Stellen, an denen Karla sie nach einer leidenschaftlichen Umarmung nicht vermuten würden. Das sah eher danach aus, dass er sie getragen hatte. Gemeinsam mit jemand anderem. Jedenfalls war sie der Meinung, es könne nicht schaden, die harten Geschütze aufzufahren.

Sie schaltete das Aufnahmegerät ein.

„Also, Herr Schulte, wie ist es gewesen? Wie kommen Ihre DNA-Spuren auf die Leiche von Sophia Bergmann?"

„Alex kam an dem Tag nach Sophias Verschwinden zum mir …"

„Alexander Novak."

„Richtig, Alexander Novak. Ich war gerade erst aufgestanden, als er aufgetaucht ist. Ich hatte schlecht geschlafen und war hundemüde. Ich wollte einfach nur meine Ruhe. Und genau das habe ich Alex auch gesagt."

„Aber Herr Novak hat Sie nicht in Ruhe gelassen."

„Er hat gesagt, er wolle reden, unbedingt, also habe ich ihn reingelassen."

„Über was wollte er reden?"

Eberhard Schulte schwieg und sah aus dem Fenster.

„Herr Schulte, über was wollte Herr Novak mit Ihnen reden?"

„Über Sophia Bergmann."

„Was hat er gesagt?"

„Er sagte, Sophia sei in seinem Auto. Ich wusste ja nicht einmal, wer das ist. Geschweige denn, warum das ein Problem sein sollte."

Schulte atmete tief durch und trommelte mit den Fingern nervös auf den Tisch.

„Sophia Bergmann saß in Alexander Novaks Auto?", vergewisserte sich Henning Meyer.

„Na ja." Eberhard Schulte wand sich auf seinem Stuhl. „Nicht direkt. Sie lag eher. Das war ja das Problem. Es hat nur eine Weile gedauert, bis Alex damit herausgerückt ist. Er war ziemlich durcheinander."

„Sie lag? Was meinen Sie damit? War Sophia Bergmann verletzt?"

„Sie war nicht verletzt. Sie lag im Kofferraum."

„Im Kofferraum?" Karla beugte sich nach vorn. „Herr Schulte, war Sophia Bergmann zu diesem Zeitpunkt noch am Leben?"

„Nein, sie war tot. Ich konnte nicht fassen, dass Alex so dumm ist, mit einer Leiche im Kofferraum durch die Gegend zu fahren und damit ausgerechnet zu mir zu kommen." Eberhard Schulte machte eine Pause und betrachtete seine Hände, die er inzwischen vor sich auf dem Tisch gefaltet hatte. „Alex war wirklich fertig, ich hatte Angst, dass er demnächst zu weinen anfängt."

Davor hatte er Angst? Während vor seiner Haustür ein Wagen mit einer Leiche im Kofferraum stand, war Eberhard Schultes größte Angst, dass sein Freund in Tränen ausbrechen könnte? Der Mann schien wirklich ein Problem mit Gefühlen zu haben.

„Wollen Sie ein Glas Wasser?", fragte Henning Meyer.

„Ja bitte."

Während Meyer hinausging, um das Wasser zu holen, versuchte Karla den Wahrheitsgehalt von Schultes Aussage einzuschätzen. In sich zusammengesunken saß er auf seinem Stuhl und starrte noch immer auf seine Hände. Als er Sandy bellen hörte, hob er kurz den Kopf. Sie glaubte ihm. Er machte den Eindruck eines Mannes, der selbst nicht glauben konnte, wie er in so einen Schlamassel geraten konnte. Auch wenn sie sicher war, dass er kein unbeschriebenes Blatt war, traute sie ihm einen Mord nicht zu. Aber sie konnte sich täuschen.

Meyer stellte das Glas auf den Tisch und setzte sich wieder.

„Was ist dann passiert, Herr Schulte?"

„Alex beteuerte immer wieder, dass sie schon tot war, als er sie gefunden hat. Ich konnte nicht fassen, warum er sie dann in seinem Kofferraum hatte. Um mich etwas zu beruhigen, bin ich dann in die Küche gegangen und hab mir eine Cola aus dem Kühlschrank geholt. Ich hab auch Alex eine angeboten, aber er wollte nichts. Er war total neben der Spur. Ich hatte keine Ahnung, was ich tun sollte, und wollte Zeit gewinnen."

„Zeit für was?"

„Zeit, um zu überlegen, was zu tun ist. Außerdem wollte ich von Alex wissen, was es mit diesem Mädchen auf sich hat. Ob er mit ihr etwas hatte." Er suchte nach den richtigen Worten. „Ein Techtelmechtel."

„Und was hat Herr Novak dazu gesagt?"

„*Stimmt,* hat er gesagt. Und dann hat er wieder gesagt, dass er sie nicht umgebracht hat. Langsam dämmerte mir, warum er zu mir gekommen war, und das gefiel mir überhaupt nicht. Ich wollte auf keinen Fall mit in die Sache hineingezogen werden. Er wollte, dass ich ihm helfe, die Leiche verschwinden zu lassen. Er sagte, er hätte sie gefunden."

Eberhard Schulte fuhr sich mit der Hand über das Gesicht. Zum ersten Mal, seit er im Verhörraum saß, hob er den Kopf und sah den Polizisten direkt ins Gesicht.

„*Gefunden*", er spuckte das Wort förmlich aus. „Wenn man eine Leiche findet, nimmt man sie doch nicht einfach mit." Er fuhr sich mit der Hand durch die Haare. „Wie kann man so dumm sein, die Leiche in den Kofferraum zu packen, anstatt sie einfach liegen zu lassen und die Polizei zu rufen?“

Genau das fragte sich Karla auch. Vorausgesetzt Eberhard Schultes Geschichte stimmte.

„Sagen Sie es uns.“

„Alex hatte Angst. Es gab da so eine Sache vor ein paar Jahren … Er hatte Angst, man würde ihm den Mord an Sophia anhängen. Nach dem …“, er räusperte sich. „… Techtelmechtel.“

„Also haben Sie ihm geholfen.“

„Er hat mich überredet. Außerdem, hey, wozu sind Freunde da.“ Ein breites Lächeln erschien auf Eberhard Schultes Gesicht, es machte ihn beinahe sympathisch.

„Um Leichen zu verstecken?“ Henning Meyer schüttelte den Kopf. „Das ist jetzt nicht Ihr Ernst.“

Das Lächeln auf Schultes Gesicht verschwand augenblicklich und ein betroffener Ausdruck machte sich breit.

„Hat Alexander Novak Ihnen auch gesagt, wo er die Leiche von Sophia Bergmann gefunden hat?“, fragte Karla.

„Ja, er sagte, sie hätte am *Fischteich* gelegen.“

Am *Fischteich* hatte der Leichenspürhund angeschlagen. Also hatte Joachim recht, der Hund hat sich nicht getäuscht. Sophia Bergmanns Leiche musste genau an dieser Stelle gelegen haben.

„Und dort hat er sie zufällig gefunden? Mitten in der Nacht? Kommt Ihnen das nicht irgendwie merkwürdig vor?“

„Eigentlich nicht. Alex kann oft nicht schlafen und wandert nachts über den Campingplatz. Ich habe ihm schon öfter gesagt, er soll das lassen. Reifner hat sich darüber beschwert. Anscheinend hat er Ilse Reifner vor ein paar Tagen beinahe zu Tode erschreckt."

Bestürzt sah er die Polizisten an, als ihm auffiel, wie unpassend seine Formulierung in Anbetracht der Situation war.

Karla beugte sich nach vorne.

„Wo ist Alexander Novak jetzt?"

Eberhard Schulte hob abwehrend die Hände.

„Ich habe keine Ahnung."

„Sie haben nicht zufällig mit ihm telefoniert, als wir an ihrer Haustür geklingelt haben?", fragte Meyer.

„Nein", behauptete Schulte, aber er wirkte ertappt.

„Wenn Sie wissen, wo Alexander Novak ist, müssen Sie uns das jetzt sagen", beharrte Karla.

„Ich weiß es nicht."

Sie glaubte ihm. Selbst wenn er vorhin mit Novak telefoniert hatte, war es durchaus möglich, dass er nicht wusste, wo sich dieser aufhielt. Gleichzeitig war sie sicher, Alexander Novak auf dem Campingplatz *Waldesruh* nicht mehr anzutreffen.

„Herr Schulte, eine letzte Sache noch: Sie haben Alexander Novak schon einmal aus der Patsche geholfen. Im Fall Sarah Meinhard. Ohne Ihr Alibi wäre er höchstwahrscheinlich im Gefängnis gelandet."

„Er war bei mir, als Sarah Meinhard getötet wurde."

„Warum sind sie damals erst so spät damit rausgerückt? Warum hat Novak das nicht gleich gesagt?"

„Lisa, meine Lebensgefährtin … Sie dachte damals, ich sei auf einer Geschäftsreise in Hamburg."

„Geschäftsreise?"

„Ja, denken Sie, von dem Campingplatz kann ich leben? Das bringt hoffentlich mal Geld, wenn wir Reifners Plan vom Tiny-House-Dorf umgesetzt haben. Aber daran glaubt ja inzwischen sowieso keiner mehr. Außer vielleicht er selbst. Gloria Lorenz jedenfalls nicht, und wenn sie nicht investiert, wird aus dem ganzen Plan nichts."

„Ihre Freundin dachte also, Sie sind auf Geschäftsreise? Aber sie waren zu Hause, mit Novak?"

„Ja, ich brauchte etwas Abstand. Lisa ist manchmal ein bisschen anstrengend. Alex hat nichts gesagt, weil er nicht wollte, dass ich Ärger mit Lisa bekomme. Sie ist ziemlich empfindlich."

„Deshalb haben Sie so lange geschwiegen und erst geredet, als es nicht mehr anders ging. Um keinen Ärger mit Ihrer Freundin zu bekommen."

„Ja. Im Nachhinein ist mir auch klar, dass das nicht die beste Idee war", räumte er schuldbewusst ein.

Nach ein paar weiteren Fragen beendeten Karla Sommerfeld und Henning Meyer das Verhör und schickten Eberhard Schulte mit Terrier Hündin Sandy nach Hause.

Sie waren überzeugt davon, dass er die Wahrheit erzählt hatte, baten ihn aber trotzdem, sich für die polizeilichen Ermittlungen zur Verfügung zu halten. Die Sache würde für ihn und Alexander Novak auf jeden Fall Konsequenzen haben, auch wenn sie Sophia Bergmann nicht getötet hatten.

Nachdem Schulte das Polizeirevier verlassen hatte, stiegen die Polizisten in den Wagen und fuhren zum Campingplatz *Waldesruh*.

„Novak ist ganz sicher nicht mehr hier“, bemerkte Meyer.

„Das glaube ich auch“, stimmte Karla zu. „Trotzdem müssen wir nachsehen.“

Sie setzte den Blinker und parkte auf dem Schotterparkplatz vor dem eisernen Torbogen. Der schwere Duft des Sommerflieders erschien ihr mit einem Mal erdrückend.

Nachdem sie den Torbogen mit dem Schriftzug *Waldesruh* passiert hatten, öffnete Karla das kleine Gartentor an der Parzelle des Platzwarts und ging mit Meyer durch Gestrüpp und hohes Gras zum Wohnwagen. Die Tür war geschlossen, sie klopfte an. Keine Antwort. Sie klopfte etwas fester.

„Herr Novak, sind Sie da?“

Als noch immer keine Antwort kam, drehte sie den Türknauf. Die Tür war unverschlossen. Sie stieß sie auf und trat einen Schritt in den Wohnwagen hinein. Stickige

Luft schlug ihr entgegen. Alexander Novak war nicht hier. Gemeinsam mit Henning Meyer sah sie sich im Wohnwagen um, öffnete die wenigen Schränke und Schubladen.

„Er hat alle Wertsachen mitgenommen."

Sie beugte sich nieder, um die Schubladen unter dem Bett zu durchforsten.

„Klamotten sind auch kaum mehr hier."

„Sag ich ja, der ist über alle Berge."

Meyer ging einen Schritt nach draußen, um der heißen, stickigen Luft im Wohnwagen zu entkommen. Karla folgte ihm und schloss die Tür hinter sich. Sie ging ein paar Schritte durch das hohe Gras zu dem grünen Holzschuppen, der neben dem Wohnwagen des Platzwartes stand und rüttelte an der Tür. Die schwere eiserne Kette mit dem massiven Vorhängeschloss gab keinen Millimeter nach.

„Wir sollten nachsehen, was da drin ist."

Schon bei ihrem ersten Besuch auf dem Campingplatz, nach dem Verschwinden von Sophia Bergmann, war ihr aufgefallen, wie ungewöhnlich massiv der Schuppen gesichert war.

„Ich suche nach dem Schlüssel", bot Meyer an und verschwand im Inneren des Wohnwagens, während Karla um den Schuppen herumging und ihn inspizierte.

Sie hatte wenig Hoffnung, dass Meyers Suche nach dem Schlüssel erfolgreich sein würde, vielleicht fand sie eine andere Möglichkeit hineinzukommen. Schnell stellte sie fest, dass der Schuppen keine Fenster und auch keine weitere Tür hatte, durch die man hätte hineinkommen oder wenigstens hineinsehen können. Sie fluchte leise, als sie sich die Knöchel an den zahlreichen Brennnesseln verbrannte, die um den Schuppen herum wucherten.

„Ich habe ihn."

Triumphierend stand Meyer in der Tür des Wohnwagens und hielt einen Schlüssel in die Höhe. Karla fragte sich, wie er so sicher sein konnte, dass es der richtige Schlüssel war. Warum war der Schuppen mit einer schweren Kette und einem so massiven Schloss gesichert, wenn der Schlüssel so leicht zu finden war?

An dem Schlüssel baumelte ein kleiner Plastikanhänger, unbeschriftet. Sie trat einen Schritt zur Seite, um Meyer Platz zu machen, der den Schlüssel vorsichtig in das Vorhängeschloss steckte. Er passte. Das Schloss klickte leise auf, Meyer schob die schwere Eisenkette zur Seite und legte sie mit dem Schloss auf dem Boden neben der Tür ab. Dann schob er den verrosteten Riegel beiseite. Er klemmte, bewegte sich aber schließlich mit leisem Knarzen, als Meyer sich mit seinem gesamten Körpergewicht dagegen drückte. Er stieß die Tür auf und trat zurück.

Karla spähte hinein, es dauerte ein paar Sekunden, bis sich ihre Augen an das Halbdunkel gewöhnt hatten. Ein bestialischer Gestank schlug ihr entgegen, als sie den Fuß über die Schwelle streckte. Sie erkannte den süßlich-beißenden Geruch sofort. Meyer hielt sich ein Taschentuch vor das Gesicht und ging in großen Schritten an ihr vorbei. Sie ignorierte den starken Verwesungsgeruch und folgte ihm ins Innere des Schuppens. An der einen Wand standen Harken, Schaufeln, Rechen, Besen und andere Gartengeräte. Gegenüber lagerten zahlreiche Werkzeuge, alle ordentlich sortiert und der Größe nach geordnet.

Meyer griff nach einem Lappen, der neben den Werkzeugen hing und bückte sich. Mit dem Lappen in der Hand hob er etwas aus der hinteren Ecke des Schuppens auf und hielt es in Karlas Richtung. Sie widerstand dem Impuls, sich abzuwenden. Hinzusehen war wichtig, das hatte sie in den Jahren im Polizeidienst verinnerlicht. Nichts wurde besser, indem man sich davon abwandte, ganz im Gegenteil.

Das halb verweste Tier in Meyers Hand, von dem sie annahm, dass es einmal ein Marder gewesen war, stellte ganz gewiss keine Bedrohung dar. Auch wenn sein Anblick alles andere als angenehm war. Innerlich atmete sie auf, als Meyer das tote Tier aus dem Schuppen ins Freie beförderte. Gott sei Dank war es kein menschlicher Körper, der diesen bestialischen Geruch verursacht hatte. Der Verwesungsgeruch im Schuppen würde noch Wochen zu riechen sein, aber er wurde bereits schwächer, nachdem der Kadaver entfernt worden war.

Sie spähte in die Ecke, in der das Tier gelegen hatte, und inspizierte den hinteren Teil des Schuppens. In einem

Regal lagerten Tablets und Netbooks. Sie griff nach einer Kiste und zog sie heraus. Handys.

„Meyer, schauen Sie sich das mal an."

Er spähte ihr über die Schulter.

„Sieht so aus, als hätte sich jemand einen kleinen Nebenerwerb aufgebaut."

Diesen Campingplatz hätten sie sich schon längst einmal genauer anschauen sollen, stellte sie fest. Hier galten anscheinend andere Gesetze als in Birkenweiler. Der Imker Fernando Cortez hatte eine Hanfplantage in sein kleines Paradies integriert und Alexander Novak, der Platzwart, lagerte Laptops und Handys in seinem Geräteschuppen. Was an sich natürlich nicht strafbar war. Diebstahl und Hehlerei hingegen schon. Karla wandte sich ab und trat aus dem Halbdunkel des Schuppens ins helle Sonnenlicht hinaus. Meyer folgte ihr. Leider hatte die Durchsuchung des Schuppens außer dem toten Tier und den Elektrogeräten keine Erkenntnisse gebracht.

„Ich gebe die Fahndung nach Alexander Novak raus."

Sie wählte die Nummer der zuständigen Dienststelle. Noch während sie sprach, tauchte Mathias Reifner am Zaun auf. Sein Gesicht war hochrot. Als er zu sprechen begann, bebte seine Stimme vor Zorn.

KAPITEL 18

„Ich habe Sie vor Stunden angerufen“, presste Mathias Reifner mühsam beherrscht hervor. „Warum zum Teufel hat das so lange gedauert?“

Karla steckte das Handy in die Tasche und sah ihn verdutzt an. Es dauerte einen Augenblick, bis sie verstand, wovon er sprach. Ihr Zögern ärgerte ihn maßlos.

„Was tun Sie überhaupt hier?“ Ein neugieriger Ausdruck mischte sich in die Wut in seinen kleinen listigen Augen.

Karla ignorierte die Frage. Meyer verschloss die Tür des Schuppens. Er schob den Riegel vor und sicherte die Tür mit der schweren Kette und dem massiven Vorhängeschloss. Den Schlüssel mit dem Plastikanhänger steckte er in die Hosentasche. Die Hauptkommissarin ging auf Reifner zu und reichte ihm die Hand.

„Herr Reifner, Sie sagten, Ihre Lebensgefährtin sei verschwunden.“

Den wütenden Anruf von Mathias Reifner hatte sie beinahe vergessen.

„Mit meinen Kindern. Sie ist mit meinen Kindern verschwunden."

Er war empört. Besorgnis konnte Karla nicht erkennen.

„Bitte erzählen Sie uns in aller Ruhe, was passiert ist", forderte sie ihn auf.

„In aller Ruhe?" Er schnaubte. „Sie ist weg und die Kinder auch."

„Warum sind Sie sich da so sicher?"

„Weil sie alle Wertsachen mitgenommen hat und ihren Laptop. Außerdem hat sie das kleine Schmuckkästchen mitgenommen, das sie in ihrer Nachttischschublade aufbewahrt. Es ist ein Erbstück von ihrer Großmutter. Nichts darin ist von Wert. Aber Lena hängt daran, sie ist wahnsinnig sentimental. Warum sollte sie das mitnehmen, wenn sie vorhätte zurückzukommen? Sagen Sie mir das!" Mathias Reifner redete sich in Rage.

„Herr Reifner …" Karla sprach betont ruhig. „Lena Schubert ist eine erwachsene Frau und kann gehen, wohin sie möchte, wann immer sie das möchte. Gibt es einen Anlass zu der Annahme, dass ihr etwas zugestoßen sein könnte?"

„Natürlich nicht."

„Dann können wir leider nichts für Sie tun."

„Aber meine Kinder …"

„Sie sind nicht verheiratet, richtig? Sind Sie beide sorgeberechtigt?", mischte sich Meyer in das Gespräch ein.

„Nein, sie hat das Sorgerecht."

Karla nahm an, dass er sich nicht dafür interessiert und Lena gerne die Verantwortung überlassen hatte. Das geschah ihm jetzt ganz recht. Insgeheim beglückwünschte sie die junge Frau, dass sie den Absprung geschafft hatte.

„Dann hat das alles seine Ordnung", erklärte sie ihm.

Mathias Reifner war sprachlos. Es machte den Anschein, als wolle er etwas sagen. Er öffnete den Mund, schloss ihn dann aber wieder, ohne dass ein Wort herauskam. Lediglich ein paar unschöne Spuckefetzen verließen seinen Mund.

„Frau Schubert meldet sich bestimmt bald bei Ihnen."

Karla hoffte inständig, dass die junge Frau klug genug war, nicht hierher zurückzukommen. Mathias Reifner war gerade im Begriff zu gehen, als er sich noch einmal umwandte und aufgebracht mit dem Zeigefinger auf den Wohnwagen des Platzwartes deutete.

„Er …", stieß er hervor. Fassungslosigkeit breitete sich auf seinem Gesicht aus. „Er ist auch weg, richtig?"

„Dazu können wir Ihnen nichts sagen", erklärte Karla betont sachlich.

„Er war das!" Reifner sprühte vor Wut. „Er hat meine Kinder entführt."

„Herr Reifner, das halte ich für äußerst unwahrscheinlich."

Sie bemühte sich, ruhig zu bleiben, war mir ihrer Geduld aber langsam am Ende. Sie konnte sich beim besten Willen nicht vorstellen, dass Alexander Novak Lena Schubert und ihre Kinder entführt hatte.

„Auf Wiedersehen, Herr Reifner."

Tatsächlich wandte sich Mathias Reifner um und ging langsam davon. Kurz bevor er die Sanitäranlagen erreichte, blieb er noch einmal stehen, deutete mit ausgestrecktem Arm auf die beiden Polizisten und schrie etwas in ihre Richtung.

Karla hob die Augenbrauen und sah ihm nach.

„Mit dem werden wir auf jeden Fall noch mal sprechen müssen."

„Sprechen wir doch erst einmal mit seiner Frau", schlug Meyer vor.

Richtig, Ilse Reifner, die ihrem Mann ein Alibi verschafft hatte und damit praktischerweise auch sich selbst.

„Ja, dann sehen wir doch gleich nach, ob sie zu Hause ist", stimmte Karla zu.

Auf dem kurzen Weg von der Parzelle des Platzwartes zu Ilse Reifners kleinem Haus am Bach überlegte Karla, ob es sein konnte, dass sich Alexander Novak und Lena Schubert gemeinsam aus dem Staub gemacht hatten. Sie glaubte keinen Moment daran, dass Novak die junge Frau und ihre Kinder entführt haben könnte, aber vielleicht war sie ja freiwillig mit ihm weggegangen. Das war nicht auszuschließen. Vielleicht hatte sich die Chance geboten, von hier zu verschwinden, und sie hatte sie einfach ergriffen. Aber warum hätte Alexander Novak Lena und die Kinder mitnehmen sollen? Das konnte sie sich nicht erklären.

Sie trafen Ilse Reifner in dem kleinen Garten vor ihrem rot gestrichenen Tiny House an, wo sie hinter hohen Hecken im Liegestuhl lag und in einer Illustrierten blätterte. Sie erhob sich eilig, als die Polizisten den Garten betraten und strich ihre Bluse glatt.

„Guten Tag, Frau Reifner."

Ilse Reifner warf einen nervösen Blick in Richtung des kleinen Hauses, das ihr Mann bewohnte und begrüßte die Polizisten fahrig.

„Kann ich Ihnen etwas anbieten?"

„Danke, nein."

Karla lehnte ab, obwohl sie Durst hatte. Sie wollte die Sache nicht unnötig in die Länge ziehen. Im Auto hatte sie eine Flasche Wasser deponiert, sie hatte nur nicht daran gedacht, dort vorbeizugehen und etwas zu trinken, nachdem sie mit der Durchsuchung von Alexander Novaks Wohnwagen und dem Schuppen fertig waren. Sie öffnete ihr Notizbuch und warf einen Blick hinein.

„In der Nacht, in der Sophia Bergmann verschwand, waren Sie mit Ihrem Mann zusammen, richtig?"

„Ja, das ist richtig."

„Die ganze Nacht?"

„Die ganze Nacht."

Wenn es stimmte, was Gloria Lorenz und Maike Wagner berichtet hatten, und davon ging sie aus, dann war das glatt gelogen.

„Wo haben Sie die Nacht verbracht?"

„Hier." Sie deutete auf das kleine rote Haus mit den weiß gestrichenen Fensterrahmen. „In meinem Haus."

„Aber Ihr Mann hat doch sein eigenes Haus", bemerkte Karla.

Kurz zuckte es um Ilse Reifners Augen, dann hatte sie sich wieder im Griff.

„Ach." Sie winkte ab. „Wir bewohnen beide Häuser."

„Aha." Meyer klang nicht überzeugt.

Karla glaubte ihr kein Wort.

„Ihr Mann hat eine Beziehung mit Lena Schubert", stellte sie fest.

Die Züge in Ilse Reifners Gesicht verhärteten sich.

„Wer sagt das?"

„Warum? Stimmt es denn nicht?"

Sie lächelte, aber ihre Augen blieben kalt.

„Das geht vorüber."

„Das glaube ich nicht, Frau Reifner. Ihr Mann hat zwei Kinder mit Lena Schubert."

Ilse Reifner schwieg.

„Haben Sie Sophia Bergmann in der Nacht ihres Verschwindens mit Ihrem Mann gesehen? Hatte Sophia Bergmann auch ein Verhältnis mit Ihrem Mann?"

Erstaunen huschte über Ilse Reifners Gesicht. Hatte sie diese Möglichkeit wirklich nicht in Betracht gezogen? Ihr Mund verzog sich zu einem überheblichen Lächeln.

„Sie glauben, ich hätte das Mädchen verschwinden lassen? Das ist absurd." Sie lachte unfroh. „Dann hätte ich wohl am besten Lena gleich mit beseitigt, oder?"

Das war ein Punkt, Karla hatte darüber auch schon nachgedacht. Genau genommen war Lena Schubert jetzt ja auch verschwunden. Mit ihren Kindern. Allerdings hätte Ilse auch im Affekt gehandelt haben können, und dabei hätte Lena keine Rolle gespielt.

„Lena Schubert ist seit heute auch verschwunden", klärte Meyer Ilse Reifner auf.

„Sie meinen ..." Der Ausdruck auf Ilse Reifners Gesicht war schwer zu beschreiben. Er wechselte von Überraschung zu Erleichterung, ehe ihr wohl klar wurde, in welche Situation sie das brachte. Eine junge Frau war tot, eine andere verschwunden und beide standen in irgendeinem Verhältnis zu ihrem Mann. Mit der einen hatte er eine Familie gegründet, was seine Frau Jahre lang mitangesehen und ertragen hatte. Mit der anderen war er zumindest in der Nacht, in der sie gestorben war, zusammengetroffen, vorausgesetzt Maike Wagners Aussage entsprach der Wahrheit. Ein Zusammentreffen, das er aus irgendeinem Grund verheimlichte. Vielleicht auch nur, um sich die polizeilichen Befragungen vom Hals zu halten. Jedenfalls machte das Ilse Reifner zu einer der

Hauptverdächtigen im Mordfall Sophia Bergmann. *Vermutlichen Mordfall*, korrigierte sich Karla selbst. Natürlich konnten sie nicht ausschließen, dass Sophia Bergmann selbst eine Überdosis Benzodiazepin genommen hatte, um ihr Leben zu beenden. Seit sie wusste, dass Sophia Bergmann schwanger gewesen war, hielt sie das aber für eher unwahrscheinlich. Irgendjemand musste ihr das Schlafmittel verabreicht haben. Nur wer?

„Damit habe ich nichts zu tun", erklärte Ilse Reifner kühl.

„Ihr Mann ist Sophia Bergmann in der Nacht, in der sie gestorben ist, noch einmal begegnet. Wussten Sie das?", fragte Karla.

„Ganz sicher nicht", erwiderte Ilse Reifner, ohne mit der Wimper zu zucken. „Er war die ganze Nacht hier."

Karla war sich sicher, dass sie log. Die Polizisten musterten sie schweigend. Oft waren es die langen, unangenehmen Gesprächspausen, in denen Verdächtige sich verplapperten oder wichtige Hinweise ans Tageslicht kamen. Nicht so bei Ilse Reifner. Regungslos hielt sie dem Blick der beiden Polizisten stand. Ein einzelner Windstoß fuhr über den Campingplatz und zerzauste ihr gelbliches, sorgfältig frisiertes Haar. Sie legte die abtrünnigen Strähnen zurück und brachte ihre Frisur in Ordnung.

„Mein Mann und ich haben die Nacht, in der das Mädchen verschwand, zusammen hier verbracht", bekräftigte sie dann noch einmal. „Wohin Lena Schubert gegangen ist, kann ich Ihnen leider nicht sagen.“

Karla entschied, Ilse Reifner mit der Aussage von Gloria Lorenz zu konfrontieren. Zumindest teilweise.

„Wir haben gestern mit Gloria Lorenz gesprochen. Frau Lorenz fand es merkwürdig, dass sie ihrem Mann ein Alibi geben. Können Sie sich vorstellen, warum das so ist, Frau Reifner?“

„Die alte Hexe. Hat sie wieder gelauscht?“

Ilse Reifners Mundwinkel verzogen sich zu einem falschen Lächeln.

„Wie kommen Sie darauf?“

„Ich habe ihr nichts davon erzählt und mein Mann sicher auch nicht.“

„Was hätte sie denn alles hören können, wenn sie gelauscht hätte?“, erkundigte sich Meyer.

Gloria Lorenz hatte berichtet, Ilse Reifner hätte gesagt, sie hätte ihren Mann in der Nacht des Verschwindens mit Sophia Bergmann gesehen. Wenn das der Wahrheit entsprach, machte das sowohl Ilse Reifner als auch ihren Mann zu Verdächtigen. Insofern konnte das falsche Alibi für beide nützlich sein.

„Ich hatte Bratkartoffeln und Backfisch zum Essen gemacht“, antwortete sie. „Mein Mann hat die Remoulade gelobt.“

Die Remoulade, ja natürlich, darüber hatte Gloria Lorenz ausführlich berichtet.

„Sind Sie und Gloria Lorenz befreundet?"

„Befreundet? Ha." Ilse Reifner lachte. „Der einzige Grund, warum ich jeden Mittwoch mit ihr Kaffee trinke, ist, um herauszufinden, was sie wieder im Schilde führt. Die Frau ist gefährlich. Seit Wochen droht sie damit, ihr Geld aus dem Campingpark *Waldesruh* abzuziehen. Das wäre das Ende des ganzen Projektes. Hier soll ein ganzes Tiny-House-Dorf entstehen. Es ist der Traum meines Mannes und unser Zuhause. Ständig versucht sie, mich gegen meinen Mann aufzuwiegeln. Er mag manchmal etwas grob sein, aber er hat ein gutes Herz."

Karla fragte sich, ob sie das wirklich glaubte.

Ilse Reifner senkte die Stimme.

„Außerdem können Sie Gloria Lorenz nicht ganz für voll nehmen."

„Warum das denn?"

„Weil sie ständig von diesen Plätzchen nascht, die Maike für sie backt. Sie sagt, sie kann ohne das Zeug nicht einschlafen. Als Maike nicht da war, hat Fernando für sie gebacken. Aber sie hat sich immer beschwert, dass seine Plätzchen nicht so gut schmecken wie die von Maike."

„Hanfplätzchen?"

Ilse Reifner nickte gewichtig.

„Maike Wagner backt Hanfplätzchen für Gloria Lorenz?", fragte Meyer nach.

„Wenn das mein Mann wüsste. Drogen in seinem Campingpark …"

Karla konnte es nicht glauben. Anscheinend schätzte Gloria Lorenz ihre Beziehung zu Ilse Reifner vollkommen falsch ein. Sie beschloss, Ilse Reifner zunächst nicht damit zu konfrontieren, dass Gloria Lorenz erzählt hatte, Ilse Reifner hätte ihren Mann mit Sophia Bergmann in der Nacht ihres Verschwindens gesehen. Es war immer gut, noch ein paar Infos in der Hinterhand zu haben.

„Danke, Frau Reifner. Das wars erst mal. Bitte halten Sie sich zu unserer Verfügung."

„Warum?" Sie lachte. „Verdächtigen Sie jetzt mich?"

Karla Sommerfeld und Henning Meyer beendeten das Gespräch, verabschiedeten sich zügig und fuhren direkt vom Campingplatz *Waldesruh* zum Schindler-Hof. Da sie in dem großen Stallgebäude niemanden antrafen, gingen sie zum Wohnhaus. Die Tür wurde geöffnet, kaum dass Karla den Klingelknopf betätigt hatte. Vermutlich hatte Regine Schindler sie schon vom Fenster ausgesehen.

„Guten Tag, Frau Schindler, dürfen wir hereinkommen?"

„Sicher."

Sie wischte sich die Hände an der altmodischen Kittelschürze ab und bat die Polizisten mit einer einladenden Geste herein.

„Ist Ihr Mann auch da?"

„In der Küche." Sie deutete nach oben und ging voraus. „Um diese Zeit trinkt er immer seinen Kaffee."

Die alten, hölzernen Treppenstufen knarrten, als sie in die Wohnräume des alten Bauernhauses hinaufgingen. Obwohl das Haus von außen renoviert und adrett wirkte, schien hier drinnen die Zeit stehen geblieben zu sein. Die auffällig gemusterten Tapeten mussten schon seit Jahrzehnten an den Wänden hängen, und auch der Linoleumboden in der Küche stammte aus einer längst vergangenen Zeit.

Bertold Schindler saß am Küchentisch und grüßte knapp, ohne sich die Mühe zu machen, aufzustehen. Regine Schindler bot den Polizisten eine Tasse Kaffee an, den Karla mit Blick auf den dünnen Filterkaffee aus der in die Jahre gekommenen, ehemals weißen Kaffeemaschine ablehnte. Sie bevorzugte Latte macchiato. Der Latte macchiato in der Bäckerei Albrecht in Birkenweiler war ausgesprochen gut. Sie nahm sich vor, bei der nächsten Gelegenheit dort vorbeizufahren und sich einen Becher zu gönnen. Auch auf die Gefahr hin, dass sie von Marion Albrecht den neuesten Klatsch aus dem Dorf anhören musste.

Henning Meyer nahm eine Tasse von dem Filterkaffee und nippte vorsichtig daran.

„Wir wissen inzwischen, wie die Leiche auf Ihren Hof gekommen ist."

Die Hauptkommissarin kam ohne Umschweife zur Sache. Sie hatte nicht vor, mehr Zeit als unbedingt nötig in der Küche der Familie Schindler zu verbringen. „Die

Frau ist definitiv an einem anderen Ort gestorben und wurde von zwei Personen, die wir inzwischen identifizieren konnten, auf Ihrem Hof abgelegt."

Enttäuschung legte sich wie ein Schatten über Regine Schindlers Gesicht. Sie wandte sich ab und sah zum Fenster hinaus. Was hatte sie erwartet? Oder gehofft? Dass ihr Mann Sophia Bergmann umgebracht hatte und sie ihn auf diese Art und Weise loswurde? Bertold Schindler hingegen hatte offensichtlich einen anderen Verdacht gehegt.

„Der Bub wars also nicht?", vergewisserte er sich.

„Nein, darauf gibt es keinerlei Hinweise."

„Also …" – geräuschvoll schlug er mit der flachen Hand auf die karierte Wachstischdecke und erhob sich – „dann schaffen wir mal weiter."

Ohne einen weiteren Gruß verließ er den Raum und ging die knarrenden Stufen hinunter. Regine Schindler beobachtete, wie er über den Hof ging und im Stall verschwand.

„Frau Schindler, wissen Sie, wo ihr Sohn ist?"

Karla hätte gerne auch mit Manuel Schindler gesprochen.

„Im Stall."

„Nein, da ist er nicht."

„Dann weiß ich es nicht."

„Können wir irgendetwas für Sie tun, Frau Schindler?" Karla hatte Mitleid mit der Frau.

„Verschwinden Sie", antwortete Regine Schindler, ohne den Blick vom Fenster abzuwenden.

Henning Meyer zuckte mit den Schultern und stellte seine Kaffeetasse ab. Er hatte kaum daraus getrunken.

„Sie können ihr nicht helfen", sagte er zu Karla, als sie über den Hof zum Auto gingen. Sie wunderte sich über seinen mitfühlenden Ton, erwiderte aber nichts. Sie wusste, dass er recht hatte.

Aus Karlas Latte macchiato von der Bäckerei Albrecht wurde zunächst einmal nichts. Nachdem sie Henning Meyer bei ihm zu Hause abgesetzt hatte, war es schon nach sechs und somit ohnehin zu spät für Kaffee. Nach einem kurzen Besuch bei ihrer Mutter, die heute einen ihrer guten Tage hatte, fuhr sie nach Hause. Sie fühlte sich erschöpft, war aber nicht in der Lage abzuschalten. Bevor sie nicht herausgefunden hatte, was mit Sophia Bergmann geschehen war, würde sie nicht zur Ruhe kommen. Die Fahndung nach Alexander Novak lief, hatte aber bisher keine Ergebnisse gebracht.

Als sie in die Lilienstraße einbog, in der sich ihre Wohnung befand, klingelte ihr Telefon. Es war Joachim Reinhard. Sie überlegte, ob sie den Anruf annehmen sollte oder nicht, entschied sich aber schließlich dafür. Obwohl sie ahnte, dass das zu Problemen führen würde. Vielleicht nicht heute, aber irgendwann ganz bestimmt.

„Wie wäre es, wenn ich dich zum Abendessen einlade?"

Der vertraute Klang seiner Stimme löste ein warmes Gefühl in ihr aus, trotzdem zögerte sie. Sie war müde und sehnte sich nach einer kalten Dusche, einem Buch und einem guten Glas Wein.

„Heute?"

„Ganz genau. In Meinhofen hat vorige Woche ein neues andalusisches Restaurant eröffnet, *El Taurino*. Ich könnte uns einen Tisch reservieren. Tapas und spanischer Rotwein – was sagst du?"

Sie lächelte, vielleicht sollte sie ein paar Probleme in Kauf nehmen. Eine kalte Dusche konnte sie sich vor dem Essen noch genehmigen, und das Glas Wein würde in guter Gesellschaft noch besser schmecken als zu Hause. Das Buch musste eben warten. Sie konnte genauso gut morgen weiterlesen.

„In Ordnung."

„Um acht? Ich schicke dir die Adresse."

Während sie unter der Dusche stand und das kalte Wasser über ihren Körper lief, dachte sie über Joachim Reinhard nach. Sie mochte ihn wirklich mehr, als sie sich eingestehen wollte. Im letzten Sommer hatten sie ein paar Mal miteinander geschlafen, sich dann aber immer weniger gesehen. Was nicht zuletzt an ihren Bemühungen lag, andere nicht zu nah an sich heranzulassen.

Als sie ihm bei der Suche nach Sophia Bergmann wieder begegnet war, hatte ihr Herz sofort schneller geschlagen. Auch wenn er sich nichts hatte anmerken lassen, war es ihm wohl ähnlich gegangen. Ansonsten hätte er wohl kaum angerufen, um sich mit ihr zu verabreden.

Sie trocknete sich die Haare mit einem Handtuch ab, verzichtete angesichts der sommerlichen Temperaturen aufs Föhnen und zog ein leichtes schwarz-weiß gestreiftes Kleid über.

Kurz vor acht traf sie vor dem *El Taurino* in Meinhofen ein. Joachim wartete bereits vor dem Eingang auf sie. Er trug Jeans und ein schlichtes schwarzes T-Shirt. Wieder einmal fiel ihr auf, wie gut er aussah. Obwohl er schon Ende vierzig war, hatte er einen durchtrainierten Körper und ein jugendliches Auftreten. Ohne große Umstände legte er den Arm um ihre Schultern. Sie schmiegte sich einen Moment in seine Umarmung und atmete tief den vertrauten Geruch ein, ehe sie zum Tisch gingen.

Der Tisch für zwei Personen befand sich in dem kleinen Garten hinter der Gaststube. Eine riesige Kastanie legte ihren Schatten über den gesamten Gästebereich. Auf dem Tisch brannte in einem Glas eine Kerze, in einer rustikalen Karte wurden die unterschiedlichsten Tapasvariationen und Weine angeboten. Sie entschieden sich für die Tapasplatte für zwei Personen mit Schweinefilet in andalusischer Sherrysauce, Garnelen in Knoblauch gebraten und gegrilltem Gemüse. Dazu bestellten sie den Vino de la casa, einen Tempranillo aus dem Anbaugebiet Tierra de Castilla im Zentrum Spaniens.

„Der Leichenspürhund, der am *Fischteich* auf dem Campingplatz *Waldesruh* angeschlagen hat, hat sich nicht getäuscht", berichtete Karla, nachdem sie ein paar Bissen gegessen hatte.

Joachim legte die Gabel zu Seite.

„Natürlich nicht."

„Die Leiche von Sophia Bergmann muss dort gelegen haben, Alexander Novak hat sie dort gefunden und weggeschafft. Gemeinsam mit Eberhard Schulte."

Sie berichtete ihm, was sie von Schulte erfahren hatte.

„Das klingt ziemlich abenteuerlich", bemerkte Joachim. „Warum glaubst du nicht, dass Novak Sophia Bergmann auch getötet hat?"

„Weil es so abenteuerlich klingt. Ich kann mir einfach nicht vorstellen, dass sich Schulte das ausgedacht hat. Die Todesursache war eine Überdosis Benzodiazepin, ein Schlafmittel. Es könnte Selbstmord gewesen sein."

„Aber?"

„Sie war schwanger. Niemand bringt sich um, wenn er schwanger ist – oder?"

„Leider doch."

Karla nippte an ihrem Wein. Das stimmte wohl, auch wenn es unfassbar traurig war.

„Ich frage mich, warum niemand bemerkt hat, dass mitten in der Nacht ein Auto über den Campingplatz fährt."

„Vermutlich haben alle schon geschlafen."

„Ja, richtig. Wir treten auf der Stelle."

Ein leichtes Pochen machte sich in ihrem Kopf bemerkbar. Sie massierte sich die Schläfen.

„Karla", er nahm ihre Hand. „Nicht heute Abend. Sie ist tot, und du wirst herausfinden, was geschehen ist. Da bin ich ganz sicher. Aber nicht heute."

Er hatte recht. Es war zwar wichtig, in den ersten Stunden und Tagen nach einer Tat so viel wie möglich zu ermitteln, denn danach schwanden die Chancen auf Aufklärung des Verbrechens rapide. Trotzdem war der zeitliche Druck nicht mehr ganz so hoch. Die Möglichkeit, dass Sophia Bergmann irgendwo gefangen halten wurde, konnten sie jedenfalls ausschließen. Karla versuchte, sich aktiv auf den Augenblick zu konzentrieren. Es gelang ihr tatsächlich recht gut.

Es war herrlich in dem kleinen Garten, unter den ausladenden Ästen der Kastanie zu sitzen und die warme Abendluft zu atmen. Es war eine dieser Nächte, in denen es auch nach Sonnenuntergang kaum abkühlte und in der man den Geruch des Sommers mit jedem Atemzug in sich aufsog. Das Essen war köstlich, sie unterhielten sich angeregt über leichtere Themen und lachten viel.

Trotzdem wanderten Karlas Gedanken immer wieder ab. Als sie den Nachtisch verspeist hatten, war es bereits vollkommen dunkel und ihr wurde bewusst, wie schnell die Zeit vergangen war. Joachim bestellte noch zwei weitere Gläser Wein. Unausgesprochen war damit klar, dass Karla nicht mehr nach Hause fahren, sondern die Nacht in seiner Wohnung in Meinhofen verbringen würde.

KAPITEL 19

Karla war früh aufgestanden und hatte die Wohnung verlassen, als Joachim noch schlief. Sie war nach Hause gefahren, hatte ihre Laufklamotten übergezogen und war sofort losgelaufen. Die Welt schien noch zu schlafen, die einzigen Geräusche waren das leise Muhen der Kühe hinten im Tal und der gleichmäßige Takt ihrer Schritte auf dem Weg unter ihren Füßen. Sie atmete tief ein und lief schneller. Die Uhr an ihrem Handgelenk verriet ihr, dass sie heute die Runde um Birkenweiler in Bestzeit laufen würde.

Noch immer konnte sie Joachims Hände auf ihrem Körper spüren, als sie sich kurze Zeit später unter der Dusche das Wasser über den Kopf laufen ließ und sich den Schweiß der morgendlichen Laufrunde abwusch. Danach machte sie sich einen Kaffee und checkte die Nachrichten auf ihrem Handy, ehe sie zur Polizeiwache fuhr und unterwegs den obligatorischen Morgenbesuch bei ihrer Mutter erledigte. Es war ein guter Tag, schon wieder. Vielleicht war es mehr als das. Eine gute Phase, die länger anhalten würde. Karla war erleichtert. Wenigstens um ihre Mutter würde sie sich heute keine Sorgen machen müssen.

Wie erwartet, war Meyer noch nicht da, als sie im Polizeirevier eintraf. Sie sah sich noch einmal den Bericht zu Sophia Bergmann an, in der Hoffnung, irgendetwas zu finden, was sie bisher übersehen hatten.

Wenn es stimmte, was Eberhard Schulte ausgesagt hatte, handelte es sich möglicherweise doch um Selbstmord. Sophia Bergmann hatte das Schlafmittel genommen. Alexander Novak hatte ihre Leiche gefunden und aus Angst, dass ihm etwas angehängt werden könnte, Sophias Leiche in einer Kurzschlussreaktion in sein Auto gepackt. Dann hatte er seinen Kumpel Eberhard gebeten, ihm zu helfen, die Leiche verschwinden zu lassen. So könnte es gewesen sein.

Karla lehnte sich zurück und dachte nach. Sie wurde das Gefühl nicht los, dass hier irgendetwas nicht stimmte. Und ihr Gefühl trog sie nie. Neben der Auszeichnung, mit der sie die Polizeischule abgeschlossen hatte, und dem Kriminalistik-Studium war es der wichtigste Punkt, mit dem sie sich von anderen Kollegen, die eher mittelmäßige Aufklärungsraten vorweisen konnten, unterschied.

Karlas Instinkt sagte ihr, etwas Wichtiges übersehen zu haben. Sie blätterte durch den Obduktionsbericht, ohne zu wissen, nach was genau sie suchte. Benzodiazepin.

Ein Schlafmittel. Das war es. Natürlich. Sie konnte nicht fassen, dass ihr der Gedanke nicht schon früher gekommen war. Hektisch öffnete sie den Dateiordner, in dem sie alles, was sie zum Tod von Sophia Bergmanns Eltern finden konnte, abgespeichert hatte. Da war es. Auch im Blut von Heribert von Weißenstein war ein Schlafmittel gefunden worden. Benzodiazepin. In einer außergewöhnlich hohen Dosis. Nicht lebensbedrohlich, aber doch sehr ungewöhnlich für jemanden, der gerade von einer Party nach Hause fuhr. Die Kollegen hatten dem damals keine weitere Beachtung geschenkt. Allerdings könnte das Schlafmittel dazu geführt haben, dass Heribert von Weißenstein während der Fahrt eingenickt und der Wagen deshalb von der Straße abgekommen war. Wer nahm schon auf einer Party ein Schlafmittel und setzte sich anschließend hinters Steuer, um nach Hause zu fahren? Je länger Karla darüber nachdachte, umso seltsamer kam ihr die ganze Geschichte vor. Jeder halbwegs vernünftige Mensch würde das Schlafmittel zu Hause nehmen, bevor er sich ins Bett legte. Heribert von Weißenstein war ein erfahrener Mediziner. Er wusste, wie man Medikamente richtig einsetzte. Was, wenn ihm irgendjemand das Schlafmittel untergeschoben und so den Unfall provoziert hatte? Aber wer hätte das tun sollen und aus welchem Grund? Und was hatte das mit Sophias Tod zu tun?

Karla sah auf die Uhr. Meyer war immer noch nicht da. Sie wollte mit ihm sprechen und hören, was er dazu zu sagen hatte. Immerhin hatten sich seine Einschätzungen in der letzten Zeit des Öfteren als äußerst hilfreich erwiesen. Da sie auf seinem Handy nur die Mailbox erreichte, beschloss sie kurzerhand, bei ihm vorbeizufahren und nachzusehen, ob sie ihn zu Hause antreffen konnte.

Henning Meyer bewohnte die untere Wohnung in einem Zweifamilienhaus aus den Sechzigerjahren. Am Sockel blätterte die Farbe ab, die Fassade musste dringend neu gestrichen werden. Als sie das Haus erreichte, stieg er gerade in der Einfahrt aus seinem ebenfalls in die Jahre gekommenen Wagen. Ein kaum merklicher Schatten der Verärgerung huschte über sein Gesicht, als er Karla erblickte.

Mit langen Schritten ging sie auf ihn zu.

„Sie sind nicht zum Dienst erschienen."

„Ich komme ja noch", brummte Meyer, beugte sich in den Wagen und tauchte mit einer kleinen Plastikbox wieder auf, die er vor Karlas Augen in die Luft hielt, als würde das die Situation erklären. „Ich hatte zu tun."

Sie trat einen Schritt näher.

„Ist das ein Kaninchenkäfig?"

„Meerschweinchen. Transportbox."

„Sie haben ein Meerschweinchen?"

„Rudi – er musste zum Tierarzt."

„Jetzt?"

„Ja, jetzt."

Er stieß die Autotür zu und ging zum Haus. Die Transportbox mit Rudi trug er wie eine Trophäe vor sich her. Karla war so perplex, dass sie ihm einfach in die Wohnung folgte. Im Wohnzimmer öffnete Henning Meyer die Transportbox und ließ Rudi in seinen Käfig krabbeln. Das Tier war sichtlich erschöpft. Der Meerschweinchenkäfig wirkte in dem altmodischen Wohnzimmer mit den schweren Möbeln fehl am Platz. Meyer holte aus der Küche eine Schale mit frischem Wasser und ein paar Möhren.

„Im Blut von Heribert von Weißenstein wurde nach dem Unfall auch Benzodiazepin gefunden", sagte Karla, während er die Schale vorsichtig im Meerschweinchenkäfig platzierte.

„Wie bei Sophia Bergmann. Vielleicht ist er deshalb von der Straße abgekommen."

„Genau das dachte ich mir auch. Was, wenn er das Schlafmittel nicht freiwillig genommen hat? Wer nimmt schon ein Schlafmittel, bevor er ins Auto steigt?"

„Menschen tun alle möglichen Dinge."

Ungerührt schloss Henning Meyer den Käfig.

„Wir müssen überprüfen, wer auf der Veranstaltung war, die Heribert von Weißenstein und seine Frau an diesem Abend besucht haben. Eine Wohltätigkeitsveranstaltung, wenn ich das richtig in Erinnerung habe."

Karlas Telefon klingelte. Es war Joachim Reinhard. Sie ging hinaus ins Freie, um in Ruhe zu telefonieren.

Das Gespräch mit Joachim Reinhard war kurz und drehte sich ausschließlich um berufliche Dinge. Auch ihm fiel es schwer, zu glauben, dass es sich bei der Sache mit dem Schlafmittel um einen Zufall handelte. Karla fühlte sich in ihrem Verdacht bestätigt. Joachim war ein erfahrener Polizist, sie hielt viel von seiner Meinung. Was gestern Nacht zwischen ihnen geschehen war, schob sie zur Seite. Das musste warten. Zuerst würde sie herausfinden, was mit Sophia Bergmann geschehen war.

Gemeinsam fuhren Karla Sommerfeld und Henning Meyer zurück aufs Polizeirevier und begannen nachzuforschen, wer alles an der Veranstaltung teilgenommen hatte, nach der Sophia Bergmanns Eltern gestorben waren. Es war nur ein Strohhalm, aber vielleicht würde sie das der Wahrheit näher bringen. Einen anderen Anhaltspunkt hatten sie nicht. Karla würde den Fall Sophia Bergmann nicht als Selbstmord zu den Akten legen, solange sie auch nur den geringsten Zweifel daran hegte.

Zu ihrer Überraschung unterstützte sie Kollege Meyer mit Kräften, offensichtlich war ihm inzwischen mehr an der Aufklärung des Falls als an seinem Feierabend gelegen. Karla nahm es zufrieden zur Kenntnis.

Die Gästeliste der Veranstaltung war lang. Es war eine Wohltätigkeitsveranstaltung, auf der Spenden für eine Kinderklinik in Ruanda gesammelt wurden. Ruanda. Hier hatte in den Neunzigerjahren des letzten Jahrhunderts der schreckliche Völkermord stattgefunden. In einem

Zeitraum von etwa hundert Tagen hatten Angehörige der Hutu-Mehrheit über siebzig Prozent der Tutsi-Minderheit getötet. Dort also unterstützten die von Weißensteins eine Kinderklinik. Das Land galt heute als eines der moderneren Länder Subsahara-Afrikas. Über sechzig Prozent der Sitze im Parlament waren von Frauen besetzt, weit mehr als in den europäischen Ländern. Karla hatte erst neulich einen interessanten Artikel dazu gelesen. Heribert von Weißenstein stand in engem Kontakt mit der Klinikleitung und hatte die Klinik im Norden des Landes sogar zweimal besucht. Die Summe, die an diesem Abend für die Unterstützung der Klinik zusammen kam, war beachtlich und die Gästeliste dementsprechend lang. Karla und Henning Meyer gingen die Liste gemeinsam durch, stießen aber auf keinen Namen, der sie in ihren Ermittlungen weiterbringen würde.

„Das ist die falsche Liste."

Meyer legte die Namensliste der Wohltätigkeitsveranstaltung in das dritte Fach der Ablage auf seinem Schreibtisch. Gewohnheitsmäßig druckte er sämtliche Dokumente aus und las alles in Papierform, eine Angewohnheit, die Karla unmöglich fand. Reinste Papierverschwendung. Das meiste landete kurze Zeit später ohnehin im Papiermüll. Sie selbst las alles auf ihrem Tablet und druckte nur, wenn es unbedingt nötig war. Sie hatte Meyer geraten, sich ein Tablet zuzulegen und ihm sogar einige Modelle vorgeschlagen, aber er weigerte sich standhaft.

Die Hauptkommissarin streckte den Arm aus, zog das Papier wieder heraus und checkte Datum und Titel der Veranstaltung.

„Es ist die richtige Liste."

Sie tippte mit dem Zeigefinger auf das Datum und hielt es Meyer unter die Nase, ehe sie es zurück in die Ablage schob.

„Nein, es ist die falsche Liste. Wir brauchen die Liste des Servicepersonals. Köche, Kellner, Organisatoren, Hausmeister, Reinigungskräfte. Alles. Vielleicht gab es Musik an dem Abend. Dann brauchen wir die Liste der Musiker."

„Sie haben recht."

Natürlich, das war es. Sie mussten wirklich *jeden* checken, der auf der Veranstaltung war, nicht nur die Gäste. Karla griff nach ihrem Handy und begann zu telefonieren. Meyer goss sich ein Glas Apfelsaft ein und sah sich auf seinem Computerbildschirm Bilder von Schottland an. Karla wusste, dass er darüber nachdachte, im nächsten Jahr dorthin zu reisen oder vielleicht nach Irland. Es gefiel ihm, Bilder auf dem schönen großen Bildschirm an seinem Arbeitsplatz anzusehen. Er beklagte sich regelmäßig darüber, dass sein Bildschirm zu Hause wesentlich kleiner und die Auflösung längst nicht so gut sei wie hier. Sie fragte sich, warum er sich nicht einfach ein moderneres Gerät kaufte.

Karla kam schneller an die gewünschte Liste, als sie vermutet hatte, und Meyer musste wohl oder übel seine

Diashow unterbrechen und sich wieder der Arbeit widmen. Sie rollte mit ihrem Stuhl an seinen Schreibtisch und hielt ihm ihr Tablet vors Gesicht. Er rückte ein Stück zur Seite.

„Das ist die Liste des Servicepersonals", erklärte sie. „Mehr konnte ich in der Kürze der Zeit nicht auftreiben, aber vielleicht hilft uns das ja weiter."

Sie gingen die Namen einen nach dem anderen durch. Karlas Finger wanderte auf der Liste beständig weiter nach unten, während sie jeden Namen laut vorlas. Dann stockte sie.

„Was ist?"

Nun rückte Meyer doch wieder ein Stück näher und schielte auf den Bildschirm.

„Benjamin Friedrich."

Sie atmete tief durch und warf den Kopf nach hinten. Das könnte der entscheidende Hinweis sein.

„Benjamin Friedrich hat auf der Feier, nach der Sophia Bergmanns Eltern ums Leben kamen, als Kellner gearbeitet. Er könnte Heribert von Weißenstein das Schlafmittel ins Glas getan haben."

„Wäre möglich", stimmte Meyer ihr zu. „Aber warum? Er hat kein Motiv."

„Was, wenn wir das Motiv nur noch nicht gefunden haben? Wenn wir irgendetwas übersehen haben?"

Sie beschloss, der Sache erst einmal alleine nachzugehen. Vielleicht hätte sie in einem Gespräch unter vier

Augen mit Benjamin Friedrich mehr Erfolg, als wenn sie eine offizielle Befragung mit Polizeioberkommissar Meyer gemeinsam durchführte. Sie zog es vor, Friedrich nicht gleich mit ihrem Verdacht zu konfrontieren, sondern ihn ganz allgemein noch einmal zu seinem Verhältnis zu den Bergmanns und der Todesnacht von Sophia zu befragen. Da sie ahnte, dass Meyer damit nicht einverstanden sein würde, sagte ihm zunächst nichts von ihren Plänen und versuchte, ihn anderweitig zu beschäftigen.

„Gibt es eigentlich etwas Neues von der Fahndung nach Novak?“

„Nicht dass ich wüsste.“

„Bitte erkundigen Sie sich nach dem aktuellen Stand und befragen Sie Mathias Reifner nach seiner Begegnung mit Sophia Bergmann in der Nacht ihres Todes. Ich muss unbedingt noch etwas erledigen.“

Er sah sie misstrauisch an.

„Es ist wichtig, wirklich.“

„Gut“, lenkte er ein und griff nach dem Telefon.

Karla steckte Handy und Schlüssel in ihre Tasche und verließ das Polizeirevier.

Da Karla Benjamin Friedrich nicht offiziell vorladen wollte, blieb ihr nichts anderes übrig, als nach Würzburg zu fahren, um mit ihm zu sprechen. Sie konnte wohl kaum damit rechnen, dass er freiwillig den ganzen Weg hierherfuhr, um sich erneut von ihr befragen zu lassen.

Aber vorher musste sie noch einmal bei ihrer Mutter vorbei. Sie fand sie bei der Gartenarbeit. In einem hellen Sommerkleid, mit einem ausladenden Strohhut auf dem Kopf und Gartenhandschuhen an den Händen war sie dabei, die Büsche, die die großzügige Rasenfläche umrandeten, zurückzuschneiden. Es schien, ihr gut zu gehen.

Karla ging ins Haus und kochte ein paar Nudeln. Ein spätes Mittagessen oder ein frühes Abendessen – wie auch immer. Ein Blick in den Kühlschrank verriet ihr, dass ihre Mutter seit dem gemeinsamen Frühstück nichts mehr herausgenommen hatte. Allerdings war der Obstkorb auf der Anrichte nicht mehr so gut gefüllt wie heute Morgen, bemerkte sie mit Erleichterung. Trotzdem hatte ihre Mutter großen Hunger, was auch kein Wunder war, bei der Arbeit, die sie in der sommerlichen Hitze verrichtet hatte.

Nach dem Essen verabschiedete sich Karla, um rechtzeitig auf die Autobahn nach Würzburg zu kommen. Sie hielt bei der Bäckerei Albrecht und bestellte sich einen Latte macchiato. Das Koffein würde sie gebrauchen können, der Abend würde lang werden. Außerdem musste sie darüber nachdenken, wie sie bei der Befragung am besten vorgehen sollte.

„Latte macchiato bestellt hier kaum mal einer", bemerkte Marion Albrecht, als sie den Pappbecher mit dem Kaffee auf den Tresen stellte. „Das Mädchen vom Campingplatz hat das auch bestellt", plapperte sie weiter.

„Dreimal Latte macchiato. Ich hab gedacht, der ist doch längst kalt, bis sie mit dem da draußen ankommt. Aber diese Thermobecher sind echt gut. Das sind keine einfachen Pappbecher."

Karla, die dem Geplapper nur mit halbem Ohr gefolgt war, starrte Marion Albrecht an.

„Was hast du gesagt?"

„Latte macchiato bestellt hier kaum mal einer … und die Thermobecher sind …"

„Das meine ich nicht", unterbrach sie die Hauptkommissarin unwirsch. Marion Albrecht zuckte zusammen.

„Sie hat drei Latte macchiato bestellt?"

„Ja genau."

„Drei, nicht vier – da bist du dir sicher?"

„Natürlich bin ich mir sicher."

„Und wann genau war das?"

„Am Montag."

„Montag, das war der vierte August. Der Tag, an dem Mark Bergmann das Verschwinden seiner Frau gemeldet hat. Kannst du dich noch an die Uhrzeit erinnern?"

„Es war gegen halb neun. Das weiß ich ganz genau, weil der Getränkehandel immer montags um diese Zeit die Lieferung aus der Brauerei bekommt. Der Lastwagen macht einen solchen Lärm, ich verstehe wirklich nicht, warum die sich nicht moderne Fahrzeuge anschaffen. Und die Abgase, das ist einfach widerlich. Ich muss jedes Mal die Fenster schließen."

Die Gedanken in Karlas Kopf überschlugen sich, während Marion Albrecht immer weiterredete. Wusste Miriam Winkler am Morgen des vierten Augusts schon, dass Sophia Bergmann verschwunden war? Mark Bergmann hatte ausgesagt, dass Miriam Winkler schon mit dem Kaffee aus Birkenweiler zurück war, als er aufwachte und aus dem Multivan auf die Campingwiese trat. Wie konnte sie da wissen, dass Sophia nicht schlafend in ihrem Bett lag? Oder hatte sie nur drei Latte macchiato gekauft, weil Sophia Bergmann überhaupt keinen Kaffee trank?

Es war höchste Zeit, nach Würzburg zu fahren.

KAPITEL 20

Am frühen Abend traf Karla in Würzburg ein. Sie hatte sowohl mit Benjamin Friedrich als auch mit Miriam Winkler einen Termin ausgemacht.

Das Hotel, das sie kurz entschlossen für die Nacht gebucht hatte, machte einen sehr ordentlichen Eindruck und stellte sich als gemütlicher heraus, als sie aufgrund der Website vermutet hatte. Sie checkte ein, bezog ihr Zimmer und ging im Geiste die Fragen noch einmal durch, die sie Miriam Winkler stellen wollte. Es hatte sie überrascht, wie bereitwillig die junge Frau in das Gespräch eingewilligt hatte, und sie fragte sich schon jetzt, ob sie sich vielleicht verrannt hatte. Es bestand immer noch die Möglichkeit, dass Sophia Bergmann das Schlafmittel freiwillig genommen und ihrem Leben auf diese Art und Weise selbst ein Ende gesetzt hatte, dachte Karla. Außerdem hatten weder Miriam Winkler noch Benjamin Friedrich ein erkennbares Motiv. Ganz im Gegensatz zu Ilse Reifner. Darüber hatte sie die ganze Zeit während der Autofahrt nachgedacht. Nun ja, sie würde jetzt erst einmal Miriam Winkler befragen und anschließend dann Benjamin Friedrich. Und da sie ohnehin in Würzburg war, würde sie die Gelegenheit nutzen, um auch noch einmal mit Mark Bergmann zu sprechen.

Ihr Handy klingelte gerade, als sie ein frisches T-Shirt für den Abend aus ihrer Tasche holte. Es war Lena Schubert. Karla war mehr als überrascht, damit hatte sie überhaupt nicht gerechnet.

„Wo sind Sie, Frau Schubert?"

Die junge Frau sprach so leise, dass Karla Mühe hatte, sie zu verstehen. Anscheinend befand sich Lena Schubert mit ihren Kindern und Alexander Novak auf einer Autobahn Raststätte in der Nähe der Grenze zu Österreich. Alexander Novak. Karla war sofort alarmiert. Warum befand sich Lena Schubert in Alexander Novaks Wagen? Sarah Meinhard, Sophia Bergmann, Lena Schubert … Was, wenn er die Leiche doch nicht nur gefunden hatte? Was, wenn Lena Schubert in Gefahr war? Allerdings passten die Art des Todes und die Gewalteinwirkung im Vorfeld in den Fällen von Sarah Meinhard und Sophia Bergmann überhaupt nicht zusammen.

„Alex hat Sophia Bergmanns Leiche beseitigt." Lenas Stimme klang zittrig. „Hat er sie umgebracht? Er wird uns auch umbringen, oder?" Sie war vollkommen hysterisch.

„Es gibt keine Beweise dafür, dass Alexander Novak etwas mit dem Tod von Sophia Bergmann zu tun hat."

Karla versuchte, die junge Frau zu beruhigen. Ohne großen Erfolg.

„Keine Beweise? Was zur Hölle bedeutet das? Ich habe gehört, wie er am Telefon darüber gesprochen hat, dass er die Leiche versteckt hat. Mit jemanden zusammen. Demjenigen, am anderen Ende der Leitung."

Ja, was zur Hölle bedeutete das eigentlich? Es bedeutete, dass sie im Fall Sophia Bergmann immer noch nicht vorankamen.

„Beruhigen Sie sich, Frau Schubert. Wohin fahren Sie mit Alexander Novak?" Sie musste wissen, wo Novak war.

„Zurück zum Campingplatz *Waldesruh*."

Die junge Frau brach in Tränen aus.

Karla meinte, sich verhört zu haben.

„Zurück zum Campingplatz?"

Das ergab keinen Sinn.

„Ja, Alex wollte mit uns nach Kroatien, aber Ebi hat ihn angerufen und überredet zurückzukommen und mit der Polizei zu sprechen. Ich will nicht zurück."

Eberhard Schulte. Das sprach sehr dafür, dass seine Aussage der Wahrheit entsprach. Wenn Alexander Novak wirklich zum Campingplatz zurückfuhr, bedeutete das mit ziemlicher Sicherheit, dass Lena Schubert nicht in Gefahr war. Alles andere ergab einfach keinen Sinn. Karla entspannte sich ein bisschen.

Es klickte in der Leitung, dann war die Verbindung abgebrochen.

„Verdammt.“

Sie versuchte noch ein paar Mal, Lena Schubert zu erreichen, ohne Erfolg.

Angesichts der fortgeschrittenen Zeit stieg sie in ihr Auto, das sie auf dem Parkplatz des Hotels geparkt hatte, und gab die Adresse, die Miriam Winkler ihr genannt hatte, in ihr Navigationsgerät ein. Irgendwie kam ihr der Straßenname bekannt vor, aber sie kam nicht darauf, woher. Während sie sich durch den Feierabendverkehr kämpfte, nahm sie sich vor, es regelmäßig bei Lena Schubert zu probieren und im Notfall Joachim zu informieren. Sie ging im Kopf die Fragen durch, die sie Miriam Winkler stellen wollte, und bereitete sich innerlich auf ein anstrengendes Gespräch vor. Falls Miriam Winkler etwas zu verbergen hatte, würde sie es sicherlich nicht freiwillig preisgeben.

Die Route, die das Navigationsgerät vorgab, führte sie weg aus dem Innenstadtbereich in ein Wohngebiet mit breiten Straßen und hohen Hecken, hinter denen herrschaftliche Häuser hervorragten. Sie fuhr langsamer, wie es die Geschwindigkeitsbeschränkung verlangte. Am Straßenrand parkten kaum Autos, aber in den Einfahrten entdeckte Karla Wagen, die ein Vielfaches ihres Jahresgehalts kosteten.

Sie hielt vor einer alten Villa aus dem achtzehnten Jahrhundert. Das herrschaftliche Gebäude war aufwendig renoviert worden und machte einen imposanten Eindruck. Sie betätigte den Klingelknopf neben dem großen Eingangstor. Der Name *Bergmann* war in elegant geschwungenen Lettern in die Metallverkleidung der Klingelanlage graviert. Deshalb also war ihr die Adresse bekannt vorgekommen. Sie hatte sie in Sophia Bergmanns Personalausweis gelesen. Warum hatte Miriam Winkler diese Adresse angegeben?

Das große Tor öffnete automatisch. Karla lenkte ihren Wagen hindurch und ignorierte das ungute Gefühl, das sie beschlich, als sie im Rückspiegel sah, wie sich das Tor hinter ihr beinahe lautlos wieder schloss. Sie fuhr über einen weiß geschotterten Weg, dicht umrandet von Rhododendronbüschen, deren Blüten im Frühsommer von weiß über rosa bis hin zu einem kräftigen Violett erstrahlten, zu dieser Jahreszeit allerdings schon längst verblüht waren.

Die Villa war umgeben von einem Park mit uralten Bäumen und einem kleinen Teich, in dem Seerosen schwammen und Frösche quakten. Der Weg endete vor einer großen Treppe, die zum Eingang der herrschaftlichen Villa hinaufführte. Karla parkte den Wagen, stellte den Motor ab und stieg die Treppen zu der zweiflügeligen Holztür mit den kunstvollen Schnitzereien hinauf. Die Tür öffnete sich genau in dem Augenblick, in dem sie die oberste Stufe erreichte.

„Frau Hauptkommissarin." Benjamin Friedrich lächelte ein gewinnendes Lächeln und bat sie mit einer einladenden Geste herein. „Schön, dass wir uns schon so bald wiedersehen." Sonnenstrahlen fielen auf die gemusterten Fliesen und tauchten die Eingangshalle hinter ihm in ein zauberhaftes Licht.

„Herr Friedrich, guten Tag. Ich nehme an, Sie wissen, dass ich mit Frau Winkler verabredet bin?"

Karla musterte ihn kühl. Was machte er hier? Sie dachte gar nicht daran, sich von seiner charmanten Art einwickeln zu lassen.

„Natürlich weiß ich das."

„Und wo ist sie?"

„Hm?"

„Miriam Winkler. Wo ist sie?"

„Ach, Miriam. Sie ist drinnen." Mit einer nachlässigen Bewegung deutete er in Richtung des Wohnbereiches. Am besten, wir unterhalten uns dort. Sie möchten doch mit uns beiden sprechen, oder?"

„Ja, ich möchte mit Ihnen beiden sprechen. Aber jetzt bin ich mit Miriam Winkler verabredet, wir wollten uns morgen treffen. Um acht Uhr dreißig. Sie erinnern sich?"

„Frau Hauptkommissarin", sagte Benjamin Friedrich mit einem breiten Lächeln, „das spielt doch wirklich keine Rolle. Sie wollen mit uns beiden sprechen, und Miriam kann etwas Unterstützung gebrauchen. Deshalb bin ich hier. Miriams beste Freundin ist tot, verstehen Sie? Es fällt ihr schwer, darüber zu sprechen."

Karla ärgerte sich über seine herablassende Art, ließ sich aber nichts anmerken. Auch wenn es ihr nicht passte, dass Benjamin Friedrich ihre Pläne durchkreuzte, hatte es durchaus auch Vorteile, dass er hier war. So konnte sie schon heute mit ihm sprechen und auf den Termin morgen Vormittag verzichten. Sie wollte ohnehin so früh wie möglich aufbrechen, um nach ihrer Mutter zu sehen. Nina, die Nachbarin, hatte ihr zugesichert, ihrer Mutter am Morgen einen Besuch abzustatten, aber spätestens um die Mittagszeit wollte sie selbst vor Ort sein. Ihre Mutter war es gewohnt, dass sie jeden Morgen vor der Arbeit bei ihr vorbeikam und sie hatte ein äußerst schlechtes Gefühl dabei, sie aus ihren Gewohnheiten zu reißen. Falls sich ihr Verdacht verhärtete, dass Miriam Winkler und Benjamin Friedrich etwas über Sophias Tod wussten, würde sie die beiden nicht heute damit konfrontieren, sondern mit ihren neuen Informationen zurück nach Birkenweiler fahren und sie morgen von den Kollegen festnehmen lassen. Allerdings hatten beide nach wie vor kein Motiv, somit könnte sich auch alles positiv klären, und die beiden könnten ihren Verdacht entkräften.

„Das ist die Villa von Sophia Bergmann", stellte Karla fest, während sie den großzügigen Eingangsbereich durchquerten. Warum hielten sich die jungen Leute hier auf? Standen sie ihrem Freund Mark Bergmann zur Seite? Dagegen war nichts einzuwenden. Trotzdem war sie verwundert, dass Miriam Winkler für ihre Verabredung diesen Ort ausgewählt hatte. Am Telefon hatte sie gesagt, sie wolle mit Karla *zu Hause* sprechen.

„Mark Bergmann", korrigierte Benjamin Friedrich sie lächelnd. „Die Villa gehört Mark. Als Sophias Ehemann ist er der nächste Angehörige und in diesem Fall auch der einzige Erbe des Vermögens. Inklusive der Villa."

Karla widerstand dem Reiz, sich zu räuspern. Ihr Hals war mit einem Mal trocken und fühlte sich rau an.

„Miriam Winkler sagte, sie wäre zu einem Gespräch *zu Hause* bereit."

„Das ist unser Zuhause."

Karla wurde klar, dass sie einen riesigen Fehler begangen hatte. Sie hätte Joachim unbedingt darüber informieren müssen, dass sie nach Würzburg fuhr – oder Meyer. Nein, sie hätte einen der Kollegen mitnehmen müssen. Alleingänge waren gefährlich. Sie hatte die Situation unterschätzt.

„Kommen Sie schon", Benjamin Friedrich lachte. „Wir wohnen alle hier. Jetzt sagen Sie nicht, dass Sie da nicht schon von selbst drauf gekommen sind."

Miriam Winkler trat durch die Tür, die in die Wohnräume führte. Sie trug ein luftiges rotes Kleid, das ihre sportliche Figur perfekt betonte. Das Sonnenlicht fiel durch die großen Fenster und malte helle Flecken auf das antike Fischgrätenparkett des großzügigen Wohnbereichs.

„Frau Hauptkommissarin, wie schön, dass Sie da sind."

Mit einer weit ausladenden Bewegung wies sie auf die cremefarbene Sofalandschaft, die sich harmonisch in den Raum schmiegte.

„Setzen Sie sich."

Sie reichte Karla ein Glas Orangensaft. Die Hauptkommissarin griff danach und nahm auf dem Sofa Platz. Miriam Winkler setzte sich mit einem weiteren Glas Orangensaft zu ihr. Benjamin Friedrich lächelte zufrieden und positionierte sich so, dass er Karla den Weg zum Ausgang versperrte.

„Vielen Dank, dass Sie den weiten Weg auf sich genommen haben, um hierherzukommen."

Miriam Winkler lächelte ein gewinnendes Lächeln und nippte an ihrem Saft.

„Wo ist Herr Bergmann?" Karla ging davon aus, dass er sich ebenfalls hier aufhielt. Immerhin war dies die Villa der Familie Bergmann.

„Im Fitnessraum, ich bin sicher, er wird sich bald zu uns gesellen. Über was wollten Sie mit uns sprechen?"

„Frau Winkler …"

„Nennen Sie mich Miriam."

„Gut, Miriam, trank Sophia Bergmann gerne Kaffee? Latte macchiato zum Beispiel?"

Miriam Winkler hob erstaunt die Augenbrauen.

„Sie sind nach Würzburg gekommen, um zu fragen, ob Sophia gerne Kaffee getrunken hat?"

Sie warf Benjamin Friedrich einen irritierten Blick zu. Karla hatte das Gefühl, wieder die Oberhand zu gewinnen.

Sie hatte nicht vor, sich von den jungen Leuten verunsichern zu lassen, auch wenn diese sie in eine Situation gebracht hatten, mit der sie nicht gerechnet hatte. Sie nahm einen Schluck von ihrem Orangensaft.

„Unter anderem. Können Sie mir die Frage beantworten?"

„Ja, ich denke schon."

„Ja, sie denken, Sie können die Frage beantworten oder Sie denken, Sophia Bergmann hat gerne Kaffee getrunken?"

Miriam Winkler wirkte genervt.

„Sie hat gerne Kaffee getrunken."

„Auch Latte macchiato?"

„Vor allem Latte macchiato."

„Und sie? Trinken Sie auch gerne Latte macchiato?"

„Ja. Hören Sie, was soll das?"

„Was ist mit Ihnen Herr Friedrich?"

„Ja, wir trinken alle gerne Latte macchiato. So wie die meisten Menschen", erwiderte er. Zwischen seinen Augenbrauen bildete sich eine leichte Falte. Ein Hinweis darauf, dass er überlegte, worauf sie hinauswollte?

„Mark Bergmann also auch", stellte Karla fest. „Warum haben Sie an dem Morgen nach Sophia Bergmanns Verschwinden dann in der Bäckerei Albrecht in Birkenweiler drei Latte macchiato gekauft und nicht vier?"

Miriam Winkler warf Benjamin Friedrich einen unsicheren Blick zu. Ein Schatten der Verärgerung zog über sein Gesicht, war aber sofort wieder verschwunden. Instinktiv spürte Karla die Gefahr, in der sie sich befand. Unauffällig tastete sie mit einer Hand nach dem Handy in ihrer Tasche. Sie hatte Joachims Nummer auf der Kurzwahltaste eins gespeichert, noch vor der Nummer ihrer Mutter auf der Zwei. Monatelang hatte sie seine Nummer nicht gebraucht, erst in den letzten Tagen wurde sie wieder wichtig. Trotzdem hatte sie es nicht übers Herz gebracht, sie zu löschen. Jetzt war sie froh darüber. Wenn es ihr gelang, das Handy in der Tasche zu entsperren und die Eins zu drücken, hätte sie vielleicht eine Chance, Unterstützung zu bekommen. Wenn sie nicht sprach, würde er hoffentlich merken, dass etwas nicht stimmte. Ihr Handy zu orten, während es eingeschaltet war, sollte kein Problem sein.

„Sophia Bergmann trank seit ein paar Tagen keinen Kaffee", erklärte Benjamin Friedrich. „Sie klagte über Magenprobleme."

Konnte das sein? Vertrug Sophia Bergmann aufgrund ihrer Schwangerschaft den Kaffee nicht? Es gelang Karla nicht, das Handy zu entsperren.

„Davon hatten Sie bisher noch gar nichts erzählt."

„Ich wusste nicht, dass es wichtig ist."

„In so einem Fall ist alles wichtig, Herr Friedrich. Jedes noch so kleine Detail."

„Sie wollten nicht nur über Kaffee sprechen, nehme ich an?"

Er verstellte noch immer die Tür und bewegte sich keinen Zentimeter zur Seite.

„Nein." Karla atmete tief durch. Die Spannung im Raum war beinahe greifbar.

„Sondern?"

„Kannten Sie Heribert von Weißenstein?"

„Sophias Vater? Nein."

„Aber Sie waren doch miteinander befreundet. Sie, Sophia Bergmann, Mark Bergmann und Miriam Winkler."

„Ich bin eher mit Mark befreundet", klärte Benjamin Friedrich die Hauptkommissarin auf. „Sophia war natürlich oft dabei, wenn wir uns getroffen haben."

Karla ließ sich nicht beirren.

„Sie haben als Kellner auf einer Wohltätigkeitsveranstaltung gearbeitet, die Heribert von Weißenstein mit seiner Frau Carola Louise von Weißenstein besucht hat."

„Das ist möglich. Ich habe während des Studiums oft als Kellner gearbeitet. Zum letzten Mal vor ein paar Monaten. Als Kellner kennt man nicht alle Gäste persönlich."

„Auf der Heimfahrt von dieser Veranstaltung sind Heribert von Weißenstein und Carola Louise von Weißenstein tödlich verunglückt. Vermutlich hat Sophias Vater die Kontrolle über den Wagen verloren, weil er ein Schlafmittel im Blut hatte. Überdosiert. Der Wagen kam von der Straße ab und raste gegen einen Baum. Fahrer und Beifahrerin waren sofort tot. Das gleiche Schlafmittel, das im Blut von Heribert von Weißenstein gefunden wurde, wurde auch bei Sophia Bergmann gefunden. Ist das nicht ein Zufall?"

Miriam Winkler wurde blass. Karla fühlte sich darin bestätigte, auf der richtigen Spur zu sein.

„Vielleicht litten beide unter Schlafstörungen", entgegnete Benjamin Friedrich ungerührt.

Seine arrogante Art verärgerte Karla zutiefst. Sie setzte alles auf eine Karte.

„Sie kannten beide, sie hatten die Gelegenheit."

Die Situation hatte sich anders entwickelt, als sie es vorhergesehen hatte. Sie wusste, dass sie unvorsichtig war. Aber sie wusste auch, dass es *die* Chance war, die Wahrheit ans Licht zu bringen. Wieder glitt ihr Finger über die glatte Oberfläche ihres Handys. Warum gelang es ihr nicht, das Ding zu entsperren?

Benjamin Friedrich lachte.

„Kommen Sie schon, warum hätte ich das tun sollen?"

„Vielleicht teilt Ihr Freund Mark Bergmann mit Ihnen, wenn er alles erbt", schlug Karla vor. *Das* war ein Motiv.

In diesem Moment betrat Mark Bergmann den Raum. Miriam Winkler erhob sich hastig, mit der Erklärung zur Toilette zu müssen. Dabei streifte sie die Hauptkommissarin so ungeschickt am Arm, dass diese ihren Saft verschüttete.

Karla zuckte zusammen, hatte sich aber gleich wieder im Griff.

Miriam Winkler entschuldigte sich und eilte in die Küche, um ein Tuch zum Aufwischen zu holen, anstatt auf die Toilette zu gehen. Benjamin Friedrich sah ihr verärgert nach.

Karlas Gedanken überschlugen sich. Die Situation war vollkommen aus dem Ruder gelaufen. Wenn Mark Bergmann an der Tat beteiligt war oder zumindest davon wusste, dann bedeutete das, dass er die Schuld am Tod seines eigenen Kindes trug.

„Herr Bergmann, Sie wissen, dass Ihre Frau schwanger war?"

Es schien, als würde er für einen Augenblick zu Eis erstarren. Die Kälte im Raum war spürbar. Der Blick, den Mark Bergmann Benjamin Friedrich zuwarf, war vernichtend.

„Sie lügen, meine Frau war nicht schwanger."

„Ich versichere Ihnen, Ihre Frau war schwanger. Das Obduktionsergebnis ist eindeutig."

Karla wunderte sich, dass Miriam Winkler immer noch nicht aus der Küche zurück war. Sie hätte gerne gewusst, was die junge Frau dazu zu sagen hatte. Hatte sie von der Schwangerschaft gewusst? Immerhin gab sie an, mit Sophia Bergmann eng befreundet gewesen zu sein. Ehe sie den Gedanken zu Ende führen konnte, wurde ihr schwindlig. Der Raum um sie herum begann sich zu drehen, erst langsam, dann immer schneller. Aus weiter Ferne hörte sie die Stimmen von Mark Bergmann und Benjamin Friedrich. Dann wurde es still.

KAPITEL 21

Shine bright like a diamond, find light in the beautiful sea, I choose to be happy … Karla erwachte vom Klingelton ihres Handys. Dem Song von Rihanna, der sie an ihr erstes Treffen mit Joachim erinnerte. Auch ihn hatte sie während der Zeit, in der sie sich nicht gesehen hatten, nicht geändert. Genauso wie seine Nummer auf der Kurzwahltaste eins. Als hätte sie gehofft, sie würden sich irgendwann einmal doch wieder näherkommen. Auch wenn sie sich das selbst nie eingestanden hatte.

Automatisch wollte sie in die Hosentasche greifen, um das Handy herauszuholen, musste aber feststellen, dass sie sich nicht bewegen konnte. Ihre Handgelenke waren schmerzhaft eng hinter ihrem Rücken gefesselt, ihre Fußknöchel zusammengebunden. Pochende Kopfschmerzen machten es ihr schwer, in dem grellen Sonnenlicht etwas zu erkennen. Sie blinzelte. Alles um sie herum war blau. Ihre Kehle schmerzte, der Durst war beinahe unerträglich. Die heiße Sonne brannte erbarmungslos vom Himmel.

Sie versuchte, ruhig zu atmen und nicht in Panik zu geraten.

Das Letzte, an das sie sich erinnerte, war, dass sie Miriam Winkler, Benjamin Friedrich und Mark Bergmann in Sophia Bergmanns elterlicher Villa in Würzburg mit ihrem Tatverdacht konfrontiert hatte. Irgendetwas musste in dem Orangensaft gewesen sein, den Miriam Winkler ihr angeboten hatte. Etwas, dass sie vollkommen außer Gefecht gesetzt hatte, obwohl sie nur einen kleinen Schluck davon getrunken hatte.

„Frau Hauptkommissarin?"

Alles, was sie sah, war gleißendes Licht. Ihr Kopf schmerzte entsetzlich, die Helligkeit des Sommertages stach wie ein scharfes Messer durch ihre Augen und schien sich direkt in ihr Gehirn zu bohren. Plötzlich erschien direkt vor ihrem Gesicht ein Bein, das in einer kaputten Jeanshose steckte. Das Knie sah hervor, es gehörte eindeutig einem Mann. Ansonsten war alles blau. Und hell.

Jemand beugte sich herab und betrachtete sie aufmerksam. Alexander Novaks Gesicht erschien in ihrem Blickfeld.

„Novak", murmelte sie und schloss kurz die Augen. Das passte alles nicht zusammen. Er redete beruhigend auf sie ein, während er ein Messer aus der Hosentasche angelte. Sie nahm die Bewegung wahr und zuckte zurück, als das Messer aufsprang und die blanke Klinge das Sonnenlicht reflektierte.

„Alles gut."

Mit einem Schnitt löste er erst die Kabelbinder, die ihre Hände auf dem Rücken gefesselt hielten, und dann die Fesseln um ihre Fußknöchel. Karla richtete sich mühsam auf. Erst jetzt erkannte sie, dass sie in einem leeren Swimmingpool lag.

„Wo bin ich?"

„Auf dem Campingplatz *Waldesruh*. Im alten Swimmingpool. Haben Sie eine Ahnung, wer Sie hergebracht hat? Ihre Hände und Beine waren gefesselt."

Er deutete auf die zerschnittenen Kabelbinder, die neben ihr auf dem blauen Boden lagen. Sie rieb sich die schmerzenden Handgelenke.

„Brauchen Sie einen Arzt?", fragte Alexander Novak, als die Hauptkommissarin nicht antwortete.

„Nein, mir geht es gut."

Karla schwankte ein wenig, als sie aufstand, schaffte es aber immerhin, sich auf den Beinen zu halten. Noch immer schmerzte ihr Kopf fürchterlich.

„Was machen Sie hier?", fragte sie, als ihr wieder einfiel, dass Alexander Novak sich eigentlich abgesetzt hatte. Wie lange war sie außer Gefecht gesetzt gewesen? Sie erinnerte sich an das Telefonat mit Lena Schubert. *Wir fahren zurück zum Campingplatz*, hatte sie gesagt. Dann war die Verbindung abgebrochen.

„Ich bin zurückgekommen, um mit Ihnen zu sprechen. Ich habe mit der Sache nichts zu tun."

Er hob die Hände, als würde das seine Unschuld beweisen.

„Ich weiß.“ Sie rieb sich die Stirn.

„Wie haben sie mich gefunden? Ich meine, hier draußen hält sich doch normalerweise niemand auf.“

Er hob die Schultern.

„Wir suchen Emma.“

„Emma? Die Tochter von Lena Schubert? Schon wieder?“

„Ja. Wir sind in der letzten Nacht auf den Campingplatz zurückgekommen. Ich wollte mit Ihnen sprechen. Heute Morgen war Emma verschwunden, wir haben sie überall gesucht. Ich dachte, vielleicht ist sie zum Spielen hierhergekommen. Der Platz hier ist so abenteuerlich. Kinder mögen das“, erklärte er. „Ich habe immer wieder versucht, Sie anzurufen, und plötzlich habe ich den Klingelton hier aus dem leeren Pool gehört.“

Karla kletterte aus dem Pool und überhörte Alexander Novaks gut gemeinten Ratschlag, sich erst einmal in den Schatten zu setzen und durchzuatmen.

„Warum ist der Pool eigentlich leer? Letztes Mal, als ich hier war, war er voller Wasser. Wenn ich mich richtig erinnere.“ Sie versuchte, sich zu orientieren, auch wenn es ihr schwerfiel, einen klaren Gedanken zu fassen.

„Ich habe das Wasser abgelassen, nachdem Emma das letzte Mal verschwunden war. Lena wollte es so. Sie hat furchtbare Angst, dass Emma in den Pool fallen und ertrinken könnte.“

Er hob die Schultern. Offenbar teilte er Lena Schuberts Angst nicht.

„Wo ist Frau Schubert? Geht es ihr gut?"

„Ja, soweit ich weiß schon. Aber sie macht sich Sorgen um Emma."

Zügig ging Karla auf das Dickicht zu, das die kleine Lichtung mit dem Swimmingpool vom bewirtschafteten Teil des Campingplatzes trennte. Kurz bevor sie es erreichte, gaben ihre Knie nach, ihr wurde schwarz vor Augen und sie sackte in sich zusammen. Alexander Novak versuchte, sie so schnell wie möglich zu stützen, es gelang ihm immerhin, den Aufprall abzuschwächen. Als sie wieder zu sich kam, bestand er darauf, dass sie im Schatten an den Stamm einer jungen Birke gelehnt auf ihn wartete, bis er eine Flasche Wasser organisiert hatte. Dieses Mal gehorchte sie ohne große Widerrede.

Sie war erleichtert, als er zurückkam, und trank das Wasser, das er ihr reichte, in großen Schlucken. Die Kopfschmerztablette, die sie damit hinunterspülte, wirkte schnell, und langsam gelang es ihr, etwas klarer zu denken. Das Wasser lief kühl und erfrischend durch ihre trockene Kehle, und sie merkte, wie das Leben in sie zurückkehrte.

Sie ärgerte sich, dass sie sich so hatte überrumpeln lassen. Vielleicht war es ja noch nicht zu spät, wenn die Kollegen sogleich die Fahndung herausgaben. Sie überlegte, wen sie am besten zuerst anrufen sollte. Henning Meyer oder Joachim Reinhard. Sie entschied sich für

Joachim. Er hatte die Mittel, die Fahndung sofort zu veranlassen, und sie baute darauf, dass er ihr genug vertraute, um das auch zu tun.

Sie drückte die Kurzwahltaste eins. Beim zweiten Klingeln nahm er ab.

„Joachim, ich bin es. Gib eine Fahndung nach Benjamin Friedrich, Mark Bergmann und Miriam Winkler raus. Die drei sind für den Mord an Sophia Bergmann und ihren Eltern verantwortlich. Sie sind vermutlich gerade dabei, sich ins Ausland abzusetzen. Wenn wir Glück haben, erwischen wir sie noch."

Am anderen Ende herrschte Schweigen, Karla hielt die Luft an.

„Wie sicher bist du dir?"

„Ganz sicher."

„Okay. Ich rufe dich später zurück."

Joachim Reinhard beendete das Gespräch. Karla ließ sich erschöpft zurücksinken.

Sie musste mit Alexander Novak noch darüber sprechen, wie er Sophia Bergmanns Leiche gefunden und vom Campingplatz *Waldesruh* auf den Schindler-Hof geschafft hatte. Die Sache würde Konsequenzen für ihn und seinen Freund Eberhard Schulte haben. Aber das eilte nicht.

Erst jetzt entdeckte sie Lena Schubert, die neben Novak stand und sie mit großen Augen ansah. Ihr Gesicht war tränenverschmiert, die Schminke schwarz verlaufen. Ihre

Augen wurden noch größer, als sie den desolaten Zustand bemerkte, in dem sich Karla befand.

„Was macht sie denn hier?"

Karla fand es unhöflich, dass sich Lena an Alexander Novak wandte, anstatt direkt mit ihr zu sprechen.

„Das erklärt Ihnen Herr Novak später", erwiderte sie, bevor er antworten konnte.

Lena Schubert hatte ohnehin andere Sorgen.

„Wir müssen Emma suchen", sagte sie nachdrücklich.

Karla wusste nicht, ob sie es mehr zu Alexander Novak oder zu ihr sagte. Ihre Stimme zitterte, gleich würde sie zu weinen beginnen, ihre Lider zuckten bereits.

„Sie haben recht."

Karla stand auf. Einen Augenblick lang drehte sich alles, dann fühlte sie sich einigermaßen sicher auf den Beinen.

„Also, wo haben sie Emma zuletzt gesehen", fragte sie.

„Bei den Sanitäranlagen. Ich habe Jona gewickelt und nur einen Moment nicht auf sie geachtet, dann war sie weg."

„Sie wird bestimmt nicht weit sein", versuchte Karla sie zu beruhigen. „Ich habe schon eine Idee, wo wir sie finden."

Es war mehr so etwas wie eine Ahnung, aber sie wusste, wo sie zuerst suchen würde.

Karla Sommerfeld, Lena Schubert und Alexander Novak gingen durch das Dickicht zurück auf den bewohnten Teil des Campingplatzes. Lena ging voran und rief immer wieder den Namen ihrer Tochter. Karla hatte Mitleid mit der jungen Frau. Die Ereignisse der letzten Tage hatten ihr sichtlich zugesetzt.

Yannick Kaminsky saß vor seinem Wohnwagen auf dem ausgeblichenen Campingstuhl und starrte auf den Monitor seines Laptops. Offensichtlich hielt er es nicht für nötig, sich an der Suche nach Emma zu beteiligen. In seiner Hand qualmte eine Zigarette und vor ihm stand ein großer Becher Kaffee. *Eat, Sleep, Repeat* stand darauf, darunter prangte ein Joystick.

„Hey."

Er lehnte sich in seinem Stuhl zurück und musterte Lena, die gefolgt von Alexander Novak und der Hauptkommissarin aus dem Dickicht kam. Novak ging mit schnellen Schritten auf ihn zu.

„Du solltest helfen, Emma zu suchen."

Kaminsky hob die Schultern.

„Keine Zeit."

Gekonnt blies er kleine, graue Ringe aus Rauch in die Luft.

„Warum sollte ich?"

Noch mehr graue Ringe folgten, während die Ader unter der Schlangentätowierung an Alexander Novaks Hals bedrohlich zu pochen begann.

Karlas Handy klingelte. Das Display zeigte Joachims Namen an, dazu ein Bild, das sie vor über einem Jahr bei einem gemeinsamen Ausflug in die Berge aufgenommen hatte.

„Ja?"

„Die Fahndung nach Mark Bergmann, Benjamin Friedrich, Miriam Winkler läuft."

„Okay, danke."

„Wo bist du? Du klingst seltsam."

„Auf dem Campingplatz *Waldesruh*."

„Bleib, wo du bist, ich komme."

Er legte auf. Karla hatte ohnehin nicht vor, von hier zu verschwinden, ehe sie Emma gefunden hatten. Zügig ging sie weiter.

Wenig später klopfte sie an die hübsche Haustür von Ilse Reifners kleinem roten Haus. Lena Schubert hatte sie mit Alexander Novak noch einmal zu den Sanitäranlagen und zur *Fischerstube* geschickt. Nach wiederholtem Klopfen öffnete Ilse Reifner die Tür einen Spalt weit.

„Ja bitte?"

„Frau Reifner, haben Sie Emma Schubert gesehen?"

„Emma?"

„Ja, Emma Schubert."

In diesem Moment hörte Karla ein Geräusch aus dem Inneren des Hauses und stieß die Tür ganz auf. Ilse Reifner wich erschrocken zurück, dann machte sich Verärgerung auf ihrem Gesicht breit.

„Was fällt Ihnen ein", schimpfte sie los.

Karla ignorierte sie und trat an ihr vorbei ins Innere des Hauses. Emma saß am Küchentisch, stopfte sich Kuchen in den Mund und sah Karla mit großen Augen an.

Ihr kleines rundes Gesichtchen war schokoladenverschmiert, im Fernsehen lief Bibi und Tina. Den Mund voll süßem Schokoladenkuchen sah Emma zu, wie die kleine Hexe auf dem Rücken von Stute Sabrina mit ihrer Freundin auf dem Martinshof um die Wette ritt. Das Kind musste die Zeit vollkommen vergessen haben.

„Emma, was machst du hier? Deine Mutter sucht dich."

Emmas Wangen begannen zu glühen. Ilse holte tief Luft, doch Karla warf ihr einen Blick zu, der sie zum Schweigen brachte, noch ehe sie ein einziges Wort gesagt hatte.

„Sie hat gesagt, es gibt Schokoladenkuchen und ich kann eine Folge Bibi und Tina im Fernsehen schauen, solange Mama Jona wickelt. Nur Mama darf ich nichts davon sagen", erklärte Emma. „Warum eigentlich? Ist sie denn schon fertig?"

„Sie ist schon lange fertig und sucht überall nach dir", erklärte Karla.

„Was haben Sie sich dabei gedacht?", fuhr sie Ilse Reifner an. Diese Frau schreckte offenbar vor nichts zurück. „Komm, wir gehen."

Sie griff nach Emmas Hand und zog das Kind mit sich nach draußen.

„Ilse ist nett", erklärte Emma, während sie mit Karla zu den Sanitäranlagen lief. Mit einem trotzigen Ausdruck in dem kleinen Gesichtchen erklärte sie Karla, dass ihre Mutter sie nie so viel Schokoladenkuchen auf einmal würde essen lassen. Außerdem erlaubte sie so gut wie nie, dass sie sich etwas im Fernsehen ansah. Ilse hingegen erlaubte ihr so viel fernzusehen, wie sie wollte. Sie hatten sich schon drei Folgen Bibi und Tina angesehen, und sicher hätte Ilse auch noch eine weitere Folge abgespielt, wenn Karla nicht aufgetaucht wäre.

Lena Schubert war zutiefst erleichtert, als Karla mit Emma an der Hand auf sie zukam.

„Frau Schubert, warum sind Sie eigentlich mit Alexander Novak mitgegangen?“, wollte Karla wissen, ehe sie sich verabschiedete. Das hatte sie bisher noch nicht verstanden.

Lena Schubert sah sie mit verweinten Augen an.

„Ich wollte einfach weg von hier, ich halte das nicht mehr aus. Ich habe unsere Sachen gepackt und wollte gerade mit den Kindern nach Birkenweiler laufen, um von dort aus mit dem Bus nach Meinhofen zu fahren und dann mit dem Zug weiter zu meinen Eltern. Alex kam zufällig vorbei. Er hat gefragt, ob er uns zur Bushaltestelle bringen soll. Ich war natürlich froh darüber. Für Emma ist der Weg anstrengend, und Jona musste ich tragen. Und den großen Rucksack mit unseren Sachen. Als wir im Auto saßen, meinte Alex, er könnte uns auch zum Bahnhof nach Meinhofen fahren. Alex erzählte, dass er nach Kroatien wollte. Zu seinen Großeltern. Er hat richtig geschwärmt. Von den einfachen Steinhäusern und den engen Gassen des Fischerdorfes direkt an der Küste.

Von dem Geschmack von Salz in der Luft, von frischem Fisch und sonnengereiften Tomaten und von der Herzlichkeit der Menschen. Also habe ich ihn gefragt, ob wir mitkommen können. Er hatte nichts dagegen. Er meinte, es sei eine gute Entscheidung, von Reifner wegzugehen. Und dann wollte er plötzlich zurück."

Karla sah, wie Joachim den Hauptweg entlangeilte. Als er sie entdeckte, beschleunigten sich seine Schritte.

„Was ist passiert?"

Ein besorgter Ausdruck breitete sich über seinem Gesicht aus, während er sie musterte. Sie musste elend aussehen, immerhin hatte sie die Nacht gefesselt in einem leeren Pool verbracht. Nachdem sie mit Medikamenten außer Gefecht gesetzt und irgendwie von Würzburg hierher transportiert worden war. Bisher hatte sie keine Zeit gehabt, sich Gedanken über ihr Aussehen zu machen. Jetzt wünschte sie, sie hätte wenigstens einen Blick in einen der Spiegel über den Waschbecken in den Sanitäranlagen geworfen und sich das Gesicht gewaschen.

Sie fuhr sich mit der Hand durch die Haare und verabschiedete sich von Lena Schubert, die froh war, ihre Tochter wiederzuhaben. Dann wandte sie sich Joachim zu.

„Benjamin Friedrich und Mark Bergmann dachten vermutlich, sie könnten mich einschüchtern, indem sie mich betäuben und in einem alten Pool ablegen", sie versuchte, es möglichst harmlos klingen zu lassen.

Joachim Reinhard starrte sie an.

„Wovon redest du?"

„Ich war gestern Abend in Würzburg, um mit Benjamin Friedrich und Miriam Winkler zu sprechen. Mir war etwas aufgefallen, zu dem ich die beiden befragen wollte."

„Du bist nach Würzburg gefahren? Alleine?"

Karla ignorierte seine Frage. Sie wusste, dass sie unvorsichtig gewesen war. Trotzdem … Sie konnte sich nicht erklären, wie die Situation so aus dem Ruder laufen konnte.

„Das Letzte, an das ich mich von gestern erinnere, ist, dass ich mit Mark Bergmann, Benjamin Friedrich und Miriam Winkler im Wohnzimmer von Sophia Bergmanns elterlicher Villa saß. Und heute bin ich da hinten in dem alten Pool aufgewacht, gefesselt. Alexander Novak hat mich gefunden."

Joachim Reinhards Augen wurden dunkel, er sah sie lange an.

„Heute wird es extrem heiß. Wenn er dich nicht gefunden hätte, hätte das wirklich übel ausgehen können."

Sie wusste nicht, was sie darauf antworten sollte.

„Was hast du eigentlich herausgefunden, was sie so nervös gemacht hat, dass sie so auf dich losgegangen sind?", fragte er, als sie nichts dazu sagte.

„Benjamin Friedrich war auf der Veranstaltung, nach der Sophias Eltern gestorben sind."

„Na und?"

„Ich vermute, er hat Heribert von Weißenstein das Schlafmittel Benzodiazepin ins Getränk gemischt. Von Weißenstein konnte sich während der Heimfahrt nicht wachhalten, es kam zu dem schrecklichen Unfall, bei dem Sophias Eltern verstorben sind. Das gleiche Schlafmittel hat er dann wohl auch Sophia verabreicht, viel zu hoch dosiert. Es sollte so aussehen, als hätte sie Selbstmord begangen, weil sie den Unfall ihrer Eltern nicht verkraftet hat."

„Das ist eine ziemlich vage These. Benjamin Friedrich konnte nicht sicher sein, dass Sophias Eltern in einen Unfall gerieten, nur weil er ihrem Vater ein Schlafmittel ins Getränk gemixt hatte."

Darüber hatte Karla auch schon nachgedacht.

„Wenn Heribert und Carola Louise von Weißenstein trotz des hoch dosierten Schlafmittels gut nach Hause gekommen wären, hätten sie einfach einen weiteren Versuch gestartet. Sie hatten es nicht eilig. Allerdings kam ihnen nach dem Mord an Sophia Bergmann, der wie ein Selbstmord aussehen sollte, Alexander Novak in die Quere, der die Leiche gefunden und versteckt hatte. Aus Angst, man könnte ihm die Schuld an Sophia Bergmanns Tod geben. Die Anschuldigungen, die ihn nach dem Tod von Sarah Meinhard vor einigen Jahren beinahe ins Gefängnis gebracht hätten, haben ihm jedes Vertrauen in die Polizei und die Justiz genommen. Er war in der Nacht mit Sophia Bergmann zusammen, also würde die Polizei ihn für schuldig erklären. So sah er das zumindest."

Während sie sprach, begann ihr Hals wieder zu schmerzen. Joachim wirkte skeptisch.

„Das ergibt keinen Sinn. Warum sollte Benjamin Friedrich Sophia Bergmann und ihre Eltern umbringen? Er hat kein Motiv."

„Doch, das hat er. Wie bereits gesagt, er hat das gemeinsam mit Mark Bergmann geplant. Die drei haben sich von Anfang an Sophia Bergmann als Opfer ausgesucht. Nur aus diesem Grund hat Mark Bergmann sie geheiratet. Er ist der Alleinerbe des Von-Weißenstein-Vermögens, und er wird mit Benjamin Friedrich teilen."

„Welche Rolle spielt Miriam Winkler?"

„Sie war in alles eingeweiht, aber dass die beiden Männer vorhaben, mit ihr zu teilen, bezweifle ich." Ihr Kopf begann zu pochen. Was, wenn sie vorhatten, Miriam Winkler als Mitwisserin einfach zu beseitigen? „Und genau das macht Miriam Winkler zur Schwachstelle im System Bergmann-Friedrich-Winkler."

Karla sah hinauf in den blauen Sommerhimmel, an dem ein paar Schwalben ihre Kreise zogen. Sie atmete tief den Duft von Sommerflieder und warmer Erde ein, das Pochen in ihrem Kopf wurde schwächer. Wenn sie ruhig atmete, würde es ihr vielleicht gelingen, die Kopfschmerzen ohne eine weitere Tablette in den Griff zu bekommen.

„Bist du sicher, dass du okay bist? Du siehst ziemlich mitgenommen aus. Brauchst du einen Arzt?“ Joachims Stimme klang noch immer besorgt.

„Nein, natürlich nicht. Ich brauche keinen Arzt. Mir geht es gut.“

So gut es einem eben gehen konnte, wenn man die Nacht gefesselt in einem alten Pool verbracht hatte, nachdem einem eine Dosis Medikamente oder Drogen verabreicht worden war.

Joachim fuhr sich mit der Hand über die Stirn.

„Jetzt ist mir auch klar, warum ich dein Auto nicht auf dem Parkplatz gesehen habe.“

Ja, wo war eigentlich ihr Auto? Sie konnte sich beim besten Willen nicht vorstellen, dass es noch vor Sophia Bergmanns Villa in Würzburg stand. Sie tastete in ihrer Tasche nach dem Autoschlüssel. Er war nicht da.

„Ich muss dringend bei meiner Mutter vorbeischauen“, sagte sie.

„Ich fahre dich selbstverständlich“, entschied Joachim.

KAPITEL 22

Vor dem Besuch bei ihrer Mutter fuhren Karla Sommerfeld und Joachim Reinhard in Karlas Wohnung in der Lilienstraße, damit sie sich nach den Strapazen der Nacht waschen und umziehen konnte. Schon von Weitem sah Karla ihr Auto, das an der Straße vor ihrem Haus parkte. Hatten Benjamin Friedrich und Mark Bergmann sie in ihrem eigenen Auto von Würzburg nach Birkenweiler transportiert und es anschließend vor ihrem Haus abgestellt? Sie öffnete die Fahrertür, sie war unverschlossen. Der Schlüssel lag auf dem Sitz. Trotz der Hitze lief ihr ein kalter Schauer über den Rücken. Es war nur ein kurzer Augenblick, ehe sich die Wut einstellte. Was bildeten sich diese Jungen eigentlich ein?

Karla beeilte sich, denn es war inzwischen fast neun Uhr. In weniger als einer halben Stunde war sie fertig. Sie war dankbar dafür, dass Joachim so lange auf ihrer Terrasse gewartet hatte, denn sie verspürte nicht die geringste Lust, in ihr eigenes Auto zu steigen. Sie wollte es sich nicht eingestehen, aber der Gedanke daran verursachte ihr Unbehagen.

Neben Joachim auf dem Beifahrersitz hingegen fühlte sich erstaunlich wohl. Als er den Blinker setzte und in die Anliegerstraße einbog, in der ihre Mutter wohnte, verspürte Karla eine tiefe Erleichterung. Das Gefühl der Erleichterung verstärkte sich, als sie ihre Mutter in bester Laune bei der Gartenarbeit antraf. Nina hatte Wort gehalten und bereits mit ihr gefrühstückt, dafür war Karla ihr wirklich dankbar. Trotzdem hatten ihr die Geschehnisse der letzten zwanzig Stunden mehr als deutlich gemacht, wie dringend nötig es war, eine Betreuung für ihre Mutter zu organisieren. Was, wenn ihr etwas geschehen wäre?

Sie hatte auf der Fahrt vom Campingplatz *Waldesruh* nach Birkenweiler darüber nachgedacht und war zu dem Schluss gekommen, sich zunächst um eine Betreuung für zu Hause zu kümmern, die ihre Mutter im Alltag unterstützen konnte, und die Suche nach einem Heimplatz noch eine Weile zu verschieben. In den letzten Tagen war ihre Mutter so klar gewesen, dass sie hoffte, der Krankheitsverlauf würde sich etwas verlangsamen. Trotzdem würde sie die Augen nach einem geeigneten Platz in einem Heim offen halten. Die guten Heimplätze waren selten und sehr begehrt.

Ihre Mutter musterte Joachim erst misstrauisch, wurde aber zunehmend freundlicher, als er sich nach den Pflanzen in ihrem Garten erkundigte. Karla wurde bewusst, dass sie ihrer Mutter seit Jahren keinen Mann mehr vorgestellt hatte. Joachim hatte sie einfach mitgenommen, ohne überhaupt darüber nachzudenken. Und ihre Mutter schien ihn zu mögen. Karla gefiel es, ihn dabei zu beobachten, wie er aufmerksam zuhörte, als ihre Mutter ihm erklärte, welche Pflege die Rosenbeete benötigten. Er hatte den Kopf leicht geneigt und stellte ab und an eine Zwischenfrage. Es schien so, als würde er tatsächlich etwas von Pflanzen verstehen. Eine Seite, die sie bisher noch nie an ihm entdeckt hatte. Ihr Handy klingelte. Es war Henning Meyer.

„Guten Morgen, Frau Hauptkommissarin."

„Guten Morgen, Herr Meyer."

Soweit Karla sich erinnern konnte, hatte Henning Meyer sie noch nie auf ihrem Handy angerufen. Demnach musste es wichtig sein. Sie konnte sich nicht vorstellen, dass er einfach nur plaudern wollte.

„Miriam Winkler ist hier auf dem Polizeirevier und möchte eine Aussage machen."

Das war eine Überraschung. Karla holte tief Luft.

„Gut, ich bin gleich da."

Grußlos beendete sie das Gespräch und steckte das Handy in die Hosentasche. Joachim sah sie fragend an.

„Ich muss sofort aufs Polizeirevier. Miriam Winkler ist dort. Sie will eine Aussage machen."

Joachim Reinhard runzelte die Stirn. Karla wusste genau, was er dachte. Warum hatten die Kollegen, die nach

Miriam Winkler fahndeten, sie nicht gefunden. Offensichtlich hatte sie sich im näheren Umkreis aufgehalten. Wie auch immer, die Fahndung lief erst seit Kurzem und die Kollegen konnten nicht überall gleichzeitig sein.

Eilig verabschiedete sie sich von ihrer Mutter, nicht ohne ihr zu versichern, dass sie am Nachmittag wiederkommen würde. Mit einem Stück Apfelstreuselkuchen von der Bäckerei Albrecht. Ihre Mutter lächelte versonnen und widmete sich weiter ihrer Gartenarbeit.

Schnellen Schrittes gingen Karla und Joachim zum Auto, das auf der Straße vor dem Haus parkte, und fuhren zum Polizeirevier. Karla kam der Weg dorthin länger vor als sonst. Und es erschien ihr, als würde Joachim viel zu langsam fahren, obwohl er sich lediglich an die Geschwindigkeitsbegrenzungen hielt.

Als sie das Polizeirevier betraten, saß Meyer an seinem Schreibtisch und tippte etwas in seinen Computer. Miriam Winkler saß an dem großen Besprechungstisch, an dem die Hauptkommissarin sie und ihre Freunde schon einmal befragt hatte, und sah auf ihr Handy.

Karla grüßte Meyer kurz und ging zum Konferenztisch. Miriam Winkler erhob sich höflich und streckte ihr die Hand entgegen. Die Hauptkommissarin übersah die ausgestreckte Hand geflissentlich und bedeutete ihr mit einer knappen Geste, wieder Platz zu nehmen.

„Frau Winkler", sie setzte sich ebenfalls. „Sie möchten eine Aussage machen?"

„Ja, richtig."

Die junge Frau war blass, unter ihren grünen Augen lagen dunkle Schatten. Karla fragte sich, ob sie in dieser Nacht überhaupt geschlafen hatte. Falls ja, dann sicher nicht lange. Wie hätte sie sonst so früh schon in Birkenweiler sein können.

Henning Meyer rückte umständlich einen Stuhl zurecht, setzte sich neben die Hauptkommissarin und legte ein Aufnahmegerät auf den Tisch. Joachim Reinhard lehnte neben dem Fenster an der Wand und sah hinaus auf die Straße, auf der ab und an ein Auto vorbeifuhr. Karla wusste, dass ihm kein Wort von Miriam Winkler entgehen würde. Sie startete das Aufnahmegerät und belehrte Miriam Winkler über ihre Rechte. Dabei entging ihr der merkwürdige Blick, mit dem Kollege Meyer sie musterte, nicht. Sie musste nach der furchtbaren Nacht im Pool ein ähnlich erbärmliches Bild abgeben wie Miriam Winkler.

„Frau Winkler, was können Sie uns zu dem Mord an Sophia Bergmann sagen?"

„Mark und Ben haben Sophia getötet."

Ohne zu zögern, lieferte Miriam Winkler ihre beiden Freunde ans Messer.

„Und gestern wollten sie mich töten", fuhr sie fort, und ihre Stimme begann leicht zu zittern.

„Mark Bergmann und Benjamin Friedrich wollten sie töten? Verstehe ich das richtig?"

Henning Meyer wirkte überrascht. Karla nicht, sie hatte damit gerechnet. Die beiden wollten weder ihre Beute teilen noch das Risiko eingehen, einen weiteren Mitwisser zu haben.

Miriam Winkler nickte.

„Bitte antworten Sie laut und deutlich."

Meyer deutete auf das Aufnahmegerät.

„Ja."

„Was genau ist gestern Abend vorgefallen?"

Karla formulierte die Frage absichtlich möglichst offen, um der jungen Frau keine Worte in den Mund zu legen.

„Sie wollten mich vergiften." Miriam Winkler sah konzentriert auf ihre Hände, die sie auf dem Tisch gefaltet hatte. Vielleicht, um das leichte Zittern zu verbergen, das Karla bemerkt hatte. „So wie Sophia."

„Wie kommen Sie darauf?"

„Das Glas, aus dem Sie gestern Abend getrunken haben, das war meins. Ich habe die beiden Gläser vertauscht", sagte Miriam Winkler leise, ohne aufzusehen. Meyer beugte sich nach vorne, klopfte mit seinem Kugelschreiber auf den Tisch und sah Karla fragend an. Sie ignorierte ihn. Dies war nicht der richtige Zeitpunkt, um ihm von ihrem Ausflug nach Würzburg am gestrigen Abend zu berichten.

„Warum?", fragte sie stattdessen und versuchte, die Wut zu unterdrücken, die sich in ihr aufbaute. Miriam Winkler hatte ohne Skrupel das Glas, in dem sie das Gift vermutete, an Karla weitergegeben.

„Ich hatte so eine Ahnung."

„Es waren offensichtlich nicht genug Drogen oder Medikamente in dem Glas, um einen Menschen zu töten", stellte Karla nüchtern fest.

„Sie haben nicht das ganze Glas getrunken. Ich habe sie beim Aufstehen am Arm gestoßen und sie haben den Orangensaft verschüttet. Das war kein Versehen. Ich wollte nicht, dass Sie das ganze Glas austrinken. Danach bin ich in die Küche, ein Tuch zum Aufwischen zu holen."

Ja, Karla erinnerte sich.

„Sie sind nicht aus der Küche zurückgekommen."

Warum fiel ihr das erst jetzt wieder ein?

„Ich bin sofort abgehauen."

„Wohin?"

„Nirgendwo hin." Endlich sah Miriam Winkler auf. „Ich bin in meinem Auto herumgefahren, ich wusste nicht, wo ich hinsollte. Auf einem Wanderparkplatz am Waldrand habe ich ein paar Stunden geschlafen. Dann habe ich beschlossen, hierherzukommen und eine Aussage zu machen."

Karla atmete tief durch.

„Was können Sie uns also zum Mord an Sophia Bergmann sagen?"

„Wir saßen an dem Abend auf diesem Campingplatz am Feuer und haben Bier getrunken. Sophia nicht, jetzt ist natürlich klar, warum. Keiner von uns hat geahnt, dass sie schwanger ist. Mark hätte die ganze Aktion sonst auf jeden Fall verschoben, bis das Kind auf der Welt gewesen wäre. Vielleicht hätte er es dann auch gar nicht getan", sie wirkte nachdenklich. „Allerdings wäre Ben damit sicher nicht einverstanden gewesen. Die beiden haben das von Anfang an zusammen genau geplant. Wir saßen also am Feuer und Sophia wollte unbedingt noch spazieren gehen. Das hat sie manchmal gemacht. Mitten in der Nacht. Ich denke, sie war traumatisiert oder so. Wegen des schrecklichen Unfalls, den ihre Eltern hatten."

Es war merkwürdig, dass Miriam Winkler von einem schrecklichen Unfall sprach, obwohl sie offenbar über alles Bescheid wusste, was Mark Bergmann und Benjamin Friedrich getan hatten, fand Karla. Vielleicht hatte sie diese Formulierung in der Vergangenheit so oft benutzt, dass sie ihr ganz selbstverständlich von den Lippen ging?

„Jedenfalls kam Sophia ewig nicht zurück. Ben war ziemlich genervt, er wollte die Aktion hinter sich bringen. Er hatte den Ort extra dafür ausgesucht. Weit weg von Würzburg, ziemlich verlassen, Dorfpolizisten – vermutlich nicht so misstrauisch wie die in einer großen Stadt." Sie sah Meyer herablassend an. „Ben dachte, hier ließe sich das gut realisieren und niemand würde die Verbindung zum Unfall von Sophias Eltern herstellen. Sophia hat er erzählt, dass er hier Halt machen will, weil er den Ort aus seiner Kindheit kennt. Das war natürlich Quatsch.

Als Sophia zurückkam, hat Mark ihr eine Limonade gereicht, in die er und Ben irgendwelche Medikamente gemischt hatten. Ich weiß nicht genau, was es war. Eigentlich hätte sie sich ins Bett legen sollen, nachdem sie ausgetrunken hatte. Aber auf einmal war sie weg."

Miriam Winkler schüttelte den Kopf.

„Das verstehe ich nicht, wirklich. Wir müssen einen Moment nicht aufgepasst haben, und auf einmal war sie nicht mehr da. Mark war relativ entspannt, er meinte, weit werde sie ohnehin nicht kommen, und wir könnten sie am Morgen suchen oder vermisst melden."

Karla wurde übel angesichts der Kälte und Unbarmherzigkeit in Miriam Winklers Worten.

„Und welche Rolle spielten Sie bei der *Aktion*, wie Sie es nennen?"

„Der Plan stand bereits, bevor wir nach Würzburg gezogen sind, um zu studieren. Ich sollte bei der Auswahl der geeigneten Person helfen und mich mit ihr anfreunden. Für mich als Frau war es leichter, verschiedene Frauen kennenzulernen, um die richtige Auswahl zu treffen. Danach war ich ihre Freundin und Vertraute, so eine Art Back-up für Mark. Wenn zwischen den beiden etwas nicht optimal lief, habe ich versucht, das wieder hinzubiegen."

„Gut, Frau Winkler, das reicht fürs Erste. Wir bringen Sie jetzt aufs Polizeirevier in Meinhofen. Die Kollegen werden Sie dort sicher auch noch einmal befragen und dann entscheiden, wie sie weiter verfahren. Sie werden die Konsequenzen für Ihr Handeln tragen müssen, auch wenn ich sicher bin, dass Ihre Aussage bei der Bemessung des Strafmaßes positiv berücksichtigt wird."

Und das, obwohl Sie auch dabei nur an sich gedacht haben, fügte Karla in Gedanken hinzu.

KAPITEL 23

Nachdem sie Miriam Winkler an die Kollegen in Meinhofen übergeben hatten, brachte Joachim Reinhard Karla nach Hause. Sie hatte sich den Rest des Tages freigenommen.

Joachim versprach, in einer guten Stunde wiederzukommen, um nach ihr zu sehen. Sie hielt das zwar für unnötig, freute sich aber über seine Fürsorge.

„Warum bleibst du nicht gleich hier?“, wollte sie wissen.

„Ich fahre nach Hause und hole Holly ab. Meine Nachbarin hat sich netterweise um sie gekümmert.“

Stimmt, in der allgemeinen Gemengelage war ihr gar nicht aufgefallen, dass die Schäferhündin nicht an seiner Seite war.

„Warum hast du sie nicht gleich mitgebracht?“

„Sie wird alt.“ Ein Anflug von Wehmut überschattete sein Gesicht. „Ich muss ihr ab und zu eine Pause gönnen. Die Hitze macht ihr zu schaffen.“

Er versicherte sich noch einmal, dass Karla in Ordnung war, und verabschiedete sich.

Nachdenklich betrachtete Karla sich im Spiegel. Tiefe Schatten lagen unter ihren Augen und ihre Haut war unnatürlich bleich. Die letzten Tage hatten ihre Spuren hinterlassen, aber sie hatte ihr Ziel erreicht. Beinahe. Sie hatte die Mörder von Sophia Bergmann gefunden. Nun hoffte sie, dass sie zur Rechenschaft gezogen werden würden.

Die Fahndung nach Benjamin Friedrich und Mark Bergmann lief auf Hochtouren.

Obwohl es früher Nachmittag war, goss sie sich einen Drink ein. Sie öffnete die zweiflügelige Glastür, die auf die Terrasse führte, und ließ die warme Sommerluft ins Zimmer strömen. Die Terrasse lag um diese Zeit schon im Schatten, es wehte ein leichter Wind. Die extrem heißen, windstillen Tage schienen zu Ende zu gehen.

Auf der Terrasse hing sie ihren Gedanken nach, bis Joachim zurückkam und sich mit Holly in einem Sessel im Schatten der ausladenden Bäume niederließ. Nicht ohne der Hündin zuvor eine Schüssel mit Wasser auf den Boden zu stellen.

„Was ich einfach nicht begreife, ist die Unbarmherzigkeit, mit der die drei das durchgezogen haben. Die sind eiskalt. Zumindest Mark Bergmann und Benjamin Friedrich. Ich glaube, sie fühlen tatsächlich nichts."

„Antisoziale Persönlichkeitsstörung …", dachte Joachim laut. „Durchaus möglich."

Daran hatte sie auch schon gedacht. Psychopathische Persönlichkeiten sind nicht in der Lage, Empathie zu empfinden. In ihrer bisherigen Berufslaufbahn hatte sie eher mit Affekthandlungen zu tun gehabt. Das hier hatte eine neue Dimension.

„Was ist mit Miriam Winkler?“

„Sie ist anders.“ Karla dachte kurz nach. „Ich denke, sie hatte schon immer Angst vor den beiden Männern. Sie ist fasziniert von ihnen, aber sie fürchtet sie auch.“

Joachims Handy piepste.

„Ich muss in die Dienststelle“, erklärte er, nachdem er einen Blick darauf geworfen hatte.

Karla nickte. Er war Polizist, genau wie sie. Der Job stand an erster Stelle. Trotzdem schade, dass er schon wieder losmusste. Sie hatte gehofft, den Nachmittag mit ihm zu verbringen. Der Ausdruck in seinen Augen verriet ihr, dass er das Gleiche empfand.

„Kann ich sie hierlassen?“

Er deutete auf Holly.

„Natürlich.“

Karla hatte nichts dagegen. Ganz im Gegenteil, sie genoss es, die Hündin in ihrer Nähe zu haben.

„Wir sehen uns heute Abend“, rief er beim Hinausgehen.

Karla nahm es erstaunt zur Kenntnis. Sie lehnte sich in ihrem Sessel zurück und kraulte Holly, die den Kopf in ihrem Schoß abgelegt hatte, hinter den Ohren. Erst jetzt bemerkte sie, wie müde sie war. Sie schloss die Augen.

KAPITEL 24

Als Karla am nächsten Morgen aufwachte, fühlte sie sich wie ein neuer Mensch. Sie hatte tief und traumlos geschlafen, zum ersten Mal seit Tagen. Behaglich streckte sie die Beine aus und drehte sich auf die andere Seite. Ihre Handgelenke und die Fußknöchel schmerzten leicht, aber das störte sie nicht weiter. Sonnenstrahlen fielen durch die großen Fenster ins Zimmer und warfen helle Streifen auf den Boden und das große Bett.

Auch die Nacht hatte nach dem gestrigen heißen Sommertag kaum Abkühlung gebracht. Mitten in der Nacht war sie noch einmal aufgestanden und hatte die Fenster weit geöffnet. Dabei hatte sie die Vorhänge zur Seite geschoben und später wohl versäumt, sie wieder vollständig vor die Fenster zurückzuschieben. Es war noch sehr früh am Morgen, das helle Licht hatte sie geweckt.

Neben ihr im Bett lag Joachim, er atmete tief und gleichmäßig. Auf seiner Stirn glitzerten kleine Schweißperlen. Leise, um ihn nicht zu wecken, stand sie auf, schloss die Tür hinter sich und ging in die Küche. Holly trottete hinter ihr her. Während das Mahlwerk der Kaffeemaschine ratterte, sah sie aus dem Fenster. Was für ein herrlicher Morgen. Sie war voller Energie und Tatendrang.

Eine Stunde später saß sie bereits an ihrem Schreibtisch im Polizeirevier. Sie hatte Joachim eine Nachricht hinterlassen, Brötchen bei der Bäckerei Albrecht geholt und ihrer Mutter einen kurzen Frühstücksbesuch abgestattet. In den letzten Monaten stand sie immer früher auf und klagte darüber, dass sie immer schlechter schlafen konnte. Schlafstörungen waren nicht unüblich bei Demenz. Sie würde bei der nächsten Gelegenheit mit dem Arzt darüber sprechen.

Karla kümmerte sich um den Papierkram und erkundigte sich bei den Kollegen nach dem Verlauf der Fahndung. Mark Bergmann und Benjamin Friedrich waren in der Nacht festgenommen worden, als sie versucht hatten, über die Grenze ins Ausland zu entkommen. Karla war erleichtert. Mithilfe von Miriam Winklers Aussage sollte es kein Problem sein, die beiden Männer für die Morde an Sophia Bergmann und ihren Eltern zur Rechenschaft zu ziehen.

Gegen halb zehn erschien Henning Meyer zum Dienst mit zwei Thermobechern Latte macchiato aus der Bäckerei Albrecht. Den einen stellte er auf Karlas Schreibtisch ab, ehe er sich umständlich auf seinem Stuhl niederließ.

„Danke."

Sie war überrascht. Das war bisher noch nie vorgekommen.

„Ich weiß ja, dass Sie den gerne trinken."

Er pustete in seinen Kaffee und nippte vorsichtig daran.

„Wir müssen noch einmal mit Alexander Novak sprechen", bemerkte er. „Immerhin hat er die Leiche von Sophia Bergmann verschleppt. Seltsam genug, was meinen Sie?"

„Ja, das ist es. Ich vermute, er hat einfach Panik bekommen, nachdem er für den Mord an Sarah Meinhard beinahe unschuldig ins Gefängnis gewandert wäre. Vermutlich wusste er auch, dass Reifner ihn bereitwillig ans Messer liefern würde, um ihn aus Lena Schuberts Umfeld zu entfernen." Karla lehnte sich zurück und nahm einen Schluck Kaffee aus ihrem Thermobecher. Der Kaffee war wirklich gut.

„Jedenfalls habe ich ihn für heute Vormittag aufs Polizeirevier bestellt", verkündete sie.

Sie hatte kaum zu Ende gesprochen, als Alexanders Novaks alter Wagen auf den Parkplatz vor ihrem Fenster fuhr.

„Da ist er ja auch schon."

Novak parkte etwas zu rasant ein und schien sich nicht daran zu stören, dass er mit seiner Parkweise zwei

Parkplätze blockierte. Karla wartete geduldig, bis er den Raum betrat, dann stand sie auf und begrüßte ihn mit einem Handschlag. Er war ihr im Laufe der letzten Tage immer sympathischer geworden, nicht zuletzt, weil er sich so fürsorglich um Lena Schubert kümmerte. Außerdem war sie wirklich froh, dass er sie gestern in dem alten Pool auf dem Campingplatz *Waldesruh* gefunden hatte. Nicht auszudenken, wenn sie den ganzen Tag oder noch länger dort in der sengenden Hitze gelegen hätte. Alleine wäre sie niemals in der Lage gewesen, sich zu befreien.

„Herr Novak, bitte erzählen sie uns ganz genau, was in der Nacht passiert ist, in der Sophia Bergmann gestorben ist. Sie waren mit ihr auf dem alten Spielplatz und dann? Was ist dann passiert?"

Alexander Novak atmete tief durch, es fiel ihm offensichtlich schwer, darüber zu sprechen.

„Sophia wollte auf einmal zurück zu ihren Freunden. Sie sagte, sie sei müde. Also sind wir zurückgegangen."

„Wo haben Sie sich getrennt?"

„An den Sanitäranlagen. Sophia ging hinein, ich habe sie mit jemandem sprechen hören. Ich glaube, es war Maike. Ich bin dann zu meinem Wohnwagen gegangen."

„Was haben Sie dort gemacht?"

„Ich habe mich aufs Bett gelegt und eine Serie geschaut."

„Sie haben nicht geschlafen?"

„Nein."

„Aber irgendwann haben Sie dann doch geschlafen?"

„Ich muss eingeschlafen sein, während ich ferngesehen habe. Als ich wieder aufgewacht bin, ging die Sonne gerade auf."

„Warum sind Sie zum *Fischteich*?"

„Ich habe überlegt, ob ich dort unten oder weiter oben mit den Rodungsarbeiten weitermachen soll."

„So früh am Morgen?" Meyer schien nicht überzeugt.

„Warum nicht? Tagsüber ist es unglaublich heiß. Ich wollte gleich nach dem Frühstück beginnen und die kühlen Morgenstunden ausnutzen." Er machte eine Pause. „Direkt am *Fischteich* lag Sophia, sie war leicht zu sehen. Ich habe versucht, sie wiederzubeleben, aber sie war tot. Ein paar Minuten habe ich mich einfach neben sie gesetzt und ihre Hand gehalten, dann habe ich Panik bekommen. Ich dachte, die buchten mich wieder ein."

Karla verkniff sich eine Bemerkung. Mit *die* waren vermutlich sie und ihre Kollegen gemeint. Alexander Novak atmete tief durch. Die Erinnerung an die Zeit, die er nach dem Mord an Sarah Meinhard unschuldig in Untersuchungshaft verbringen musste, lastete offenbar schwer auf ihm.

„Deshalb habe ich Sophia in mein Auto gepackt und bin zu Ebi gefahren. Er hat mir geholfen, sie auf dem Schindler-Hof zu verstecken."

„Besonders gut versteckt haben Sie sie aber nicht", bemerkte Meyer. Karla warf ihm einen ärgerlichen Blick zu.

„Wie kommt es, dass niemand bemerkt hat, dass sie auf den Schindler-Hof gefahren sind? Landwirte sind doch um die Zeit normalerweise schon wach?"

„Der Schindler war ja auch wach, aber er war mit seiner Frau auf dem Weg zum Arzt. Die hatte den ersten Termin, der morgens möglich war. Das wusste der Ebi von Manuel."

„Und der Manuel?"

„Der hat erst gepennt, aber ich glaube, dann ist er aufgewacht. Deshalb mussten wir uns auch so beeilen."

Das erklärte, warum die Leiche so schlecht versteckt gewesen war. Zumindest teilweise.

„Ihnen ist schon klar, dass das eine saublöde Idee war?" Karla konnte sich die Bemerkung nicht verkneifen. Sympathie hin oder her.

Alexander Novak nickte schuldbewusst.

„Eines verstehe ich nicht", sagte Karla. „Warum haben Sie die Leiche auf dem Schindler-Hof versteckt und nicht irgendwo im Wald? Es muss Ihnen doch klar gewesen sein, dass sie früher oder später dort gefunden wird."

„Wir dachten, wenn die Polizei nach Sophia suchen wird, dann zuerst auf dem Campingplatz und dann im Wald – nicht auf dem Schindler-Hof. Deshalb war uns ein Versteck im Wald zu riskant."

Damit hatten Alexander Novak und Eberhard Schulte die Situation gut eingeschätzt, musste Karla zugeben. Wäre Sophia Bergmanns Leiche nicht so schnell gefunden worden, hätten die Einsatzkräfte die Suche tatsächlich auf das Waldgebiet ausgedehnt. Die Vorbereitungen dazu liefen bereits, als Manuel Schindler den Leichenfund meldete.

Vielleicht hatten Novak und Schulte auch gehofft, Bertold Schindler die Sache in die Schuhe schieben zu können. Karla fragte nicht danach. Das spielte jetzt keine Rolle mehr.

Nach der Befragung von Alexander Novak schrieb sie ein Protokoll, verabschiedete sich von Henning Meyer und verbrachte den Rest des Tages mit ihrer Mutter. Gegen Nachmittag ging sie nach Hause und zog ihre Laufklamotten über. Trotz der Hitze lief sie eine große Runde. Als sie zurückkam, rann Schweiß über ihr Gesicht, sie atmete schwer. Auf ihrer Armbanduhr checkte sie die Zeit, die sie für den Lauf gebraucht hatte. Abrupt blieb sie stehen. Gleichermaßen fassungslos und belustigt beobachtet sie Joachim Reinhard, der in ihrem Kräuterbeet stand und durchs Küchenfenster spähte. Mit der Hand schirmte er sein Gesicht gegen das grelle Sonnenlicht ab, um besser sehen zu können. Von dem kleinen Rosmarinstrauch, den sie erst vor Kurzen gepflanzt hatte, waren etliche Zweige abgebrochen und der Thymian war niedergetrampelt.

Er zuckte erschrocken zusammen, als er Karla bemerkte.

„Was machst du da?“, fragte sie.

„Ich wollte sichergehen, dass alles in Ordnung ist.“

Sie schüttelte den Kopf, während sie zur Tür ging und aufschloss. Joachim folgte ihr in die Wohnung, die große Schäferhündin ging wie immer an seiner Seite. Es gefiel ihr, ihn in ihrer Nähe zu haben. Ganz selbstverständlich ging er in ihre Küche, goss Wasser in zwei große Gläser, gab eine Scheibe Zitrone, etwas Minze aus dem Kräuterbeet im Garten und ein paar Eiswürfel dazu.

Es dauerte keine fünf Minuten, bis Karla aus dem Bad kam und sich zu ihm auf die Terrasse setzte.

Jetzt, nachdem sie ausgiebig gelaufen war und sich ausgepowert hatte, fühlte sie sich gut. Ihr Körper war angenehm schwer und müde, das kalte Wasser floss durch ihre Kehle und schmeckte herrlich. Sie erinnerte sich daran, welchen Durst sie an dem Morgen hatte, als sie in dem Pool auf dem Campingplatz *Waldesruh* zu sich gekommen war. Furchtbaren Durst. Ihr Hals hatte gebrannt und ihre Zunge war so trocken gewesen, dass sie sie kaum bewegen konnte. Sie wischte den Gedanken daran beiseite, wie eine lästige Fliege.

Eine Weile saßen sie schweigend auf der Terrasse, lauschten den Geräuschen des Sommertages und hingen ihren Gedanken nach.

„Weißt du, vielleicht sollten wir unsere Affäre beenden und etwas Richtiges daraus machen“, sagte Joachim versonnen.

Karla hob überrascht die Augenbrauen.

„Etwas Richtiges?“

„Ja, etwas Richtiges …“

„Ja, vielleicht …“ Sie schloss die Augen und lehnte sich zurück. Der Gedanke gefiel ihr. *Etwas Richtiges* mit Joachim Reinhard. Einen Versuch war es wert.